W0358955

La Révélation

9, rue Victor-Massé – 75009 Paris – www.naive.fr
Loi 49956 du 16 juillet 1949 sur les publications destinées à la jeunesse
Dépôt légal : premier semestre 2011
NL190 - N° d'édition : 190/2
ISBN : 978-2-35021-242-5

Gemma Malley

La Révélation

Traduit de l'anglais
par Nathalie Peronny

naïve

Prologue

Londres, 16 mars 2025

Albert Fern baissa les yeux vers ses mains tremblantes. Il sentait la sueur perler à son front plein de rides – ces sillons creusés dans sa chair au fil d'années de concentration, et qui le faisaient paraître bien plus âgé que ses soixante-dix ans. Soixante-dix ans… songea-t-il. Sa vie était passée trop vite, essentiellement entre les quatre murs de ce laboratoire, l'endroit qu'il aimait le plus au monde, en quête de réponses, de découvertes et de…

Le scientifique s'essuya le visage du revers de la manche. Il n'y avait plus aucun doute possible : au bout du vingtième essai, le résultat était toujours le même. Il avait bel et bien trouvé le remède capable de guérir le cancer. La solution miracle qui allait sauver sa fille… Mais il y avait autre chose, aussi. Quelque chose d'incroyable. De terrifiant.

Avec mille précautions, le professeur reposa sa seringue, ôta ses gants et ses lunettes de protection. Puis il recula de quelques pas, comme pour s'éloigner de sa création, sans toutefois réussir à en détacher son regard. Le Saint-Graal. Il n'y avait pas d'autre mot. Il avait beau frotter les paumes de ses mains sur sa blouse blanche, elles redevenaient aussitôt moites.

Tout à coup, la porte s'ouvrit derrière lui et il sursauta. Debout sur le seuil, son assistant le scrutait d'un air interrogateur qui le mit mal à l'aise. « Alors, vous avez refait le test ? Le résultat était encore positif ? »

Albert garda le silence, mais son regard en disait long. Un sourire se dessina sur les lèvres de son assistant. « Ça a marché, n'est-ce pas ? Vous avez réussi ! Mon Dieu, vous réalisez ce que nous avons découvert ? »

Albert nota son emploi du « nous », mais ne fit aucun commentaire.

« Peut-être, dit-il. Mais... » Il laissa sa phrase en suspens. Il n'était pas encore prêt à se formuler la vérité à voix haute. Ni à assumer le fait que devant lui se trouvait la réponse à la question qui obsédait l'humanité depuis qu'elle avait découvert l'usage de la parole. Il était abasourdi, sous le choc. Sa découverte lui glaçait le sang tout en lui donnant des bouffées de chaleur.

« Albert ? »

Son assistant s'avança lentement – cet homme qui travaillait à ses côtés depuis tant d'années, mais en qui le professeur n'avait pourtant jamais eu confiance. « Que se passe-t-il ? Il y a un problème ? »

Le vieil homme fit d'abord non de la tête. Puis oui. Puis non à nouveau. « Aucun problème », murmura-t-il.

Le visage de l'assistant s'illumina. « Albert, vous savez ce que ça signifie, n'est-ce pas ? Nous tenons le monde entre nos mains. Nous avons réussi là où tous les autres ont échoué ! »

Encore ce « nous ». Albert acquiesça d'un air gêné. « Richard, soupira-t-il, l'innovation n'a pas toujours du bon, vous savez. Parfois, nos inventions sont trop puissantes pour être bien contrôlées. Prenez la fission de l'atome, par exemple : Ernest Rutherford ignorait ce que sa découverte allait entraîner. Pourtant, son nom reste associé à la création de la bombe atomique.

– La bombe atomique a tué des gens, répliqua Richard en roulant des yeux exaspérés comme les jeunes gens de son âge. Ici, il s'agit de *sauver* des vies. De prolonger l'existence.

– Oui mais... la prolonger éternellement ? Avez-vous conscience de ce que cela implique ? Avez-vous bien compris l'enjeu ? Cela bouleverserait l'ordre du monde. L'humanité en serait transformée à jamais. Nous deviendrions des demi-dieux.

– Nous en avons déjà parlé un millier de fois, répondit sèchement Richard. Ce n'est qu'un faux-fuyant, une excuse pour masquer votre faiblesse. Cessez de vous angoisser et de vous croire responsable de toutes les conséquences éventuelles de vos découvertes.

– Mais j'en suis responsable !

– Non. D'ailleurs, pourquoi les humains n'auraient-ils pas le droit de devenir des dieux ? N'est-ce pas le prochain stade inévitable pour l'humanité ? Et tout cela grâce à vous, Albert. Grâce à vous ! » Richard brandit un tube à essai. « Ceci est la plus belle chose que j'aie vue de mes yeux, lâcha-t-il avec émerveillement. C'est incroyable. C'est magnifique ! Et c'est vous qui l'avez créée. Pensez à la gloire qui vous attend ! »

Le scientifique se rembrunit. « La gloire ne m'intéresse pas. Je ne suis même pas sûr de vouloir revendiquer cette... d'être responsable de... d'avoir engendré ce monstre en puissance.

– Ce n'est pas un monstre. Vous avez travaillé très dur, Albert. Vous avez besoin de vacances.

– De vacances ? fit le professeur. Vous croyez vraiment que je pourrais...

– Bien sûr, susurra Richard en le prenant par les épaules. Vous avez sauvé la vie d'Elizabeth. Vous avez réussi. À présent, confiez-moi la formule et allez vous reposer. »

Il avait sauvé la vie d'Elizabeth... Albert sentit son cœur battre dans sa poitrine. C'est de là que tout était parti : la recherche d'un remède contre le cancer de sa fille, cette maladie qui avait rongé son corps avant de la faire se retourner contre son propre père. Sa fille adorée était quasiment devenue une étrangère. Albert avait accompli tout cela pour elle. Ça ne suffisait pas – ça ne suffirait jamais – mais c'était déjà beaucoup.

Albert détailla Richard : son menton anguleux, son regard ambitieux, sa posture rigide... Dire que c'était le mari de sa fille. Son gendre. Il devait se le rappeler presque tous les jours. Pour lui, Richard avait toujours été son « assistant », ce jeune homme qui ne supportait pas qu'on lui dise non. Fraîchement diplômé de l'université, il s'était présenté un beau jour dans son bureau en déclarant sans ironie qu'il savait qu'Albert finirait par faire le bon choix en l'engageant dans son laboratoire. Puis, comme mû par une volonté farouche de s'introduire dans la vie privée de son patron, Richard avait porté son attention sur sa fille unique. Sans se laisser décourager par la mauvaise santé de la jeune fille, il lui avait fait la cour, l'avait séduite et demandée en mariage. Elle avait même mis un enfant au monde pendant sa phase de rémission, avant que le cancer ne s'empare à nouveau d'elle – bien plus violemment, cette fois.

Albert se demandait souvent comment Elizabeth avait pu tomber amoureuse de cet homme si orgueilleux qui parlait trop fort. Cet homme si différent de lui... Mais peut-être était-ce justement ce qui l'avait attirée chez lui, songea-t-il.

« Alors, cette formule ? reprit Richard. Allons la faire breveter immédiatement !

– La faire breveter ? » répéta distraitement Albert. Il pensait encore à sa fille. Et à sa petite-fille, Margaret. Elizabeth refusait de le voir depuis un mois, moment où il avait commencé à avoir des doutes sur la « chose » qu'il était en train de créer. Richard lui avait transmis le message d'un ton sobre et désolé. L'état d'Elizabeth empirait de jour en jour, avait-il ajouté : elle avait besoin de ce remède, de toute urgence, et elle avait interdit à l'homme qui détenait ce pouvoir de rendre visite à sa petite-fille. Après tout, si elle mourait par sa faute, elle perdrait aussi Maggie. Pourquoi aurait-il le droit de profiter de ce dont elle serait privée ? C'était du chantage, pur et simple. Albert en était conscient, mais il avait acquiescé sans rien dire et s'était investi à corps perdu dans son travail sous l'étroite supervision de Richard. Aujourd'hui, pourtant...

« Cela fait si longtemps que je n'ai pas vu ma fille, bafouilla-t-il. Si je pouvais seulement lui parler...

– Bien sûr, approuva Richard d'un ton grave. Mais il faudra d'abord lui prouver que la production des médicaments est lancée, n'est-ce pas ? Donnez-moi la formule. Je lui transmettrai la bonne nouvelle, et je sais qu'elle aura très envie de vous revoir. Réfléchissez : dès qu'Elizabeth aura commencé le traitement, vous aurez l'éternité tout entière pour rattraper le temps perdu avec elle. Songez à tous ces moments que vous pourrez partager ensemble ! »

Albert sentit un petit sourire triste se dessiner au coin de ses lèvres. Son assistant lui parlait d'éternité avec désinvolture comme s'il s'agissait d'une chose excitante, d'une aventure, et non d'une chose terrible. Mais c'était bien là l'optimisme de la jeunesse. Cette confiance en soi. Cette assurance sans faille.

« Vous ne pensez pas que nous commettons une grave erreur ? demanda-t-il. Le rêve de la vie éternelle a corrompu l'âme de bien des hommes au fil des siècles.

– Le rêve, mais pas la réalité, répliqua Richard avec une pointe d'impatience. Albert, nous n'avons moralement pas le droit de faire machine arrière. Les gens ont le droit de savoir. La science ne peut pas être égoïste. C'est vous-même qui me l'avez appris. »

Albert déglutit. Il avait besoin de réfléchir, de peser le pour et le contre. Mais hélas, le temps lui était compté. Celui de sa fille, en tout cas.

« Pourquoi ne pas au moins me montrer comment ça marche ? suggéra Richard. S'il vous plaît ? »

Le professeur hésita. Jusqu'à présent, il s'était fixé comme règle de ne montrer à Richard que le strict nécessaire, de peur que son enthousiasme excessif et son évidente soif de gloire ne lui donnent des idées... Mais il finit par acquiescer. La vérité, c'est qu'il avait envie de parler de sa création à quelqu'un. Même s'il n'était pas encore prêt à tout lui expliquer. Il tendit ses lunettes de protection à Richard et lui désigna le microscope.

Le jeune homme se pencha vers l'appareil. « Que suis-je censé regarder ? demanda-t-il.

– La cellule de droite.

– Qu'a-t-elle de si particulier ? Elle est juste... vieille.

– En effet, répondit Albert. Notez sa couleur, son manque d'éclat. Maintenant, observez ce phénomène... »

À l'aide d'une seringue, il injecta une goutte de liquide à l'intérieur de la cellule. Aussitôt, celle-ci commença à se régénérer : ses contours irréguliers redevinrent lisses, sa couleur s'intensifia. Albert vit l'émerveillement illuminer le visage de son assistant. Le jeune homme avait presque la chair de poule.

« C'est incroyable, lâcha-t-il dans un souffle. Albert, c'est la chose la plus extraordinaire à laquelle j'aie jamais assisté ! » Il se redressa et se tourna vers le professeur, une admiration éperdue dans le regard. « Vous avez fait rajeunir une vieille cellule. Personne n'avait jamais accompli un tel prodige. Vous êtes un génie !

– Vous exagérez », répondit le scientifique en rougissant de plaisir. C'était une découverte capitale, il ne le niait pas. Une extraordinaire réussite. La communauté scientifique n'avait pas fini de chanter ses louanges. Il publierait des articles, donnerait des conférences dans le monde entier… Fermant les yeux, il s'autorisa quelques secondes de rêverie en imaginant son avenir – ou du moins ce qu'il en restait. Puis il étouffa un petit rire. Son avenir durerait aussi longtemps qu'il le souhaiterait. N'était-ce pas l'intérêt de sa découverte ?

« Pas du tout, protesta Richard. Vous êtes un génie. Songez à votre pouvoir. Celui qui détient le secret de ce médicament possède le monde entier entre ses mains. »

Le sourire d'Albert s'évapora. « Cela m'indiffère, je vous l'ai déjà dit. Le Renouveau n'est pas une question de pouvoir, de politique ou de…

– Le Renouveau ? l'interrompit Richard. C'est le nom que vous avez donné au médicament ? Je trouve ça parfait. Le Renouveau ! Tout est dit en un seul mot.

– Le Renouveau est le nom du processus, précisa Albert en fronçant les sourcils. Le médicament n'existe pas. » Il avait de plus en plus de mal à respirer, en proie au dilemme qui le déchirait depuis des semaines lorsqu'il avait réalisé qu'il se trouvait à deux doigts d'une découverte majeure. La science contre l'humanité. Le chercheur en lui était au summum de l'excitation ; l'homme était terrifié par sa création.

« Pas encore, répondit Richard. Mais il existera bientôt. Cela dit, vous avez peut-être raison. Le Renouveau n'est pas un choix idéal. Il faudrait peut-être trouver un terme qui évoque l'allongement plutôt que le remplacement. Je vais demander au service marketing de plancher sur la question.

– Attendez. » Le professeur tapa sur la table. « Richard, arrêtez ça. Je ne suis pas prêt. Je… » Sa voix se brisa. Il ne savait plus quoi dire.

« Vous ne serez jamais prêt, Albert. Mais pensez à votre fille. À tous ces gens qui meurent inutilement en laissant leurs proches derrière eux… Donnez-moi la formule, Albert. Donnez-la-moi, et vous n'aurez plus aucun souci à vous faire.

– Vous croyez vraiment que ce sera si facile ?

– Oui, parce que c'est votre découverte, répondit Richard. Laissez le gouvernement s'inquiéter de ce qui est bien ou mal. Vous avez accompli votre mission. Accordez-vous les félicitations que vous méritez, et reposez-vous. »

Albert l'observa sans rien dire. Il n'avait pas tort. Les décisions de ce type étaient du ressort du gouvernement. Il était scientifique, pas membre d'un comité d'éthique. Lentement, il tendit la seringue à son gendre.

« C'est… ça ? Tout est là ? » fit le jeune homme, les yeux brillants.

Albert acquiesça. « Dans sa forme la plus pure, oui. Mais on peut aussi la fabriquer en cachets, si les gens préfèrent. Si c'est ce que le gouvernement… »

Richard ne l'écoutait plus. Il observait la seringue, fasciné.

« C'est magnifique, murmura-t-il. Extraordinaire. L'élixir de la vie éternelle... » Il releva les yeux vers son patron. « C'est bien la vie éternelle, n'est-ce pas ? »

Albert confirma d'un hochement de tête. Le scientifique en lui ne put réprimer un sourire de fierté. « Les organes semblent se renouveler indéfiniment, oui. Bien sûr, ça ne veut pas dire que cela durera toujours. Il faut prendre en compte la capacité de la Nature à évoluer, à se transformer.

– Indéfiniment, murmura Richard. C'est fabuleux. Et maintenant, la formule. Que contient-elle exactement ? »

Albert s'apprêtait à répondre lorsqu'il se ravisa. Il y avait ce je-ne-sais-quoi dans le regard du jeune homme... cette lueur qu'il avait déjà vue briller dans ses yeux au cours des dernières semaines, et qui ne lui plaisait pas du tout. D'instinct, il palpa la chevalière qu'il portait à sa main droite. C'était un tic nerveux, chez lui, mais aujourd'hui, ce geste semblait revêtir une importance particulière.

« La formule, insista Richard. Écrivez-la sur une feuille de papier, Albert. Je m'occuperai de tout, je vous le promets.

– L'écrire ? Non, non, elle est bien trop complexe », répondit Albert, histoire de gagner du temps. Il consulta sa montre : il était déjà trop tard. À cette heure-ci, le bâtiment était désert.

« Alors montrez-moi vos notes. Expliquez-moi le détail de vos expériences. »

Mais le professeur refusa. Sa méfiance naturelle reprenait le dessus. « Pas maintenant, Richard. Demain. Vous avez raison, j'ai besoin d'un peu de repos. Je vais rentrer chez moi, et nous verrons tout cela demain...

– Non, pas demain. » Insensiblement, le jeune homme venait de changer de ton. « Tout de suite. Je sais que vous m'avez délibérément caché le contenu de la formule, que vous avez noyé vos recherches dans votre paperasse. Mais à présent, l'heure est venue de partager vos secrets avec moi. Suis-je bien clair ? »

Albert le dévisagea, hésitant. La menace qui pointait dans la voix de son gendre ne lui avait pas échappé.

« Demain, répéta-t-il. J'ai besoin de me reposer. Nous en rediscuterons après une bonne nuit de sommeil.

– Non. Vous allez me donner cette formule aujourd'hui », ordonna Richard.

Albert écarquilla les yeux. « Je vous demande pardon ? »

Son gendre le fixait d'un œil mauvais. « J'ai dit que vous alliez me donner cette formule aujourd'hui, Albert. Sinon, vous allez le regretter.

– Seriez-vous en train de me menacer ?

– Et si c'était le cas ? »

Le professeur le regarda droit dans les yeux. Bizarrement, il n'avait pas peur de lui. À dire vrai, il s'était attendu à cela depuis le jour où Richard avait mis les pieds dans son laboratoire pour la première fois. « Eh bien, je vous répondrais que cela ne sert à rien, dit-il calmement. Je ne vous donnerai pas la formule, Richard. Et sans elle, vous n'avez rien.

– Faux. J'ai ceci, dit le jeune homme en brandissant la seringue. Je suis sûr que vos collègues pourront reconstituer la formule à partir de ce simple échantillon. »

Albert soutint son regard quelques secondes avant de hausser les épaules. « Ils pourraient copier le produit, en effet. Mais ce ne serait pas tout à fait pareil. N'est-ce pas déjà suffisant de guérir le cancer ? De sauver la vie de votre femme, ma propre fille ? Cette gloire-là ne vous suffit-elle pas ? »

Le jeune homme éclata de rire. « Vous ne me donnerez jamais la formule, hein, vieux fou ? »

Albert secoua résolument la tête. « Non.

– Alors autant vous informer qu'Elizabeth est morte, poursuivit Richard. Depuis des semaines. »

Le professeur sentit son estomac se nouer. « Quoi ?

– Elle est morte. Son cancer l'a emportée. Voilà pourquoi je vous ai dit qu'elle ne souhaitait plus vous voir. Je devais maintenir votre motivation intacte afin que vous poursuiviez vos recherches jusqu'au bout, vous comprenez ? Alors non, soigner le cancer ne suffit pas. La vie éternelle : tel sera mon legs à l'humanité.

– Votre legs ? »

Richard eut un rictus. « Je me suis mal exprimé. Il faut mourir pour laisser un legs à quelqu'un… or je n'en ai nullement l'intention. Pas pour l'instant. » Il sortit son téléphone et pressa un bouton. « Derek ? Oui. Le plus tôt sera le mieux, merci. »

Il se tourna à nouveau vers son beau-père. « Vous êtes vraiment sûr de ne pas vouloir me donner la formule ? Vous choisissez délibérément de vous compliquer la tâche ?

– Je vous en prie, fit Albert d'un ton pressant. C'est un problème trop important. Ce sera un échec. Inévitablement, vous irez à la catastrophe. La Nature l'emportera.

– Non, c'est moi qui gagnerai. Vous verrez, murmura Richard en couvant la seringue des yeux. Vous êtes le passé… et moi l'avenir. »

La porte s'ouvrit et un homme fit son entrée dans le laboratoire. Albert connaissait vaguement son visage. Sans doute l'un des agents de sécurité, songea-t-il.

« Ah, Derek ! » s'exclama Richard avec emphase.

Hébété, le professeur vit Derek s'avancer vers lui pour lui saisir le bras. « Veuillez me suivre, dit-il simplement.

– Vous suivre ? fit Albert en reculant d'un pas. Richard, c'est de la folie. Vous ne pouvez pas faire ça !

– Bien sûr que si, répondit le jeune homme en s'éloignant. J'ai tenté de vous donner une chance, mais je savais que vous seriez borné. Incapable de supporter la pression, on dirait. Comme tous les scientifiques. Adieu, Albert.

– Non ! Lâchez-moi, fit le professeur en se débattant en vain sous l'œil indifférent de son gendre.

– C'est inutile, Albert. J'ai tout ce qu'il me faut. Je possède désormais un échantillon du produit et, d'ici demain, je connaîtrai également la formule.

– Attendez ! le supplia Albert. Attendez... vous n'avez rien du tout. Vous ne pouvez pas faire ça. Sans la formule exacte, vous ne savez rien. Ça ne marchera pas. Ça ne peut pas marcher !

– Alors donnez-moi la formule », répliqua Richard.

Le scientifique secoua la tête. « Jamais. Le cercle de la vie doit être protégé, haleta-t-il. Sans lui, vous n'avez rien.

– Le cercle de la vie ? » répéta Richard avec agacement. Il claqua des doigts en direction de Derek. « Emmenez-le ! Cette discussion me fatigue. Je n'ai plus besoin de lui. »

Sur ces mots, il reprit son téléphone tandis que Derek sortait un chiffon de sa poche et l'enfonçait dans la bouche du professeur pour le faire taire.

« Oui... À propos de ce projet de nouvelle société, déclara Richard dans le combiné tandis que Derek traînait le vieil homme hors de la pièce, je pensais l'appeler Pincent Pharma. »

Chapitre 1

Avril 2142

Richard Pincent marqua une pause, le visage grave. Puis il inspira à fond et ouvrit la porte devant laquelle il s'était arrêté pour entrer dans une petite pièce froide et nauséabonde. L'endroit avait jadis servi de réserve, mais on l'avait transformé en salle d'autopsie et l'odeur de la mort avait imprégné l'air. *La mort*. Ce mot seul suffisait à le faire frissonner et à lui inspirer une moue de dégoût. La mort et la maladie, ses deux ennemis légendaires. Il les avait déjà vaincus une fois, et il les vaincrait encore.

Le Dr Thomas, l'un des plus anciens membres de son équipe scientifique, se tenait penché au-dessus d'un cadavre, sourcils froncés. Lorsqu'il releva la tête, il sembla embarrassé.

« Je crains d'avoir de mauvaises nouvelles », déclara-t-il en désignant le corps – ou, du moins, ce qu'il en restait. Le mort avait la peau tendue sur les os, sèche comme du parchemin, et les yeux révulsés. Richard aurait d'ailleurs préféré que le Dr Thomas lui ferme les paupières. Il l'aurait fait lui-même si la simple pensée d'effectuer ce geste ne lui inspirait pas une violente nausée. Il plongea son regard dans celui du scientifique en s'efforçant de ne rien montrer de son effroi.

« De mauvaises nouvelles, dites-vous ? » Un terrible pressentiment l'envahit à nouveau. « Je ne veux pas de mauvaises nouvelles. Je croyais m'être montré très clair là-dessus. »

Le Dr Thomas soupira et ôta nerveusement ses gants en latex. « Je ne sais pas quoi vous dire d'autre, Mr Pincent. J'ignore combien de cadavres je peux encore continuer à disséquer si c'est pour chaque fois parvenir aux mêmes conclusions. »

Richard le dévisagea avec colère. « Aux mêmes conclusions ? Vous êtes sûr ? » Sa voix chevrotait malgré lui. Il se racla la gorge.

« Oui. »

Un bref silence s'abattit dans la pièce.

« Vous vous trompez, finit par déclarer Richard.

– Mais Mr Pincent... » La tension était palpable dans la voix du scientifique. « Il ne suffit pas de vouloir un résultat pour l'obtenir. J'ai déjà procédé à un grand nombre de dissections et je peux vous affirmer que j'ai découvert chaque fois la même chose… » En voyant l'expression qui se dessinait sur le visage de son patron, il n'acheva pas sa phrase. Il venait de réaliser qu'il était allé trop loin.

Richard soutint son regard quelques secondes avant de se tourner vers le cadavre. Le numéro 7. Il en arrivait de nouveaux tous les matins depuis le début de la semaine, quand un Rabatteur s'était effondré et que ses collègues affolés l'avaient emmené chez un médecin. Ils le croyaient victime d'un empoisonnement alimentaire – la seule maladie encore existante dans ce monde où la Longévité avait à jamais éradiqué ce mot. Mais, le temps qu'ils atteignent le cabinet médical, l'homme était mort. Aussitôt alertée, Hillary Wright, la Secrétaire générale des Autorités, avait réagi avec sang-froid pour étouffer l'incident. Sous un prétexte quelconque, on avait fait transporter le cadavre chez Pincent Pharma pour l'analyser.

« Désolé, dit le Dr Thomas. Je ne voulais pas me montrer aussi négatif.

– Ah non ? » rétorqua Richard.

Le docteur s'éclaircit la gorge. « Non. Mais les faits sont là. Ce virus est mortel. La Longévité semble incapable… de le combattre, monsieur.

– La Longévité, incapable de combattre un simple virus de rien du tout ? » répéta lentement Richard. Il était écœuré. C'était impossible ; ça ne pouvait pas être vrai. La Longévité supprimait la moindre maladie. La moindre infection. La moindre bactérie. Grâce à elle, l'humanité restait jeune et repoussait la mort. Elle avait apporté la vie éternelle et fait de la Grande-Bretagne le pays le plus puissant au monde, comme la Libye au XXIe siècle avec son pétrole ou comme l'Empire romain au Ier siècle avec son armée : nul n'osait plus contrarier le gouvernement britannique et critiquer ses exigences.

« Vous vous trompez, poursuivit Richard. La Longévité peut tout combattre. Elle est invincible.

– Bien sûr, concéda le Dr Thomas. Mais peut-être que…

– Peut-être que quoi ? » fit Richard en plissant les yeux.

Le scientifique essuya son front luisant de sueur. « Peut-être que… bafouilla-t-il. Ce n'est qu'une théorie, mais…

– Mais QUOI ? Parlez, je vous écoute ! aboya Richard.

– Peut-être que le virus a muté. Qu'il a trouvé le moyen de… de… » Le scientifique prit une grande inspiration. « De battre la Longévité, lâcha-t-il enfin en écarquillant les yeux, terrifié par l'énormité de ses paroles.

– Battre la Longévité ? Que voulez-vous dire ?

– Que nous avons un gros problème, répondit le Dr Thomas d'une voix tremblante. Car si la Longévité est impuissante face à ce virus, alors… » Il inspira profondément. « Nous allons tous mourir. »

Richard hocha la tête. « *Mourir*, dites-vous. » Il marqua une pause. « Impossible. La Longévité est invincible, et vous le savez très bien. Tout le monde le sait. Notre société s'est construite sur cette rassurante évidence. Elle a même fait de moi l'homme le plus puissant au monde. Il n'existe aucun virus qui ne puisse être détruit par la Longévité. L'homme est immunisé contre la maladie, la vieillesse et la mort. Il doit exister une autre explication.

– Non, fit le Dr Thomas en secouant la tête. Non, Richard, vous avez tort.

– Moi, tort ? »

Richard Pincent dévisagea cet homme qu'il connaissait depuis si longtemps. Cet employé fidèle qui travaillait à son service depuis des décennies sans jamais s'opposer à lui, au point qu'il osait à peine le regarder dans les yeux... Jusqu'à aujourd'hui.

« Voilà une accusation bien impertinente. »

Le Dr Thomas soupira. « Pardonnez-moi, monsieur. Je ne voulais pas... C'est juste que la gravité de cette découverte... Si j'ai raison, les conséquences pour vous, moi et l'humanité tout entière... » Il suait à grosses gouttes. Richard tourna la tête, dégoûté.

« *Si* vous avez raison, grogna-t-il. Donc, vous admettez que vous avez une chance de vous tromper. De fortes chances, même. Vous n'êtes pas le plus brillant des scientifiques, docteur. Vous n'avez pas inventé la Longévité. Vous n'avez rien inventé du tout. Vous vous contentez de mener des recherches pour moi et de me transmettre les résultats.

Alors pardonnez-moi si je ne prends pas vos déclarations de fin du monde très au sérieux.

– Mais si ce virus se répand, il y aura une épidémie, insista le Dr Thomas en se tordant les mains. La Longévité a supprimé notre système immunitaire car nous n'en avons plus besoin. Un virus comme celui-ci pourrait tuer des millions de gens. Des centaines de millions.

– Et c'est tout ce que vous avez à me dire ? » fulmina Richard.

Le Dr Thomas parut hésiter. « Je me demandais si nous ne devrions pas revenir à la Médecine Ancienne, suggéra-t-il. En nous replongeant dans les dossiers, en retrouvant la formule de quelques vieux médicaments, je suis sûr que nous pourrions trouver une solution. Des antiviraux. Voire des antibiotiques pour lutter contre les infections secondaires. La période d'incubation du virus est de cinq mois. Si nous pouvions mettre au point un vaccin, nous...

– La Médecine Ancienne ? De vieux médicaments ? l'interrompit sèchement Richard, incrédule. Vous me proposez de revenir au Moyen Âge, au temps où chaque maladie devait être traitée séparément et où les gens devaient se battre pour leur survie ? » Il sentait la veine de son cou palpiter sous l'effet de la colère.

« Non. Enfin, si. Il faut bien faire quelque chose, n'est-ce pas ? » Le scientifique ne savait plus où il en était ; Richard lisait clairement la peur sur son visage.

« Et après, hein ? rétorqua-t-il. Que se passe-t-il ? Nous attendons sagement l'arrivée du prochain virus ? » Sentant la panique le gagner, il s'efforça de retrouver son sang-froid.

« Je l'ignore, fit le scientifique tout bas, les épaules affaissées. Je cherche des réponses, comme tout le monde. Je n'ai pas envie de mourir, Mr Pincent. Je ne veux pas que ma famille meure. Je ne… »

Il fondit en larmes.

Richard détourna le regard, histoire de ne pas avoir à supporter la vision du Dr Thomas ni celle du cadavre allongé sur sa table de dissection. Mais il n'y avait pas de fenêtres pour soulager son soudain accès de claustrophobie – rien que des murs gris. Cette pièce, comme tant d'autres dans cette partie du bâtiment, avait servi au fil des ans de salle de torture, de prison, de cachot : elle avalait ses occupants et les rendait rarement au monde des vivants.

« Vous semblez avoir perdu la foi », finit-il par déclarer.

Le scientifique parut mal à l'aise. « Je n'ai pas perdu la foi. Je crois seulement que nous devrions avertir la population. Il faut agir avant que d'autres cadavres nous parviennent au milieu de la nuit. Nous devons mettre les Autorités au courant. Elles doivent intervenir. »

Richard prit un air pensif.

« Prévenir la population ? C'est tout ?

– La Longévité ne peut combattre ce virus, fit le Dr Thomas avec détermination. Songez aux implications, Richard. Il va se répandre. À toute vitesse. Nous serons confrontés à une épidémie – une pandémie. Les gens tomberont comme des mouches. Ce sera…

– Taisez-vous ! » s'écria Richard en levant la main. Puis, sans crier gare, il se jeta sur le Dr Thomas et le prit par les épaules. « Vous passez vos journées dans des laboratoires, vous profitez des bénéfices de la Longévité, vous touchez grâce à moi depuis des années un salaire pour améliorer la formule, maintenir Pincent Pharma au sommet, et maintenant, vous osez vous retourner contre moi ? Tous les gens qui peuplent cette planète sont en vie uniquement grâce à moi. Et à mon médicament. L'humanité entière m'est redevable. Et la menace d'un virus qui, pour autant que je sache, n'existe même pas suffit à vous faire prédire la fin du monde ? »

Le scientifique blêmit, puis s'éclaircit à nouveau la gorge. « Nous vous sommes redevables parce que vous nous avez promis la vie éternelle. Si vous êtes incapable de tenir cette promesse… » Sa voix tremblait, mais il parlait avec détermination.

Richard ferma les yeux un court instant. Il n'écouterait pas un mot de plus. C'était au-dessus de ses forces. La Longévité triompherait, pour la simple raison que l'autre option possible était trop terrifiante à envisager.

« Ça suffit, déclara-t-il sèchement. Vous continuerez à effectuer des autopsies jusqu'à ce que nous obtenions d'autres résultats. Me suis-je bien fait comprendre ?

– Mais c'est impossible. Il n'y a pas d'autres résultats à espérer. »

Le Dr Thomas le fixait droit dans les yeux, et Richard fut quelque peu déstabilisé. On disait jadis de la mort qu'elle était la « grande égalisatrice ». Richard n'était pas d'accord : pour lui, c'était surtout la peur de mourir qui privait les hommes de leur dignité.

« Je vois, dit-il. Eh bien, dans ce cas, vous m'en voyez navré.

– Navré ? balbutia le scientifique en levant vers lui des yeux pleins d'espoir.

– Oui, navré », dit Richard en hochant lentement la tête. Puis, d'un geste brusque, il sortit un revolver... et fit feu. Le Dr Thomas écarquilla les yeux, sous le choc, avant de s'écrouler à terre, la poitrine en sang. « Navré, poursuivit Richard, d'avoir un nouveau cadavre sur les bras à cause de vous. Navré d'avoir perdu l'un des meilleurs membres de mon équipe. »

Il sortit son téléphone. Le Dr Thomas était mort, mais ses propos, ses théories néfastes flottaient encore dans l'air tels des grains de poussière. Richard avait l'impression de suffoquer à chaque inspiration.

« Derek ? C'est moi. J'ai besoin de vous au sous-sol.

– Bien sûr. »

Richard rangea son téléphone dans sa poche et s'appuya contre le mur. L'attente ne fut pas longue. Derek Samuels, son chef de la Sécurité, apparut quelques minutes plus tard. À en juger par son expression impassible, Richard comprit qu'il n'était guère choqué par la vision de son ancien collègue gisant mort par terre, et il se sentit soulagé. Derek réagissait avec son efficacité habituelle ; c'était la seule personne sur qui il pouvait compter pour faire son travail sans la moindre sensiblerie et surtout sans jamais poser de question. Si Derek Samuels avait une conscience, il l'avait bien cachée. Richard le soupçonnait d'aimer son rôle de chef, de savourer son pouvoir et la souffrance qu'il infligeait aux autres. Il n'aurait jamais espéré une telle fidélité de la part de celui à qui, tant d'années auparavant, il avait offert cinq mille livres pour qu'il le débarrasse discrètement d'un individu qui lui posait problème.

« Alors Thomas n'a pas trouvé la réponse que vous vouliez, si je comprends bien ? » lui demanda Derek d'un ton neutre.

Richard poussa un soupir las. Il se sentait très fatigué, tout à coup.

« Non, en effet. D'après lui, il s'agissait d'un virus qui aurait muté et trouvé le moyen de résister à la Longévité. À l'écouter, ce serait devenu une épidémie. Et nous étions promis à une mort certaine. » Il s'esclaffa, mais son rire sonnait creux.

« Ah, marmonna Derek en faisant entrer le corps dans un énorme sac plastique avant d'entreprendre d'effacer les traces de sang. Je vois. »

Richard se surprit à observer son chef de la Sécurité, particulièrement admiratif de sa façon méthodique de procéder. C'était le seul qui ne l'avait jamais laissé tomber. Le seul qui avait dévoué sa vie entière à son service, en s'occupant de ses ennemis et en le protégeant de ses amis.

« Je ne sais pas quoi faire, lâcha-t-il d'une voix à peine audible. Que dois-je faire, Derek ? »

L'homme releva la tête et fronça les sourcils. Puis il se remit à nettoyer le sol. « Est-ce qu'il vous reste un échantillon de la formule d'origine ? demanda-t-il.

– La formule d'origine ? » Richard se rembrunit. « Non. Enfin, une goutte, peut-être. Mais nous l'avions recopiée exactement. Vous ne pensez tout de même pas que...

– Je ne pense rien, rétorqua Derek. C'était juste une question.

– Certes, fit Richard en réfléchissant à toute vitesse. Mais une excellente question. Une question importante. Et si la copie était le nœud du problème ? Et si les copies de copies finissaient par devenir moins puissantes que l'original ? »

Derek haussa les épaules. « Je ne connais rien aux sciences, m'sieur. C'est votre domaine. Mais les photocopies... ce ne sont pas des originaux, pas vrai ?

– Absolument. Vous avez raison. Mais nous n'avons pas la formule originale. Nous ne l'avons jamais retrouvée. Nous n'avons jamais eu que des copies.

– Nous ne l'avons pas retrouvée à l'époque, mais ça ne veut pas dire qu'elle n'existe pas, répondit Derek tout en achevant de refermer le sac contenant le cadavre comme s'il s'agissait d'une carcasse d'animal qu'on allait vendre au marché. Il l'a forcément écrite quelque part.

– Nous avons tout fouillé, répondit Richard. Nous avons cherché partout.

– Nous avons cherché *un peu*, concéda Derek, mais vous aviez déjà l'échantillon en main. Vos scientifiques ont juste recopié le produit, pas vrai ? Nous ne pensions pas avoir besoin de la formule. Alors nous avons interrompu les recherches.

– Hmm, marmonna Richard en hochant la tête.

– Et donc, nous allons les reprendre », conclut Derek en se relevant pour inspecter le sol qui avait retrouvé son aspect immaculé.

Richard exhala un long soupir. Ses épaules se décontractèrent. Ils allaient retrouver la formule. Ce serait la solution à tous leurs problèmes. Plus de virus mutant. Plus de pandémie. Plus de fin du monde, ce monde qu'il avait passé sa vie à bâtir. Tout reviendrait à la normale. Tout redeviendrait comme avant.

« Merci, Derek. Je savais que je pouvais compter sur vous. »

Il jeta un dernier regard reconnaissant à son chef de la Sécurité. Puis il quitta la pièce d'un pas vif afin de regagner son bureau, de s'éloigner des sombres entrailles de Pincent Pharma et de rejoindre la lumière et les spacieux étages supérieurs.

Chapitre 2

Anna se redressa brutalement dans son lit, le cœur battant et le visage en sueur. Il avait beau faire nuit noire, elle se leva d'un bond et se précipita dans la chambre de Molly. Délicatement, elle tourna la poignée de la porte et s'agenouilla auprès du berceau de fortune. S'autorisant enfin à respirer normalement, Anna contempla sa fille endormie. Âgée d'à peine quatre mois, elle avait serré ses petits poings et son ventre montait et s'abaissait au rythme de sa respiration. Lèvres plissées, sourcils froncés, elle arborait une expression concentrée dans son sommeil. Tout allait bien. Molly allait bien. Ce n'était qu'un mauvais rêve. Un cauchemar. Comme tous les autres.

De temps à autre, la fillette lâchait un soupir et tendait le bras dans son sommeil, comme pour atteindre un objet inexistant. Puis elle roulait sur le côté en suçant son pouce et, peu à peu, son doigt ressortait de sa bouche. Anna connaissait tout cela par cœur. Chaque nuit, depuis des semaines, elle avait regardé son bébé dormir, rassurée de voir que ses craintes n'étaient que le fruit de son imagination et que personne n'était venu lui voler son enfant. Pas dans la vraie vie.

Depuis le jour de sa naissance, Molly représentait absolument tout pour Anna. Comme si son bonheur et sa sérénité habitaient désormais l'intérieur de ce petit corps. Elle ne s'attendait pas à ressentir un tel amour pour sa fille – elle aurait dormi par terre au pied du berceau si Peter l'avait laissée faire. Il lui avait conseillé de reprendre le cours normal de sa vie, lui assurant que tout danger était écarté, que Molly était à l'abri, qu'elle n'avait plus à avoir peur et qu'elle pouvait dormir sur ses deux oreilles.

Mais c'était justement le fait de dormir qui alimentait la hantise d'Anna. Les cauchemars qui envahissaient son esprit la nuit étaient peuplés de Rabatteurs venus lui arracher Molly et Ben, son jeune frère de trois ans. Ils étaient si fragiles et innocents, si inconscients du monde dans lequel ils étaient nés et de la valeur même de leur existence, qu'Anna éprouvait le besoin farouche de les protéger, telle une lionne. Comme sa propre mère, elle était prête à mourir pour eux – maintenant, elle la comprenait.

La jeune femme avait rarement côtoyé l'innocence depuis qu'elle était née. Emmenée par les Rabatteurs à l'orphelinat de Grange Hall dès son plus jeune âge, elle avait grandi sous les foudres de Mrs Pincent. C'est seulement à l'arrivée de Peter, deux ans plus tôt, qu'elle avait compris qu'elle n'était pas un être mauvais, un Fardeau pour Mère Nature, et que c'était injuste de la faire travailler comme une esclave pour lui faire payer la faute de ses parents. Aujourd'hui, elle était Légale, mais elle n'était guère plus protégée qu'avant : son existence même constituait une menace aux yeux des Autorités et Richard Pincent avait juré sa mort, ainsi que celle de Peter.

Certes, le Réseau souterrain veillait sur eux. Elle le savait. Pendant la journée, elle s'efforçait de se rappeler à intervalles réguliers qu'il n'y avait aucune raison de s'inquiéter. Comme le répétait Peter, tout allait bien se passer. Le Réseau leur avait trouvé un endroit pour vivre que nul ne trouverait jamais. Ils produisaient eux-mêmes tout ce qu'ils mangeaient et n'avaient quasiment besoin de personne. Ils étaient à l'abri. Tout allait bien. Du moins... dans la vie d'Anna.

Sur la pointe des pieds, elle se dirigea vers la commode sur laquelle était posée une pile de vêtements de bébé fraîchement repassés et les rangea un par un dans les tiroirs. L'ordre la rassurait – elle l'avait recherché toute sa vie.

Mais la nuit, les démons revenaient. Ces monstres ignobles qui voulaient lui voler ses petits, les enfermer comme on l'avait enfermée dans son enfance et les forcer à la détester, leur faire connaître une vie sans amour, sans rires… sans elle.

Anna avait passé toute son enfance au Foyer de Surplus de Grange Hall, une prison pour enfants illégaux. Leurs parents avaient signé la Déclaration – un document officiel que la plupart des gens signaient trop jeunes et qui stipulait qu'en échange de la vie éternelle, ils renonçaient pour toujours à avoir des enfants. Peter était né Surplus, lui aussi, mais les Rabatteurs ignoraient son existence ; il avait grandi clandestinement auprès de divers membres du Réseau souterrain, caché dans des caves, sans jamais savoir où il atterrirait le lendemain. C'est seulement lorsqu'il avait été recueilli par les parents d'Anna qu'il avait compris le sens de la famille. Et leur amour pour leur fille l'avait incité à se livrer exprès aux Rabatteurs pour être placé à Grange Hall et aider Anna à s'enfuir.

Aujourd'hui, il n'avait plus peur de rien. Anna aimait cette qualité chez lui, mais cela lui faisait un peu peur, aussi. Elle aimait sa force, son courage, sa capacité à rire de ses inquiétudes à elle sans jamais se moquer, juste pour dédramatiser. *Je suis là*, lui disait-il. *Plus personne ne viendra te faire de mal*. Mais le côté intrépide de Peter lui faisait l'effet d'une menace ; il avait sans cesse la bougeotte, toujours envie de se battre contre quelqu'un ou quelque chose. Ce qu'elle redoutait par-dessus tout, c'est qu'il finisse par s'éloigner d'elle. Et des enfants.

Une fois les petits vêtements rangés dans la commode, Anna s'assit près du berceau pour écouter Molly dormir. Il n'y avait pas un bruit dans la maison. Tous ceux qu'elle aimait étaient rassemblés autour d'elle, endormis, à l'abri.

« Anna ? »

La jeune femme sursauta. Debout dans l'encadrement de la porte, Peter l'observait d'un air intrigué.

« Qu'est-ce que tu fabriques ? »

Elle rougit. « Rien.

– Encore en train de la regarder dormir, hein ? »

Elle se mordit la lèvre. « Je... voulais juste... » Elle soupira. « J'ai fait un cauchemar.

– Laisse-moi deviner, murmura Peter. Les Rabatteurs ? »

Elle croisa son regard. Ses yeux pétillaient avec tendresse.

« Non, pas cette fois, dit-elle en se relevant pour le rejoindre. J'ai rêvé de Sheila.

– Ah oui ? fit Peter. Raconte-moi. »

Anna ferma les yeux. Sheila. Son amie de Grange Hall. Enfin, amie... était-ce vraiment le mot exact ? Sheila avait surtout été son ombre. Plus jeune qu'Anna, elle s'était tournée vers elle pour bénéficier de sa protection, et Anna l'avait prise sous son aile à contrecœur. Sheila n'avait pas sa force de caractère ; elle se heurtait systématiquement aux autres filles, à Mrs Pincent... à tout le monde. Le teint pâle, les cheveux roux clair, Sheila était à la fois fragile et déterminée. Elle refusait d'accepter son statut de Surplus, persuadée que ses parents avaient souhaité sa naissance et qu'elle n'avait rien à faire à Grange Hall. Le pire, c'est qu'elle avait raison. Mais Anna et Peter l'avaient découvert bien après leur évasion du Foyer – lorsqu'ils avaient laissé Sheila derrière eux pour la retrouver ensuite chez Pincent Pharma, où elle servait de cobaye pour des expériences scientifiques...

Anna frissonna à l'évocation de ce souvenir. « J'ai rêvé que... » Elle exhala, lentement, et son souffle forma un petit nuage visible dans l'air glacé de la nuit. « J'ai rêvé qu'elle était en colère contre moi. Parce que je ne l'avais pas crue. Parce que je lui avais dit qu'elle était un Surplus. J'ai rêvé qu'elle me prenait Molly pour se venger et me montrer ce que ça faisait. » Des larmes se mirent à ruisseler sur ses joues et Peter la serra fort contre elle. Puis il referma la porte de la chambre de Molly.

« Sheila n'aurait jamais fait ça, murmura-t-il en lui caressant les cheveux.

– C'est ma faute si elle s'est retrouvée chez Pincent Pharma, répondit Anna d'une voix rauque. Elle m'avait demandé de l'emmener avec moi. J'ai refusé. Je l'ai abandonnée.

– Tu n'avais pas le choix, rétorqua Peter. Aujourd'hui, elle va bien. Elle est à Londres avec Paul et Jude. Tu n'as pas à te sentir coupable.

– Je veillais sur elle, à Grange Hall. Quand je suis partie…

– Quand tu es partie, tu as fait preuve d'un courage immense. Tu m'as sauvé la vie. Cesse de te torturer, Anna. Cesse de voir des problèmes là où il n'y en a pas. » Le ton de Peter était un peu plus sévère, à présent. « Personne ne va venir enlever Molly. Ni Sheila, ni les Rabatteurs, ni personne d'autre.

– Je sais, fit Anna en essuyant ses larmes. Je sais tout ça. J'ignore pourquoi je continue à faire ces rêves affreux…

– C'est parce que tu ne travailles pas assez pendant la journée, répondit Peter avec une étincelle malicieuse dans le regard – cette petite lueur qui perçait dans ses yeux chaque fois qu'Anna semblait bouleversée. J'ai déterré toutes les pommes de terre hier pendant que tu étais assise là, à me regarder !

– C'est faux ! protesta Anna, pourtant consciente qu'il la taquinait. J'ai arraché les carottes. J'ai frotté les pommes de terre. Et…

– Je plaisante, fit Peter. Écoute, tes cauchemars finiront par passer. Mais terminées, les déambulations nocturnes dans la maison, OK ? Tu as besoin de dormir, et moi aussi.

– Tu crois vraiment qu'elle va bien ? Sheila, je veux dire. À ton avis, elle est heureuse à Londres ?

– J'en suis sûr. Et je crois aussi qu'elle est indépendante et qu'elle s'assume. Elle n'est plus sous ta responsabilité.

– Tu as raison.

– Bien sûr que oui. » Peter sourit et lui prit la main pour la ramener dans leur chambre. Malgré le mauvais pressentiment qui l'habitait, comme la certitude qu'il allait bientôt se passer quelque chose d'affreux, Anna fit comme si de rien n'était. Peter avait raison : il était temps qu'elle apprenne à vivre en étant confiante. Et en gardant espoir.

Jude avait la main qui tremblait. Ce n'était pas de la nervosité – du moins cherchait-il à s'en persuader. C'était à cause de la position crispée dans laquelle il se tenait depuis des heures. Il inspira à fond et se concentra sur les câbles électriques devant lui. D'abord, établir des connexions. Vérifier et revérifier les branchements. Puis, enfin, télécharger les images filmées qui révéleraient au monde ce qu'il avait vu de ses yeux. Il consulta sa montre : quatre heures du matin. Après un dernier regard circulaire pour s'assurer qu'il n'avait pas été suivi, que les ombres qu'il voyait s'agiter autour de lui n'étaient qu'une illusion d'optique et non des hommes de Pincent Pharma prêts à bondir, il retint son souffle et appuya sur le bouton bleu de son ordinateur de poche. Transfert en cours. Un ronronnement familier se fit entendre – ce son rassurant de l'appareil en pleine action. Pour la première fois depuis trois heures, il se détendit un peu.

Filmer les raids contre Pincent Pharma avait été son idée. Après tout, ils se donnaient du mal depuis des années... pour un bien maigre résultat. Quelques stocks de Longévité avaient été détruits, mais Pincent Pharma n'avait eu aucun mal à les remplacer. Dans le duel opposant David à Goliath, comme il l'avait fait remarquer à Paul, Goliath ne se contentait pas de gagner : il était triomphant et arrogant. Eux, en revanche, ne parvenaient même pas à fissurer la carapace de leurs ennemis. Mais Jude maîtrisait parfaitement la technologie et savait l'apprivoiser à ses fins. Il avait donc convaincu Paul qu'il pourrait leur être utile. À l'origine, ils avaient seulement filmé les raids à l'aide des caméras de vidéosurveillance des Autorités afin que Paul, Jude ou n'importe quel membre du Réseau puisse suivre en direct les soldats de la résistance tandis que ceux-ci prenaient les camions de Pincent Pharma en embuscade et détruisaient les chargements de Longévité. Du coup, tout le monde s'était senti beaucoup plus impliqué. Puis Jude avait réalisé que, si le grand public voyait ces attaques, il se sentirait peut-être concerné, lui aussi. En tout cas, il serait informé de ce qui se passait. Et ni les Autorités ni Pincent Pharma ne pourraient plus nier l'existence de ces raids.

Jude se redressa et massa ses muscles endoloris en retenant un gémissement de douleur. Il détestait ces petits signes qui étaient un rappel de sa faiblesse physique. Son corps frêle, sa peau pâle... Malgré l'approche des dix-sept ans, il ressemblait davantage à un jeune garçon qu'à un homme. Chaque fois qu'il se regardait dans une glace, son image le désespérait. Lui qui aurait tant voulu être fort et solide se faisait toujours l'effet d'un avorton. Peter, son demi-frère, était le héros qui s'était introduit dans un Foyer de Surplus pour sauver Anna. Mais lui, Jude, n'était qu'un technicien.

Un bruit le fit tressaillir et il se recroquevilla, le cœur battant. Quelqu'un d'autre était là. Mais qui ? Avait-il été suivi ? Immobile et silencieux, il attendit quelques instants. Puis, rassuré de n'entendre plus aucun son, il exhala un long soupir. C'était sûrement dans sa tête. Après tout, il se montrait toujours d'une prudence extrême. Peter était l'intrépide, le courageux. Jude n'était que l'organisateur, le planificateur. En un mot : le rabat-joie de service.

Il ne s'était jamais considéré ainsi avant de rencontrer Paul et son frère et de s'engager dans le Réseau souterrain, le mouvement de résistance qui avait pour ambition de combattre Pincent Pharma et la Longévité. Du temps où il vivait à l'Extérieur, il s'était toujours senti dans la peau du Chevalier Blanc : un petit génie de l'informatique qui n'avait pas son pareil pour vendre ses services aux grosses sociétés dont il avait préalablement piraté les systèmes de sécurité. Ses services avaient un certain prix, bien sûr, mais d'autres n'auraient pas hésité à profiter de la faiblesse de ces entreprises pour voler, espionner et semer la panique. Jude s'était toujours vu comme un protecteur bienveillant ; il aimait cette image, il aimait la montée d'adrénaline qu'il ressentait chaque fois qu'il contactait une entreprise pour expliquer qu'il venait de s'introduire dans son système informatique et pouvait très bien, s'il le voulait, vider son compte en banque. En échange de son travail, il réclamait juste assez d'argent pour pouvoir vivre pendant plusieurs semaines, voire plusieurs mois. Puis, en guise de récompense, il s'offrait une petite virée sur MyWorld. Ce monde virtuel avait beau n'exister que dans son ordinateur, il lui semblait parfois bien plus réel que le monde qui l'entourait. Dans le monde réel, il n'y avait plus de jeunes de son âge. MyWorld en regorgeait. Et sur MyWorld, Jude était un héros adoré de tous.

La vérité, c'est que vivre hors de son monde virtuel lui était de plus en plus difficile.

« Allez ! » lâcha-t-il dans un souffle tandis que le transfert du film se poursuivait lentement. Loin de progresser, la connectique s'était dégradée depuis des mois, au grand dam de Jude. Tout semblait aller de mal en pis : coupures d'électricité, problèmes d'approvisionnement en eau... Il avait même entendu dire que, dans le Sud-Ouest, les gens étaient obligés de faire la queue au puits municipal. La sécheresse avait en outre entraîné des rationnements alimentaires, et les Autorités n'avaient même pas cherché à inventer un prétexte. Mais au moins, les gens pouvaient faire la queue librement. Au moins, ils n'étaient pas comme lui, contraints de vivre cachés dans le sous-sol d'un bâtiment insalubre, parfois privés de nourriture plusieurs jours d'affilée.

Le Réseau souterrain. La résistance. Jude en avait entendu parler toute sa vie, mais seulement par le biais d'allusions voilées. La résistance encourageait les gens à faire des enfants alors que le monde était déjà largement surpeuplé. La résistance pensait que les pilules de Longévité étaient mauvaises alors qu'elles avaient guéri les humains de la vieillesse. Jude, lui, était né Légal (certains hauts responsables des Autorités bénéficient du privilège suprême de pouvoir enfanter) et avait été élevé dans la haine de cette résistance. Mais, à mesure qu'il avait grandi dans la solitude, sans personne de son âge pour lui tenir compagnie, il s'était peu à peu désolidarisé des arguments de son père, Stephen. Et quand, à peine deux ans plus tôt, celui-ci s'était fait assassiner par Margaret Pincent, sa première épouse, et que Jude avait découvert que son demi-frère Peter aurait dû être Légal à sa place, le monde s'était effondré autour de lui. Peter, ce fils que Margaret et Stephen avaient eu ensemble, était né deux mois après Jude – et à cause de cela, il était devenu un Surplus. Si bien que Jude avait grandi dans l'opulence d'un bon foyer tandis que

Peter, lui, avait toujours vécu caché dans des caves, transbahuté d'un endroit à l'autre.

Pas étonnant que Peter soit le héros, songea Jude en regardant la progression de la barre de téléchargement tout en pianotant nerveusement sur sa cuisse. Et pas étonnant que Peter se soit opposé à ce que son demi-frère rejoigne le Réseau. Jude était un voleur : sa naissance avait privé Peter de sa légitimité.

Jude secoua la tête et se concentra à nouveau sur son travail. La police des Autorités risquait de surgir à tout moment. Il avait choisi ce lieu exprès : une vieille usine menacée de démolition, aux fenêtres condamnées et aux accès barrés par du fil barbelé. Mais cela n'empêcherait ni les gardes ni les policiers d'y accéder. Et s'ils l'arrêtaient... Jude frissonna. Il préférait ne pas y penser. Depuis qu'il avait offert ses services à Paul et à Peter et qu'il s'était engagé dans la résistance, il figurait sur la liste des suspects les plus recherchés. S'il tentait d'utiliser la moindre carte de crédit, il serait immédiatement repéré, pisté, arrêté et jeté en prison. Ou pire. Le Réseau n'avait certes rien d'un trois-étoiles, mais au moins il le protégeait. Jude jeta un regard prudent autour de lui. Puis, avec un soupir de soulagement, il vit que le transfert était terminé. Vite, il débrancha les câbles, quitta sa cachette exiguë et s'éloigna à toutes jambes.

Mais, au moment de franchir une porte qui jadis ouvrait sur un escalier, il s'arrêta net, alerté par un bruit qu'il avait déjà entendu depuis son arrivée. Lentement, il pivota sur ses talons et se tapit dans l'ombre, le cœur battant sous l'effet de l'effort physique ou de la peur – difficile à déterminer. Le bruit se fit entendre à nouveau. On aurait dit un sifflement, un souffle. Sûrement pas les gardes, en tout cas. Ça ne ressemblait à rien de ce qu'il connaissait.

Hésitant, il se déplaça à pas de loup en frôlant le mur tout en veillant à bien rester dans l'ombre. Il se trouvait sur une sorte de plate-forme suspendue, un ancien couloir dont les murs avaient été abattus des deux côtés. Juste en dessous de lui se trouvaient deux autres plates-formes identiques ; un vide de cinq mètres le séparait du rez-de-chaussée où trônaient encore d'anciennes machines abandonnées, rongées par la rouille tels des navires échoués.

Le souffle se rapprochait. Jude songea à prendre la fuite, mais il se ravisa. S'il était suivi, il tenait à le savoir. C'était peut-être un piège, mais cela semblait peu probable. La promesse de nourriture gratuite aurait constitué un appât bien plus efficace que ce souffle rauque. Pour quelques miettes à manger, Jude aurait marché dans n'importe quel piège. Le jeune homme baissa piteusement les yeux vers son estomac concave, puis il se ressaisit et continua à se diriger vers le bruit. Il se retourna ; le son était de plus en plus fort, mais il ne voyait toujours rien. Fronçant les sourcils, il s'éloigna du mur pour regarder en contrebas, au rez-de-chaussée. Toujours rien. On croirait presque… un bruit animal, se dit-il avec soulagement. Ça n'avait rien d'humain. Sans doute un chien. Il tendit l'oreille : cela provenait d'en dessous. Juste *en dessous*. Jude s'accroupit, se rapprocha de l'extrémité de la plate-forme et pencha la tête pour tenter d'apercevoir l'animal blessé. Alors son cœur se décrocha dans sa poitrine. Parce qu'il ne s'agissait pas d'un animal. C'était une femme.

Assise là, très maigre, une main pressée contre sa gorge, elle se débattait faiblement comme si quelqu'un l'étranglait avec une cordelette invisible. Pantelante, elle tendait son autre main au-dessus de sa tête, comme si ce geste pouvait la sauver. Mais Jude ne vit personne tirer sur la corde invisible ; la femme était seule. Sans réfléchir, il se retourna, jeta ses jambes dans le vide en se retenant à la plate-forme, et sauta sur le niveau inférieur. La femme le vit, mais pouvait à peine le regarder.

« De l'eau ! » hoqueta-t-elle.

Jude sortit sa précieuse bouteille d'eau et hésita un quart de seconde avant de la lui tendre. Elle voulut s'en saisir, mais ses bras n'avaient plus la moindre force. Délicatement, Jude lui versa un peu d'eau entre les lèvres. Elle hocha fébrilement la tête et il versa le reste de la bouteille, mais elle se mit à gémir.

« Quoi ? Que se passe-t-il ? »

La femme ne le regardait même pas. Elle porta de nouveau ses mains à sa gorge.

« De l'eau ! supplia-t-elle encore.

– Je n'en ai plus, dit Jude. Que vous est-il arrivé ?

– Soif, articula la femme, une lueur étrange dans le regard. De l'eau ! »

Jude se recula, un peu effrayé. « Il n'y en a plus. »

La femme acquiesça, comme si elle venait enfin de comprendre. Puis, sans crier gare, elle rassembla ses dernières forces et se jeta sur lui. Pris au dépourvu, Jude trébucha et tomba en arrière.

« À boire, hurla-t-elle, à boire ! »

Elle agrippait le jeune homme à la gorge et son coude s'enfonçait dans sa trachée, si bien qu'il ne pouvait plus respirer. Il tenta de la repousser, mais elle semblait mue par une énergie incroyable – la force du désespoir, sans doute – et Jude sentit que tout s'assombrissait lentement autour de lui. Soudain, la femme lâcha prise. Suffoquant, Jude inspira une grande goulée d'oxygène et roula sur le ventre avant de s'agenouiller. La femme était retombée sur le dos. Jude, hors d'haleine, la foudroya du regard... mais il eut soudain un hoquet horrifié. La peau de la femme se desséchait. Pas seulement sa peau – son corps tout entier. Là, devant lui. L'humidité semblait littéralement s'évaporer hors d'elle. En un dernier sursaut, la malheureuse releva la tête et l'observa, les yeux révulsés, le visage creusé – comme un squelette, réalisa Jude. Puis, avec un petit cri rauque, elle bascula en arrière et s'immobilisa.

Jude fut incapable de bouger pendant une bonne minute. Paralysé par la terreur, il s'efforçait de comprendre ce qu'il venait de voir. Enfin, lentement, il se redressa. La nuque encore endolorie, le souffle rauque, il commença à ramper vers la femme. Mais il s'arrêta à mi-chemin. S'approcher davantage était au-dessus de ses forces. La peau du cadavre était toute brune ; sa bouche et ses yeux étaient grands ouverts, comme d'immenses trous noirs cherchant à l'attirer à l'intérieur. Jude regarda désespérément autour de lui. Il aurait à tout prix voulu récupérer un enregistrement de cette scène, mais il n'y avait aucune caméra en vue. Il se frappa le front. Bien sûr qu'il n'y avait pas de caméras de surveillance ici ; c'était même la raison pour laquelle il avait choisi cette usine désaffectée. Il se redressa sur ses jambes, qu'il avait molles comme du coton, et envisagea un instant de ramener la femme avec lui jusqu'au QG du Réseau. Mais il se ravisa aussitôt : trop dangereux, trop compliqué. Du moins est-ce le prétexte qu'il se donna à lui-même. En vérité, la révulsion et la terreur qu'il éprouvait étaient telles qu'il n'avait plus qu'une envie : quitter cet endroit au plus vite et ne plus jamais y remettre les pieds.

Après un dernier coup d'œil en direction du cadavre, il tourna les talons et regagna à toutes jambes la sortie du bâtiment. Une fois dehors, il fut secoué par de violentes nausées. Puis il reprit en courant le chemin du quartier général.

Chapitre 3

Jude passa les contrôles de sécurité le plus vite possible avant de franchir précipitamment la porte. Il était encore très tôt mais il n'y avait pas vraiment d'horaires, ici. Les réunions étaient souvent organisées en pleine nuit. Paul semblait rarement dormir et, même lorsqu'il s'accordait un moment de sommeil, il était capable de se réveiller en un clin d'œil, prêt à bondir s'il se passait quelque chose.

« Paul ! cria-t-il. Paul, où es-tu ?

– Jude ? » Paul apparut dans un couloir, une expression indéchiffrable sur le visage, mais Jude savait d'avance que cette intrusion lui déplaisait. Fondateur et dirigeant du Réseau souterrain depuis plusieurs centaines d'années, Paul était un homme de peu de mots, et ceux qu'il prononçait étaient toujours pensés, ordonnés, choisis avec soin. Il préférait la prudence à l'emportement, la raison à l'instinct. Autant dire que Jude et lui étaient à l'opposé l'un de l'autre.

« Paul, il faut que tu écoutes ça. Je reviens de l'usine. Le bâtiment désaffecté près d'Euston...

– Oui oui. J'ai vu les images que tu as transférées. Félicitations. Encore une mission réussie », dit-il d'une voix douce. Paul, le leader officieux et énigmatique du Réseau souterrain, élevait rarement la voix. Cela voulait dire qu'il n'avait jamais l'air enthousiaste, fier ou surpris de quoi que ce soit. C'était l'interlocuteur le plus frustrant qui existe.

« Non, je ne te parle pas de ça. Il s'agit d'autre chose... quelque chose de... »

Il grimaça malgré lui à la pensée de ce qu'il s'apprêtait à révéler.

« J'ai vu quelqu'un mourir. C'était... immonde. »

Il regretta aussitôt l'emploi de cet adjectif. Cela semblait méprisant. Mais les mots lui manquaient pour décrire ce qu'il avait vu. Il avait eu le temps de se remettre de sa terreur et de son dégoût pendant le trajet de retour au quartier général. Maintenant, loin d'avoir l'air courageux, il se faisait l'effet d'un imbécile. Après tout, il avait déjà vu des gens mourir – des soldats de la résistance tués par les hommes de main de Pincent Pharma. Mais cette fois, c'était différent. Cette femme semblait *malade*. Un terme appartenant au passé, un concept abstrait et obsolète... jusqu'à aujourd'hui. Car aujourd'hui, cela lui avait paru on ne peut plus concret et terrifiant.

Il vit Paul lever un sourcil et rougit un peu.

« C'était une femme. Elle suffoquait comme si elle manquait d'air. Elle m'a réclamé de l'eau, alors je lui en ai donné, et elle a… » Jude sentit ses jambes s'affaiblir à cette seule évocation. Il sentait le poids du regard de Paul ; il voulait l'impressionner, susciter son admiration. Mais au lieu de ça, il ne lisait que de la compassion et de l'inquiétude sur ses traits. Déçu, il abaissa les épaules.

« Elle s'est ratatinée, dit-il. Elle est morte sous mes yeux. »

Au même moment, Sheila apparut à ses côtés, l'air abasourdi, et tira une chaise pour lui permettre de s'asseoir. Jude sentit un pincement au fond de son cœur, comme chaque fois qu'il la voyait, et prit place sur le siège.

« Elle est morte ? demanda la jeune fille. C'était donc une Affranchie ? »

On appelait Affranchis tous ceux qui choisissaient de renier la Déclaration et de renoncer à la Longévité pour avoir des enfants. Ils étaient peu nombreux, et traités avec suspicion par les Légaux : comment pouvait-on souhaiter vieillir et s'exposer à la mort quand les pilules de Longévité étaient là pour vous en préserver ? Comment pouvait-on souhaiter élever un enfant dans un monde presque totalement dépourvu de jeunesse ?

« Elle était seule ? » voulut savoir Paul avant que Jude ait le temps de répondre à la question de Sheila. Il le dévisageait avec intensité.

Jude fit oui de la tête.

« Et personne ne t'a vu ?

– Non. Enfin, je n'ai vu personne. J'ai fait bien attention... en revenant jusqu'ici, je veux dire.

– Parfait. Sheila, aurais-tu la gentillesse de lui préparer une bonne tasse de thé ? Ensuite, Jude, j'aimerais que tu me décrives très exactement ce qui s'est passé. Le moindre détail, tout ce dont tu peux te souvenir. Tu t'en sens capable ? »

Le jeune homme acquiesça.

« Du thé ? protesta Sheila. Mais il n'en reste plus. Nous n'en aurons pas avant cet après-midi et...

– J'espérais que tu pourrais te débrouiller pour nous trouver un sachet quelque part », insista Paul, une lueur amusée dans ses yeux bleu vif.

Sheila prit un air indigné, et Jude comprit avec embarras que Paul avait découvert sa collection secrète de sachets de thé, de biscuits et de tout ce qu'elle avait réussi à chaparder. C'était plus fort qu'elle. Jude le savait, mais il ne lui en tenait pas rigueur. Sheila avait grandi sans rien à elle. Jude, qui n'avait manqué de rien dans son enfance sauf d'affection, était prêt à lui offrir bien volontiers tout ce qu'elle voulait. Si elle lui avait demandé la chemise qu'il portait, il l'aurait ôtée sans hésiter.

« Je peux me passer de thé, dit-il. Vraiment, je...

– Pas du tout, répondit Sheila. Je crois qu'il nous en reste quelque part. Je reviens. »

Sur ces mots, elle disparut dans la cuisine et Jude s'efforça de concentrer son attention sur Paul.

« Tu te sens bien ? lui demanda ce dernier en s'asseyant à côté de lui.

– Oui, répondit Jude tout en visualisant Sheila en train d'exhumer un sachet de thé de sa cachette.

– Ça a dû être un choc pour toi.

– Je vais bien, insista Jude. Je ne suis pas un bébé, tu sais. »

Sa remarque était plus sarcastique qu'il l'aurait souhaité. Il vit Paul froncer les sourcils.

« Je ne te considère pas comme un bébé, reprit-il au bout d'un court silence. Dis-moi ce que tu as vu, Jude. Tâche de n'oublier aucun détail. »

Jude se cala contre le dossier de son siège et vida son sac : le raid, les caméras, le transfert du film, le bruit bizarre, la découverte de la femme... Paul l'écoutait avec attention en opinant de temps à autre, le visage grave.

« Sa peau avait noirci ?

– Comme si elle était calcinée, répondit Jude en frissonnant. On aurait dit un squelette momifié. »

Paul se rembrunit, l'air pensif. Puis il se tourna vers Jude, le regard clair comme du cristal.

« À ton avis, de quoi souffrait-elle ? lui demanda Jude. Y a-t-il un rapport avec Pincent Pharma ?

– C'est fort probable.

– Alors menons l'enquête. Je trouverai le moyen de m'introduire là-bas et je percerai ce mystère. » Il fixait Paul, les yeux pleins d'espoir. Un an auparavant, Peter était parti travailler chez Pincent Pharma en prétendant avoir coupé les ponts avec le Réseau et vouloir se réconcilier avec son grand-père, Richard Pincent. Paul l'avait chargé de cette mission en toute confiance pour qu'il espionne les activités secrètes de son grand-père. Peter s'était comporté en héros ; aujourd'hui encore, c'est tout juste si on ne prononçait pas son nom en chuchotant. Jude n'attendait qu'une chose : avoir l'occasion de prouver qu'il était compétent, lui aussi.

Mais Paul secoua la tête.

« Non, dit-il en se levant. Tu dois rester ici. Il y a beaucoup à faire.

– Comme quoi ? rétorqua Jude, sur la défensive. Je peux espionner, moi aussi. Je me suis déjà introduit une fois chez Pincent Pharma. Je peux le refaire. Laisse-moi juste une chance de...

– Non, répéta Paul. J'ai besoin de toi ici. Besoin que tu étudies.

– Que j'étudie ? » Jude lâcha un soupir irrité, le regard posé sur la pile d'ouvrages que Paul lui avait donnés à lire : biographies politiques, manuels d'histoire ou de survie, traités sur l'art de diriger, les catastrophes naturelles, la plomberie… Ils savaient tous les deux que lire des livres ne le conduirait nulle part. Paul ne lui laissait jamais sa chance. Il ne croyait pas en lui. Et peut-être avait-il raison, songea Jude, la mort dans l'âme.

« C'est très important d'étudier », déclara Paul en s'avançant vers lui. Il leva la main et, l'espace d'un instant, Jude crut qu'il allait la poser sur son épaule, mais il interrompit son geste.

Jude garda le silence ; sa déception était si forte qu'il sentait sa gorge se serrer et les larmes lui monter aux yeux. Encore une preuve supplémentaire qu'il n'avait pas l'étoffe d'un héros…

Sheila revint avec une tasse de thé qu'elle lui tendit.

« Merci, Jude. C'était très intéressant », déclara Paul sans voir – ou en choisissant de ne pas voir – le regard frustré de Sheila à l'idée qu'elle venait de rater une conversation importante. « Et maintenant, au travail. Nous avons du pain sur la planche !

– Ah oui ? Qu'y a-t-il à faire ? » rétorqua Jude d'un ton acerbe, son sarcasme défensif reprenant soudain le dessus, avant d'avaler une gorgée de thé chaud.

Paul fronça les sourcils. « Je te demande pardon ?

– Tu viens de dire qu'il y avait du pain sur la planche. J'aimerais avoir des détails », répliqua Jude en le regardant droit dans les yeux.

Paul soupira. « Jude, as-tu lu ce livre ? » Il désignait un vieil ouvrage si abîmé qu'il n'avait plus de reliure, mais Jude savait qu'il s'agissait d'un livre de contes destiné aux enfants, non aux jeunes adultes comme lui.

« Oui, dit-il avec agacement. Ce sont des histoires pour bébés.

– Faux, rectifia Paul. Ce sont des fables. Tu devrais en lire quelques-unes. Surtout celle du lion et du rat.

– Le lion et le rat ? » répéta Jude d'un ton las. Encore un prétexte pour changer de sujet...

« Le lion attrape le rat pour le tuer, mais le rongeur s'accroche à sa queue et le lion se met à tourner en rond, au point qu'il ne remarque pas que le rat finit par s'enfuir.

– Génial », maugréa Jude. Si Peter était là, Paul ne lui parlerait certainement pas de lions et de rats. Si Peter était là, il se trouverait déjà plongé au cœur de l'action. « Vraiment, merci. Elle est super, ton histoire.

– En effet. Comme je te le disais, tu devrais lire ces fables de temps en temps. » Sur cette conclusion, Paul quitta la pièce.

Jude secoua la tête, dépité. Sheila surprit son regard et roula des yeux. « Nous avons du pain sur la planche », fit-elle en imitant le chef du Réseau.

Jude soupira et esquissa un petit sourire. « Il y a beaucoup, beaucoup à faire, ajouta-t-il sur le même ton avant de siroter son thé.

– Alors, cette femme est vraiment morte ? demanda Sheila en lui prenant sa tasse pour en boire une gorgée. Sous tes yeux ? »

Jude confirma d'un hochement de tête.

« Beurk !

– Tu m'étonnes. Tu serais tombée dans les pommes, j'en suis sûr. Ou bien tu te serais enfuie en courant.

– Jamais de la vie, protesta Sheila.

– Oh que si, fit Jude avec malice en reprenant sa tasse. Tu aurais paniqué comme une fillette.

– Et toi ? Tu as déboulé ici ventre à terre, le taquina Sheila. Je crois même t'avoir entendu crier au moment de ton arrivée.

– Sûrement pas. » Jude se renfrogna, son sens de l'humour soudain envolé. Que Paul le prenne pour un faible, c'était déjà agaçant. Mais Sheila ? Pour lui, c'était insupportable.

Sheila l'observa d'un air amusé.

« Eh bien tu avais peur, en tout cas.

– N'importe quoi. Je n'avais pas peur, OK ? »

Sheila se tut pendant quelques secondes. Puis, lentement, elle s'avança vers lui et s'assit sur l'accoudoir de sa chaise. « J'aurais été terrifiée, dit-elle tout bas.

– Vraiment ?

– Sans toi, oui. Avec toi, je n'aurais pas eu peur du tout. »

À ces mots, Jude se sentit tout réchauffé de l'intérieur. « Tu... tu es sérieuse ?

– Absolument, répondit la jeune fille. Tu m'as sauvée de chez Pincent Pharma. » Elle se tourna vers lui, et Jude vit une émotion sincère briller dans ses yeux. « Je sais que je pourrai toujours compter sur toi pour me protéger, murmura-t-elle. J'ai confiance en toi.

– Ça, tu peux », dit-il en passant ses bras autour de sa taille pour la serrer fort contre lui. Il n'avait rien d'un héros, il le savait, mais il pouvait au moins être celui de Sheila, si tel était son souhait.

« À ton avis, est-ce Richard Pincent qui a tué cette femme ? demanda-t-elle. Comme il s'apprêtait... à me tuer ?

– Je l'ignore. Mais ne t'inquiète pas. Il paiera pour ce qu'il t'a fait.

– Ça m'étonnerait, fit la jeune fille d'un ton amer. Il s'en sort toujours. Le Réseau ne gagnera jamais la bataille, n'est-ce pas ? Alors à quoi bon ?

– Au contraire », répondit Jude. Il savait que Sheila avait connu une vie très dure et qu'elle avait parfois tendance à voir tout en noir. « Il faut poursuivre le combat. Plus il y aura de jeunes, plus l'opposition aux Autorités et à Pincent Pharma sera forte.

– Mais la Déclaration est logique. Nous sommes trop nombreux sur terre. Nous n'avons pas assez d'eau. Tu m'as dit toi-même que les rivières s'asséchaient en Afrique. Nous manquons d'électricité, de nourriture... de tout. Je ne veux pas que la population s'accroisse. Je veux qu'elle *diminue.* »

Jude secoua la tête. « Ce n'est pas si simple.

– Pourquoi ?

– Parce que le monde a besoin de jeunesse, dit-il. C'est injuste d'empêcher les enfants de naître pour que les vieux puissent continuer à vivre. Ce n'est pas... » Sa phrase resta en suspens. Il n'avait plus les idées claires. Il était trop troublé par la présence de Sheila et par les sensations étranges qui assaillaient son corps – un frisson comme de la peur mais... différent. La jeune fille se tourna vers lui et il s'empourpra. « Tu n'as pas, euh... des trucs à faire ? » lui demanda-t-il d'une voix un peu tremblante.

Il regretta aussitôt d'avoir dit cela, mais c'était trop tard. Sheila leva les sourcils, but une dernière gorgée de thé et sortit d'un pas raide, le laissant tout seul sur sa chaise. Accablé, Jude promena son regard autour de lui.

C'était un espace réduit, l'une des quelques pièces composant le quartier général du Réseau souterrain. Pour l'instant, en tout cas. Car certaines rumeurs annonçaient un déménagement imminent. Par rumeurs, il fallait comprendre que Jude tenait cette information de Sheila, ce qui signifiait qu'elle pouvait tout aussi bien être vraie ou fausse. Sheila aimait toujours tout savoir, au point de préférer inventer quelque chose au lieu d'avouer son ignorance. D'après elle, Paul avait confié à quelqu'un l'autre jour qu'ils s'installeraient tous ailleurs d'ici à la fin de la semaine. Puisqu'on était déjà jeudi, l'échéance approchait à grands pas.

Jude s'assit à son bureau – une simple table – et posa négligemment les pieds dessus, comme du temps où il vivait seul, sans autres règles que les siennes. Cela semblait déjà remonter à une époque lointaine. Presque une autre vie.

En réalité, quelques mois à peine s'étaient écoulés depuis que Sheila et lui s'étaient installés comme résidents permanents du Réseau. Quelques mois à peine depuis que Paul avait décrété qu'ils couraient un trop grand danger pour vivre ailleurs. Ils avaient tous deux été témoins des effroyables expériences médicales qui se déroulaient chez Pincent Pharma, et Richard Pincent avait juré leur mort. Jude le savait parce qu'il avait intercepté des messages rédigés de sa main.

Sur le moment, il s'était senti important. Mais aujourd'hui, il se demandait si Sheila n'avait pas raison, tout compte fait. Le problème n'était pas le Réseau en soi. Jude adhérait totalement à la croisade contre Pincent Pharma. Comment aurait-il pu en être autrement ? Comment aurait-il pu être indifférent au fait que la jeunesse n'existait plus dans ce monde, et que tous les enfants étaient arrachés à leurs parents pour être placés dans des Foyers de Surplus ?

Jude savait que Paul avait raison. Que la Déclaration était une erreur et qu'un monde peuplé uniquement de vieux était le pire cauchemar qui soit, même si les gens n'avaient pas *l'air* vieux. Et il savait aussi que Richard Pincent était l'homme le plus cruel qui puisse exister. Personne ne le haïssait plus que lui.

Mais il s'était imaginé le Réseau souterrain davantage comme une armée que comme... Il chercha le mot exact, en vain. Disons qu'il avait imaginé les choses différemment, genre ruche grouillante d'activités où des hommes et des femmes parlaient sans cesse de révolution, fomentaient des plans d'attaque et se lançaient à l'action. Mais en fait, il y avait très peu de monde au quartier général. Et ce pour une raison précise : les gens passaient recevoir leurs instructions, remettre leurs rapports ou, de temps à autre, assister à des réunions, mais personne ne s'arrêtait jamais pour faire la causette. De même, il ne fallait jamais dévisager quelqu'un avec trop d'insistance, afin qu'aucun membre du Réseau ne puisse en identifier un autre au cas où il se ferait arrêter par Richard Pincent ou par les Autorités. Les seuls résidents permanents étaient Jude, Sheila, Paul et un ou deux gardes. Jude menait une vie sociale plus palpitante lorsqu'il vivait dans son minuscule studio des quartiers sud de Londres...

Tout à coup, une idée le frappa. Une famille, voilà ce que représentait le Réseau – une famille légèrement dysfonctionnelle. Paul incarnait la figure parentale, c'est-à-dire qu'il désapprouvait et critiquait à tout bout de champ en restant convaincu qu'il avait raison et que sa manière de faire était la meilleure. Peter et Anna étaient les enfants chéris. Sheila était la benjamine, la plus gâtée. Et Jude ? Il était le trouble-fête, « l'enfant à problèmes ». Parfois, il n'était même pas sûr de faire partie du clan.

D'un geste las, il alluma son ordinateur. À quoi bon ruminer tout cela ? Il ne serait jamais admiré comme Peter. En attendant, un nouveau raid était sur le point d'être lancé contre un camion de Pincent Pharma et il était censé filmer l'événement en direct. Il se connecta au logiciel de surveillance et suivit la scène pendant une heure. Puis, comme il s'ennuyait, il jeta un coup d'œil en direction de Sheila ; la jeune fille était revenue dans la pièce depuis quelques minutes et se tenait appuyée contre le mur, l'air pensif, un balai à la main. Jude savait ce qu'elle attendait de lui.

« Envie de jouer, princesse ? »

Princesse était le petit nom qu'il lui avait donné pour la taquiner à cause de ses caprices et de son mauvais caractère. C'était du moins ce qu'il lui avait dit. En réalité, cela remontait à la toute première fois où il l'avait vue. Elle lui avait fait l'effet d'une princesse de conte de fées : glacée de froid, effrayée et attendant qu'on vienne à son secours. Jude venait de pirater le système de vidéosurveillance de Pincent Pharma lorsqu'il avait découvert son visage à l'écran et compris que, derrière sa façade lisse, l'usine pharmaceutique était pire qu'une prison : un lieu de torture. Ce jour-là, il avait réalisé qu'il vivait dans un monde de mensonges et il s'était introduit chez Pincent Pharma pour arracher sa princesse des griffes de ses tortionnaires. C'est là qu'il avait fait la connaissance de Paul et de Peter. Ensemble, ils avaient découvert l'horrible sort réservé aux filles Surplus, expédiées comme du bétail chez Pincent Pharma où des scientifiques prélevaient leurs cellules afin de fabriquer des pilules de Longévité +, le nouveau médicament miracle capable de traiter les signes extérieurs de vieillesse et de faciliter le renouvellement des organes internes.

Ce jour-là avait marqué la fin de l'existence de Jude en tant que citoyen Légal. Désormais, il avait besoin de la protection du Réseau. Mais la vérité, c'est que la Légalité n'était pas un truc si génial que ça. Pas lorsqu'il n'y avait personne de votre âge dans votre ville, ni d'ailleurs dans tout le pays.

« Non merci, fit Sheila en s'affairant avec son balai. J'ai une tonne de choses à faire. »

Jude sourit. « Mais nous savons tous les deux que tu ne les feras pas. »

La jeune fille croisa les bras. « Bien sûr que si. Je ne suis pas une fainéante, contrairement à toi. » Elle lui tourna le dos pour balayer distraitement un coin de la pièce dans un sens, puis dans l'autre, redistribuant ainsi toute la poussière. Il la regarda faire avec amusement, mais ne dit rien. Sheila avait grandi dans un Foyer de Surplus où elle répétait à l'envi qu'elle était Légale, que ses parents s'étaient affranchis de la Déclaration pour avoir des enfants, qu'elle n'aurait jamais dû être enlevée par les Rabatteurs et formée pour apprendre à se rendre Utile et devenir un Bon Élément, c'est-à-dire une femme de ménage ou une domestique. Sauf que les Bons Éléments connaissaient un destin bien différent, en réalité. Richard Pincent avait besoin d'eux... pour autre chose.

« Tant pis, comme tu voudras.

– Merci. Et à ta place, je lirais les livres que Paul t'a donnés. Tu as de la chance d'être ici, Jude.

– Et alors quoi, je devrais me rendre Utile, c'est ça ? »

Il regretta aussitôt ce qu'il venait de dire. À l'époque de leur rencontre, Sheila mettait un point d'honneur à prouver qu'elle était une bonne ménagère grâce à tout ce qu'elle avait appris à Grange Hall. Mais le Réseau choisissait toujours des bâtiments désaffectés et inhabitables pour y installer son QG, et ce n'était pas évident de jouer les fées du logis dans des lieux aussi sales où personne ne se souciait de la propreté du sol. Cela dit, Sheila ne s'était pas révélée très douée pour le ménage, ni pour la cuisine, d'ailleurs – à moins d'aimer la nourriture calcinée. Résultat, elle passait le plus clair de son temps à traîner de pièce en pièce, l'air toujours un peu sur la défensive. Jude la comprenait ; il avait le sentiment de devoir en permanence se défendre et justifier son utilité aux yeux des autres.

« Moi, je suis une *rescapée*, finit par déclarer la jeune fille, jugeant visiblement que l'attaque était la meilleure défense. J'étais dans un Foyer de Surplus parce que les Rabatteurs m'ont arrachée à mes parents. Toi... tu vivais dans une maison, n'est-ce pas ? Au fond, tu n'as pas vraiment besoin d'être ici. »

Jude prit une grande inspiration. Toujours les mêmes piques, toujours les mêmes sous-entendus, comme si la vie était une compétition que Sheila croyait avoir perdue à tout jamais si elle n'essayait pas de le battre au moins trois fois par jour. Le problème, c'est qu'elle avait déjà gaspillé un temps fou. Et Jude en était conscient. Une enfance entière passée à Grange Hall, un premier contact avec le monde ligotée sur un lit d'hôpital dans l'Unité X de Pincent Pharma...

Si Sheila n'avait jamais vécu seule, elle avait en revanche connu la pire des solitudes. Elle parlait très peu de ses camarades de Grange Hall, mais racontait parfois à Jude les petits jeux cruels auxquels les enfants se livraient là-bas. Le harcèlement moral, les punitions... Rien qu'à l'écouter, il sentait son cœur se serrer. Il pouvait tout pardonner à Sheila à cause de ce qu'elle avait vécu : ses commentaires désagréables, son sens très spécial de la moralité, sa manière de l'épier sans faire de bruit et de se fondre dans l'ombre chaque fois qu'il tournait la tête...

« Moi, c'est différent, poursuivit-elle. Je veux dire, j'étais Légale, moi aussi, mais les Rabatteurs m'ont volée au domicile de mes grands-parents et mes parents ne m'ont jamais retrouvée. »

Elle adressa un regard appuyé à Jude, qui soupira intérieurement. Il avait déjà entendu cette histoire un million de fois. Ou plus encore. Et puis la semaine dernière, bêtement, dans un moment de faiblesse, il avait accepté de l'aider à chercher ses parents. Malgré la désapprobation formelle de Paul. Alors qu'on avait toujours interdit à Sheila de le faire, en toutes circonstances.

« Palmer, poursuivit Sheila. C'était leur nom. Ils vivaient dans le Surrey...

– Palmer. C'est bien ça », répondit Jude, l'air gêné, en coulant un regard en direction d'une feuille posée devant lui. Une liste de noms et d'adresses. « Écoute, Sheila, j'ai fait quelques recherches. Le truc, c'est que... »

La jeune fille écarquilla les yeux. « Oh, c'est vrai ? Tu les as localisés ? Dis-moi ! Je t'en prie ! Je sais que Paul ne veut pas que je les retrouve, mais tu dois me le dire. Tu dois... »

Elle s'interrompit net. Paul venait de franchir la porte.

« Sheila, dit-il, nous avons dans le couloir une infirmière qui aurait besoin d'un coup de main, si tu veux bien. »

Jude le regarda avec étonnement. Il ignorait depuis combien de temps Paul était là, et se demandait s'il avait suivi leur conversation.

« Alors, as-tu trouvé l'explication de la mort de cette femme ? » lui demanda-t-il.

Mais Paul ne répondit pas. Il observait Sheila.

La jeune fille ouvrit la bouche, comme pour protester, mais elle parut se raviser et se contenta d'un haussement d'épaules avant de sortir.

« Alors ? répéta Jude.

– Sheila a connu une vie difficile, n'est-ce pas ? » fit Paul en s'avançant vers lui.

Jude acquiesça en silence. Il avait appris à contrôler tout ce qu'il disait à Paul. Ce dernier n'avait pas son pareil pour tordre le sens des mots et lui faire dire ce qu'il ne voulait pas.

« Elle n'a pas vu ses parents depuis des années, je crois.

– Depuis l'âge de quatre ans, en effet, précisa Jude.

– Et maintenant, pour la première fois de son existence, elle vit à l'abri. Elle bénéficie de ta protection et de celle du Réseau.

– C'est exact.

– Et tu penses que c'est une bonne idée de lui embrouiller l'esprit en entretenant le souvenir de ses parents ? »

Jude plissa le front. « Mais je...

– Il n'y a pas de mais. Pour l'instant, il y a surtout un camion qui a besoin d'être filmé et qui mériterait toute ton attention.

– Je suis concentré sur mon travail. » Jude sentit une moue de colère se dessiner sur ses lèvres. Paul n'avait-il vraiment aucune confiance en lui ?

« Faux. Tu n'es pas concentré. Sinon, tu aurais remarqué que le camion s'est arrêté. »

Jude écarquilla les yeux et agrandit l'écran du logiciel SpyNet, qui lui permettait de pirater le système de vidéo-surveillance de Pincent Pharma. « Merde ! » s'exclama-t-il. Le camion était couché sur le côté, au beau milieu de la route. Une voiture fit un écart pour l'éviter, mais poursuivit son chemin. « Oups, désolé, je… »

Il se tourna vers Paul, qui esquissa un petit sourire avant de lui désigner l'écran. Jude hocha la tête et se replaça face à son ordinateur. Un homme vêtu d'un treillis bondit devant le camion et fit brutalement sortir le chauffeur avant de forcer l'ouverture des portes arrière. Jude sentit la montée d'adrénaline qu'il éprouvait chaque fois en visionnant ce genre de scène – David contre Goliath, le Bien contre le Mal.

Les portes du camion étaient ouvertes, à présent. Jude gardait les yeux rivés sur le chauffeur, qui était allongé sur le bitume sous le regard attentif de deux soldats du Réseau. L'homme semblait très agité ; malgré ses protestations, les autres membres du Réseau commencèrent à décharger les containers du véhicule. Ces énormes boîtes ne ressemblaient pas aux chargements habituels de Longévité. Mais ça n'avait pas la moindre importance : elles seraient tout de même détruites. Le Réseau laisserait son message bien en évidence sur le bord de la route.

Mais, à mesure que les membres du Réseau extrayaient les containers du camion, Jude se rembrunit. Un détail clochait. Il ne s'agissait pas de boîtes en carton, mais de caisses en bois. Les hommes durent improviser et se servir de leurs armes à feu pour les briser. Et lorsqu'ils réussirent enfin à en ouvrir une, Jude en resta bouche bée devant son écran. Sous le choc, il plaqua sa main contre ses lèvres et sentit son pouls s'accélérer. Un frisson le parcourut.

Alarmé, il leva les yeux vers Paul. « Ce ne sont pas des pilules », bafouilla-t-il tandis que des cadavres humains surgissaient du container – des corps émaciés, noircis. Face à cette vision, les hommes du Réseau eurent un brusque mouvement de recul. Plusieurs prirent la fuite, tandis que d'autres poussaient délicatement les corps du pied pour voir si certains étaient encore vivants.

« Tu as raison », dit Paul, le regard rivé sur l'écran. Une ombre passa dans ses yeux bleu clair. « Ce ne sont pas des pilules.

– La femme ressemblait à ça », lâcha Jude dans un souffle. La peur lui étreignait la poitrine comme une main glacée.

« La femme que tu as vue mourir ?

– Oui. »

Paul garda le silence, incapable de détacher son regard de l'écran.

« Qu'est-ce que ça signifie, à ton avis ? lui demanda Jude. Qu'est-il arrivé à ces gens ?

– Excellente question.

– C'est Pincent Pharma, n'est-ce pas ? marmonna Jude. Je vais balancer ça sur le Net. À toutes les agences d'information. Le public doit voir ces images. »

Paul secoua la tête. « Non, Jude. Ce n'est pas le moment d'agir. Pour l'instant, mieux vaut attendre.

– Attendre ? Mais attendre quoi ? s'exclama Jude. Arrête de me repousser. Je peux me rendre utile. Nous devrions diffuser ces images et prouver au monde que Pincent Pharma est un monstre assassin ! Laisse-moi participer au combat, Paul. Je t'en prie. » Il le suppliait du regard, les poings serrés avec passion. Et, l'espace d'un instant, il crut que Paul allait accepter ; l'espace d'un instant, le leader du Réseau parut même à deux doigts de le faire.

Mais la déception de Jude fut cuisante, car Paul fit non de la tête. « La diffusion de ces images n'est ni souhaitable ni nécessaire. Crois-moi, la nouvelle se répandra bien assez tôt. » Il se leva et se dirigea vers la porte.

« Terminé ? Tu n'as rien d'autre à ajouter ? lui lança Jude. Que dois-je dire à ces hommes ? Que suis-je censé faire ? » Il jeta un coup d'œil dépité à son matériel. « Tu réalises un peu ce que j'ai entre les mains ? Es-tu seulement conscient que je travaille depuis des mois sur ce réseau de transmission ? Que j'ai obtenu des résultats jamais atteints auparavant ? Que je ne me contente pas de filmer les raids mais que, grâce à moi, toi et moi pouvons nous adresser directement aux chefs de troupe, envoyer des renforts ou donner des ordres quand des cadavres surgissent de caisses censées contenir des pilules de Longévité ? Hein ? »

Il fixait Paul d'un air de défi, le visage plein de colère.

Paul le regarda sans rien dire avant d'opiner.

« Bien sûr que j'en suis conscient, Jude. Des dizaines, voire des centaines de vies ont été sauvées grâce à toi. »

Jude n'en croyait pas ses oreilles. Paul ne l'avait jamais remercié pour son travail informatique. Il n'avait même jamais semblé manifester le moindre intérêt pour ce projet.

« Alors, que dois-je dire à ces hommes ? insista l'adolescent.

– Dis-leur de rentrer chez eux, répondit Paul simplement. Ensuite, reconstitue le trajet de ces camions. Je veux savoir d'où ils viennent et où ils ont fait halte. Tu penses en être capable ?

– De pister les camions ? Bien sûr », fit Jude d'un ton las en se tournant à nouveau vers son écran. Son sang se glaça à la vue des images qui défilaient en direct. « Je suis capable de tout ce que tu veux. »

Chapitre 4

Debout à la fenêtre de son bureau, Richard Pincent profitait distraitement de sa vue panoramique sur Londres, symbole même de son pouvoir et de sa réussite. Il se sentait fatigué, malade... et inquiet.

Le pouvoir. La réussite. Il avait déjà l'impression de les perdre. Il fit quelques pas vers son bureau et s'y agrippa. Puis il se mit à respirer lentement. Inspirer... Expirer... Il finirait par trouver la solution. Aucun problème ne lui résistait.

Mais, à mesure qu'il s'adressait ces pensées rassurantes, il sentit le doute l'envahir. Cela faisait si longtemps qu'il avait refoulé le souvenir d'Albert Fern, de ses cris de protestation tandis que Derek le traînait hors de la pièce pour le conduire à la mort... *Vous n'avez rien, Richard... Sans la formule exacte, vous ne savez rien... Le cercle de la vie doit être protégé...*

Il frissonna. Il avait toujours voué une haine tenace à son ex-patron et beau-père, cet homme qui le traitait avec mépris, le cantonnant à des tâches subalternes au laboratoire alors qu'il était promis à un brillant avenir. Mais Richard avait eu le dernier mot. Encore étudiant, il était tombé sur un article qui l'avait convaincu d'aller proposer ses services au professeur Fern. Au cours de l'entretien, celui-ci avait laissé échapper une remarque anodine à propos de ses recherches pour trouver un remède contre le cancer, affirmant qu'il craignait que l'on ne découvre un traitement contre la vieillesse avant de savoir guérir cette maladie. Richard avait mené sa petite enquête et Fern lui était apparu comme un scientifique très sérieux. Dès lors, il avait guetté la moindre opportunité de décrocher un poste dans son laboratoire. Et quand cette opportunité s'était présentée, il n'avait pas hésité.

Tout avait marché selon son plan. Encore mieux qu'il n'avait osé l'espérer. À l'exception d'un détail…

Se laissant pesamment tomber dans son fauteuil en cuir, Richard ouvrit le tiroir supérieur de son bureau et en sortit les documents qu'il avait récupérés parmi les dossiers d'Albert le jour de sa mort : gribouillis sans intérêt, équations et suites de lettres que même les plus brillants scientifiques n'avaient jamais réussi à interpréter. Richard entendait encore résonner en boucle les propos confus d'Albert à propos du *cercle de la vie*. Le cercle de la vie ? Comment fallait-il comprendre ces mots ?

Dans un mouvement de rage, il rejeta les documents sur son bureau. À plusieurs reprises au fil des ans, il avait failli se débarrasser de cette paperasse inutile. Malgré les objections d'Albert, son équipe de chercheurs avait réussi à recréer la Longévité, comme il l'avait baptisée, à partir de l'unique échantillon du professeur. Le médicament avait subi tous les tests indispensables avant de récolter un succès foudroyant dans le monde entier, et le nom d'Albert Fern avait rejoint les livres d'histoire comme celui du scientifique qui avait eu la malchance de mourir de cause naturelle avant que sa grande découverte ne soit brevetée et commercialisée.

Richard savait que la communauté scientifique ne l'aurait jamais cru s'il avait affirmé avoir lui-même inventé la formule, et le décès « tragique et inopiné » d'Albert lui avait permis de réécrire la genèse du médicament, de la manipuler et de la brouiller à loisir. Entre-temps, il avait pris la tête de la société la plus puissante au monde. Mais aujourd'hui... il avait absolument besoin de posséder la formule et de comprendre les griffonnages d'Albert. Toutefois, bien loin de l'aider, ils lui semblaient aussi impénétrables que d'habitude. Comme si le professeur se moquait de lui depuis l'au-delà...

Richard frappa si violemment du poing sur son bureau que les documents s'éparpillèrent. « Que signifie cette histoire de cercle de la vie ? mugit-il. Est-ce la formule ? Où est-elle ? Espèce de salopard moralisateur ! Vieux singe conspirateur ! »

Richard savait qu'il ne pouvait se permettre de perdre son sang-froid. La colère ne résoudrait rien. Mais elle bouillait en lui depuis tant d'années – une colère profonde teintée de la peur qu'un jour, les menaces d'Albert prennent tout leur sens. Richard Pincent aimait les fins nettes et définitives ; voilà pourquoi il avait demandé à Derek d'éliminer Albert plutôt que de l'enfermer quelque part. Les fins nettes et définitives vous permettaient de tourner la page. Les opposants, les problèmes... le moindre obstacle devait être traité avec efficacité, une bonne fois pour toutes. Et il avait parfaitement réussi sur ce point. Sauf pour la formule. Il avait eu beau se répéter qu'il n'en avait pas besoin, qu'une copie exacte suffisait amplement, il avait toujours soupçonné dans un coin de sa tête – su, même – que ce goût d'inachevé reviendrait le hanter. Quand le Dr Thomas avait parlé de virus mutant, Richard avait aussitôt minimisé le sujet. Il savait d'où venait le problème. Derek aussi. À vrai dire, ils s'y attendaient sans doute depuis des années.

Il devait réfléchir. De toutes ses forces. Il trouverait le moyen de contourner la difficulté et de tourner les circonstances à son avantage. Il y avait toujours une opportunité à saisir dans les moments de crise, même quand la situation paraissait désespérée.

Son téléphone se mit à sonner, et il fixa l'appareil d'un œil noir. C'était sûrement Hillary Wright, la Secrétaire générale des Autorités, qui l'appelait une fois encore pour le harceler de questions. Dans un monde où personne ne mourait, il était très difficile de cacher les cadavres ; la maladie était un concept difficile à expliquer quand la Longévité empêchait même la plus petite infection de se développer. Comme il l'avait prédit, le nombre de morts n'avait cessé de croître ; d'abord par dizaines, puis par centaines, les corps s'amoncelaient chez Pincent Pharma, enterrés à la hâte dans des fosses communes. Le service d'ordre de la société venait chercher les gens chez eux lorsqu'ils étaient encore malades, avant que quiconque puisse être témoin de leur agonie et les voir à l'état de cadavres. Heureusement, l'accès à la vie éternelle avait provoqué un taux de divorces record, le mariage étant devenu un engagement à trop long terme pour être supportable. La plupart des gens vivaient donc seuls, et sans enfants, ce qui facilitait considérablement la tâche de la police lorsqu'elle débarquait chez les malades au milieu de la nuit pour les conduire chez Pincent Pharma, où ils mouraient avant d'être autopsiés.

Richard ignora la sonnerie du téléphone. Hillary attendrait, tant pis pour elle. Il avait besoin de réfléchir, de trouver un moyen de s'en sortir. Jusqu'à présent, il avait éludé ses questions ou recouru au mensonge quand cela était nécessaire. Tant qu'il n'avait pas la solution, il refusait de lui dire qu'il y avait un problème. Il avait besoin de la formule ; c'était sa priorité absolue. Mais comment faire ? Il se sentait comme face à un puzzle, à un jeu aux conséquences dramatiques. Pouvait-il déterrer le corps d'Albert ? le ramener à la vie ? le torturer pour qu'il révèle le contenu exact de la formule ?

L'idée semblait alléchante, songea-t-il avec un humour cruel.

Mais non. Il devait y avoir un autre moyen.

Il se replongea dans les notes du professeur. Indéchiffrables et sibyllines, ponctuées de petits dessins aux quatre coins de la feuille... Le secret de la formule ne pouvait pas être contenu dans ces pages. Il devait forcément être ailleurs, mais où ? Richard avait fouillé la maison du vieil homme, sa voiture, son bureau... tout. Il avait tout passé au peigne fin, une première fois après sa mort puis, plus récemment, il y a quelques semaines, lorsqu'au premier cadavre avaient rapidement succédé quatre autres et qu'il avait compris que la situation était grave.

Avec un soupir, il froissa l'une des pages et la roula en boule pour la jeter à l'autre bout de la pièce. Son regard fut alors attiré par la page d'en dessous, qui était ornée d'un dessin. Il l'avait déjà vu quelque part sans vraiment y prêter attention, songeant qu'il s'agissait d'un simple gribouillis... mais à présent... il se demandait où il avait vu cette image. Richard ferma les yeux pour tenter de se rafraîchir la mémoire mais... rien. Puis il rouvrit les paupières. Sous le dessin, en petits caractères, apparaissait la phrase suivante, reproduite des dizaines de fois : « Le cercle de la vie. Le cercle de la vie. Doit être protégé. »

On frappa à la porte. Une seconde plus tard, Derek entrait dans le bureau de son patron. « Je me demandais s'il y avait eu... une avancée quelconque », dit-il.

Richard leva les yeux et secoua la tête d'un air dépité. « Le cercle de la vie, soupira-t-il. Tout ce que j'ai, c'est ce stupide dessin et cette suite de mots sans queue ni tête. »

Derek parut réfléchir. « C'est ce qu'il criait quand je l'ai emmené, se remémora-t-il.

– Mais qu'est-ce que ça veut dire ? Y a-t-il un rapport avec la formule ? »

Le chef de la Sécurité garda le silence, puis repartit vers la porte. « Vous finirez par le découvrir, monsieur. J'en suis sûr.

– Vous êtes bien le seul à croire en moi, soupira Richard. J'aimerais avoir votre assurance. Merci, Derek.

– Merci à vous, monsieur », répondit l'homme d'un ton suave avant de refermer la porte.

Jude jeta un regard furtif autour de lui pour s'assurer qu'il n'était pas observé. Mais il n'avait aucune raison de s'inquiéter. Comme toujours, Paul était introuvable et Sheila était affalée sur des coussins, occupée à lire un roman d'amour apporté au QG quelques semaines auparavant par l'un des sympathisants du Réseau.

Rassuré, Jude se tourna à nouveau vers son écran et diminua le volume. Paul ne le trouvait peut-être pas aussi intelligent ou courageux que Peter, mais ce dernier serait bien incapable de ce genre de prouesse technologique, songea-t-il avec une petite pointe d'adrénaline.

Une fine pellicule de sueur commençait à couvrir son corps de la tête aux pieds. Connaissant la température qui régnait dans les locaux du Réseau, ça n'avait rien à voir avec la chaleur. Le jeune homme avait peur. Une peur excitante qui lui crispait la nuque et lui faisait ouvrir de grands yeux écarquillés. Il savait qu'il avait accompli l'impossible – qu'il avait réussi là où tant d'autres avaient échoué. Il n'était pas un héros aux yeux de Paul mais Sheila, elle, croyait en lui... et c'est ce qui lui avait donné l'idée de s'introduire dans le système de sécurité de Pincent Pharma. Oh, ça n'avait rien de compliqué : il l'avait déjà fait bien avant de rencontrer Paul. C'était son gagne-pain dans le monde extérieur. Les pare-feu et autres systèmes défensifs n'avaient aucun secret pour lui. Mais aujourd'hui, c'était différent : il venait de pénétrer au cœur du réseau de surveillance le mieux protégé de Pincent Pharma. Et il voyait ce que *personne d'autre* ne pouvait voir.

Cela dit, il n'aurait jamais cru pouvoir y arriver du premier coup. Il ne s'attendait pas à se retrouver là, après quelques heures de travail seulement, à épier les moindres faits et gestes de Richard Pincent.

Le grand patron de Pincent Pharma était assis à son bureau, le nez plongé dans une liasse de notes manuscrites posées devant lui. Entendant soudain un bruit de pas derrière lui, Jude s'apprêtait à réduire la fenêtre pour faire disparaître l'image sur son écran avant de comprendre que ce n'était pas Paul. C'était Sheila. Il hésita tout de même à réduire l'image, mais il n'en fit rien. Ce n'était pas le moment. Il touchait enfin au but.

La jeune fille s'avança vers lui et ouvrit de grands yeux. « C'est... lâcha-t-elle avec horreur.

– Chut », murmura Jude. Sans un bruit, elle prit place sur la chaise à côté, les traits livides.

« Il ne cesse d'observer ce dessin, expliqua Jude dans un souffle. Et de marmonner je ne sais quoi à propos du cercle de la vie. »

Sheila lui jeta un regard inquiet et il passa un bras autour de ses épaules. « Allons, rassure-toi. Tu ne crains rien, ici. » Elle se pressa contre lui, et Jude sentit comme des palpitations dans sa poitrine.

« Le cercle de la vie ? répéta Sheila. Qu'est-ce que c'est ?

– Aucune idée. Mais c'est sûrement lié à ce dessin. Regarde. » Il zooma sur la fleur. « Je l'ai déjà vue quelque part. J'en mettrais ma main à couper. Mais où ?

– Et pourquoi est-il à ce point fasciné par cette image ? »

Jude jeta un œil par-dessus son épaule avant de répondre.

« Difficile à dire. Mais je doute que Richard Pincent ait lui-même la réponse à ces questions. Il examine le dessin d'un air pensif, puis il se met à hurler dans le vide.

– Paul est au courant de ce que tu es en train de faire ? » lui demanda la jeune fille en fronçant les sourcils.

Jude fit non de la tête.

Elle parut peser le pour et le contre quelques instants, puis se pencha en avant. « En tout cas, il a un bien joli bureau, commenta-t-elle. Avec de grandes fenêtres. Et ça a l'air bien chauffé.

– Normal. C'est Richard Pincent. J'imagine que les règles normales ne s'appliquent pas à lui. »

Elle se tourna vers lui, soudain grave.

« Au fait, l'autre jour, tu t'apprêtais à me dire quelque chose à propos de mes parents... Je peux savoir ce que c'était ? »

Jude baissa la tête. « Tes parents ? Oh non, ce n'était rien. Mes recherches n'ont pas avancé. C'est justement ce que je voulais te dire.

– Vraiment ? fit Sheila avec une pointe de suspicion.

– Oui, répondit Jude sans oser croiser son regard.

– Quel dommage. Parce que je sais ce que c'est... Le dessin, je veux dire. »

Jude leva un sourcil. « Le dessin qui fascine tant Richard Pincent ?

– Oui.

– Alors dis-le-moi. »

Elle se tourna vers lui ; son corps était si proche du sien qu'il était sûr qu'elle pouvait sentir les battements affolés de son cœur. « Seulement si tu me promets de rechercher mes parents. Et de t'y mettre sérieusement. »

Elle le fixait avec une telle intensité que Jude eut trop chaud, tout à coup. Paul serait très mécontent. Mais après tout, il n'était jamais content. Et puis, il s'agissait de Sheila. Jude était prêt à parier qu'elle ne savait rien. C'était du bluff, comme d'habitude.

« D'accord, dit-il.

– C'est promis ? Croix de bois, croix de fer, si tu mens, tu vas en enfer ?

– Pardon ? fit Jude, interloqué.

– J'ai lu ça dans un livre, expliqua Sheila. Il faut que tu prononces cette phrase à voix haute. Ça prouve que tu dis la vérité.

– Très bien. Croix de bois, croix de fer, si je mens, je vais en enfer. Alors ? Je t'écoute. Si tu sais vraiment de quoi tu parles, bien sûr.

– Oh oui. » La jeune fille se leva et se plaça derrière lui. « Rezoome sur la fleur », lui dit-elle.

Jude s'exécuta.

Sheila eut un petit hochement de tête satisfait. « Ça ne te dit vraiment rien ? »

Jude observa attentivement le dessin. « Si. Enfin, je crois. Mais j'ignore d'où ça vient...

– Eh bien moi, je sais. C'est la chevalière de Peter.

– Hein ? » Jude la dévisagea, intrigué, avant de se tourner à nouveau vers l'image. Puis il inspira. « Mais oui... Tu as raison ! C'est le dessin gravé sur la chevalière de Peter. Comment as-tu remarqué ?

– J'ai le sens de l'observation, rétorqua Sheila. Alors, tu te mets à la recherche de mes parents ? Vérifie tous les Palmer de Londres. Commence tout de suite.

– Oui, oui... » répondit Jude d'un ton distrait. Son esprit était déjà ailleurs. La chevalière de Peter. Le cercle de la vie. Pourquoi Richard fixait-il ce dessin si intensément ? Que représentait-il pour lui ? Qu'importe, il finirait par le découvrir. Il résoudrait ce mystère et Paul le verrait enfin d'un autre œil. Il deviendrait un héros, le conquérant de la Résistance. Oublié, Peter.

« Eh bien, vas-y », insista Sheila.

Jude lui jeta un regard interrogateur.

« Mes parents, dit-elle. Tu m'as fait une promesse, je te signale. »

Jude soupira. « Écoute, renonce à cette histoire, OK ? Ce n'est pas si génial d'avoir des parents, figure-toi. J'ai détesté les miens presque tout le temps. »

La jeune fille le dévisagea avec colère. « Je n'ai pas envie de renoncer, dit-elle. Tu m'as promis de m'aider.

– Je sais », bafouilla Jude en s'empourprant. Il venait d'apercevoir Paul derrière eux, sur le pas de la porte. Le leader du Réseau les observait de trop loin pour les entendre, mais Jude refusait de courir le risque de révéler à Sheila ce qu'il avait appris sur ses parents. Il avait été stupide de lui faire cette promesse. « Sauf que ce n'est pas si facile, ajouta-t-il.

– C'est ce que je vois, répliqua Sheila. On a bien tort de faire confiance aux autres, n'est-ce pas ? Tout ce qu'ils font, c'est vous décevoir et vous laisser tomber. »

Sur ces mots, elle tourna les talons et sortit de la pièce en passant devant Paul, qui fixa Jude d'un air hébété.

« Jamais je ne te laisserai tomber », répondit le jeune homme d'une voix tremblante en se tournant vers elle. Mais c'était trop tard – elle ne pouvait plus l'entendre. Et lui-même avait du mal à croire à ce qu'il venait de dire.

Chapitre 5

Anna découpait des tomates pour le pique-nique. De temps à autre, elle jetait un coup d'œil en direction de la pile de coussins sur laquelle dormait le bébé. « Ma beauté », murmura-t-elle. Molly était la plus belle créature du monde entier – Anna pouvait la contempler des heures entières sans même s'en rendre compte. Sa fille. Sa Molly.

« Prête ? » demanda Peter en entrant dans la cuisine. Il se pencha pour prendre le bébé dans ses bras. Molly ouvrit les yeux quelques secondes, déployant ses petits bras par réflexe, avant de nicher sa tête au creux de l'épaule de son père et de reprendre sa sieste. Anna se tourna à nouveau vers les tomates.

« Cinq minutes », mentit-elle. Elle savait que le pique-nique ne serait jamais prêt d'ici là, mais elle savait aussi qu'avec sa fille dans les bras, Peter ne ferait même pas la différence entre cinq minutes et un quart d'heure. Pour

Anna, le temps était le vrai grand luxe de leur liberté nouvelle. L'Heure-Incorporée – cette montre greffée à son poignet – lui rappelait constamment sa vie à Grange Hall, lorsqu'il fallait justifier chaque minute de son emploi du temps. On lui martelait en permanence, ainsi qu'à tous les Surplus, que le temps ne leur appartenait pas – qu'il appartenait aux Légaux, de même qu'ils leur appartenaient aussi. Mais, depuis un moment, Anna dissimulait son poignet sous des manches longues et, même lorsqu'elle l'entrevoyait par accident, les battements de son cœur ne s'accéléraient plus comme autrefois. Elle était libre de son temps, désormais. Si le pique-nique avait un peu de retard, ça n'avait aucune importance. Plus rien n'avait d'importance hormis leur bonheur familial.

Machinalement, elle se tourna vers la pile de coussins où reposait Molly il y a encore quelques instants. Elle s'apprêtait à dire quelque chose – à parler à Peter de la lettre qui était arrivée pour lui, et qu'elle avait enfouie sous les coussins juste avant son arrivée – mais elle se ravisa. D'avance, elle savait comment il réagirait. Cette lettre ne ferait qu'assombrir son humeur.

« Et comment va ma petite Molly ? » fit Peter, tout sourire, en embrassant sa fille sur le nez. Le bébé rouvrit les yeux et se mit à gazouiller. Anna continuait à couper les tomates, le cœur battant. Elle savait de qui provenait cette lettre. Et elle savait aussi que Peter ne la lirait jamais. Qu'il se contenterait de la toiser avec mépris et de dire à Anna qu'elle pouvait l'ouvrir si ça l'amusait mais qu'il se fichait de ce bout de papier et de son expéditeur car, quoi qu'elle en pense, il n'avait pas de mère. Point final.

Et il avait raison ; Anna en avait conscience, parfois. Mais elle savait aussi qu'il ne suffisait pas de nier une chose pour la faire disparaître. La mère de Peter était Mrs Pincent, l'ancienne Directrice de Grange Hall. Une femme redoutable qu'Anna imaginait encore parfois en train de l'observer, de la critiquer, mais à qui elle avait encore un besoin désespéré de faire plaisir et dont elle comprenait désormais la souffrance dans ses pires moments d'angoisse. Vivre sans connaître Molly ? Sans connaître Ben ? C'était trop terrifiant pour y penser.

« Elle essaie de dormir, déclara-t-elle tandis que Peter soulevait le bébé au-dessus de sa tête.

– Dormir, c'est pour les mauviettes. Et puis, j'ai l'impression qu'elle a envie de jouer. Pas vrai, Molly ? »

La fillette eut un large sourire.

« Tu vois ? fit Peter. J'en étais sûr. »

Anna s'efforça de sourire. Dire la vérité à Peter reviendrait à lui gâcher sa journée. Ne rien dire l'obligerait à porter seule le poids de ce secret. Et à ses yeux, les secrets étaient des mini-trahisons. Elle avait caché son projet d'évasion à Sheila, laissant son amie exposée à la rage de Mrs Pincent et de tous les pensionnaires de Grange Hall.

Elle avait déjà gardé un autre secret – pour une femme qu'elle considérait comme son amie mais qui n'était en réalité qu'une Rabatteuse. Cette femme avait failli la faire arrêter et empêcher la naissance de Molly. Les secrets n'avaient rien de bon. Ils étaient censés protéger les gens, mais c'était tout le contraire. Ils ne faisaient qu'aggraver les choses.

« Peter ? lança-t-elle avec hésitation. Tu... avais du courrier, ce matin. »

Il lui jeta un seul coup d'œil et son regard se transforma, passant de la joie à cette dureté implacable qui faisait toujours frissonner Anna, même si ce n'était jamais dirigé contre elle.

« Encore une lettre ? fit-il d'un ton détaché. Eh bien, tu sais ce que tu peux en faire.

– Elle ne cessera jamais d'écrire, rétorqua Anna d'une voix étranglée. Ne pourrais-tu pas...

– Ne pourrais-je pas quoi ? Répondre à la femme qui a fait de ta vie un enfer ? qui a essayé de me tuer ? C'est un monstre. Je ne veux rien avoir à faire avec elle.

– Je sais, murmura Anna. Mais c'est ta mère. » Elle était incapable d'expliquer à Peter en quoi ce détail lui paraissait important. Elle-même avait à peine connu la sienne ; elle l'avait brièvement rencontrée et aimée de tout son cœur... avant de la perdre à nouveau. Aujourd'hui qu'elle était devenue mère à son tour, elle se sentait à la fois plus forte et plus vulnérable.

Peter secoua la tête. « Ce n'est pas ma mère, dit-il. Je n'ai pas de mère. » Il soupira. « Comment ses lettres parviennent-elles jusqu'au Réseau, d'ailleurs ? Ça me dépasse.

– L'une de ses camarades de cellule... » commença à expliquer Anna, mais elle ne voulait surtout pas montrer à Peter qu'elle en savait plus que lui concernant les autres lettres. « C'est une sympathisante du Réseau.

– Quoi ? Et ils ont expliqué la procédure de contact à la fille de Richard Pincent ? fit Peter avec sarcasme.

– Je n'en sais rien, répondit simplement Anna.

– Tu veux que je lui écrive, hein, c'est ça ? Je ne comprends pas l'emprise que cette femme a sur toi. Mais tu veux que je lui pardonne. Tu veux que ce monstre psychopathe qui se fait passer pour un être humain puisse avoir la conscience tranquille avant de mourir ! » Anna garda le silence. « Eh bien, c'est hors de question, poursuivit-il. Je veux qu'elle meure malheureuse, Anna. Je veux qu'elle pleure jusqu'au dernier jour pour tout le mal qu'elle a fait. »

La jeune fille eut un mouvement de recul et les larmes aux yeux malgré elle. Non, elle ne pleurait pas pour Mrs Pincent. Impossible. Pour qui, alors ? Pour elle-même ? Difficile à dire. Elle se ressaisit. C'était sans importance. Peter avait raison. Mrs Pincent était un monstre. Et elle n'avait aucune emprise sur elle... n'est-ce pas ?

« Très bien. Je vais aller réveiller Ben, déclara-t-elle en s'essuyant les mains sur son tablier.

– Parfait. Je vais en profiter pour lire mes messages. Ceux écrits par des gens à qui j'ai envie de parler », marmonna Peter.

Au moment de quitter la pièce, Anna entendit l'ordinateur s'allumer et se rembrunit. Peut-être Mrs Pincent continuait-elle d'avoir une influence inconsciente sur elle ; peut-être habitait-elle encore ses pensées de temps à autre. Mais la faiblesse de Peter – sa passion pour son ordinateur – jouait un rôle encore plus envahissant dans leur vie. Cette machine était leur unique lien avec Jude, le Réseau et le monde extérieur. Pour Peter, cet ordinateur était sa respiration, sa soupape ; pour Anna, il symbolisait surtout l'aspect éphémère de leur vie idyllique à la campagne. Peter se penchait sur son clavier dès qu'il en avait l'occasion pour envoyer des messages, télécharger de nouveaux programmes, ou encore chercher des informations sur la Longévité et Pincent Pharma. Anna le comprenait, mais ça ne l'empêchait pas d'éprouver des pulsions destructrices à l'égard de l'appareil, qu'elle rêvait parfois de briser en mille morceaux pour qu'ils soient définitivement coupés du monde.

Ben était déjà réveillé dans son petit lit lorsqu'elle entra dans sa chambre. Il se mit debout, un immense sourire aux lèvres.

« Mama Nana ! » s'exclama-t-il quand Anna s'avança vers lui. Il l'avait baptisée ainsi après que la jeune fille eut tenté de lui expliquer qu'elle avait beau être comme une maman, elle était surtout sa grande sœur, et qu'il pouvait donc l'appeler Anna, Mama ou...

« Mama Nana moi debout. Porter ! »

Obéissante, Anna le prit dans ses bras pour le sortir du lit ; il accrocha brièvement ses bras potelés autour de son cou avant de se mettre à gigoter pour qu'elle le pose par terre. Ensemble, ils sortirent dans le couloir et marchèrent jusqu'à la cuisine.

« Teter jouer ! » déclara le petit garçon avec un hochement de tête déterminé. Anna adorait l'innocence et la joie de vivre de cet enfant qui ignorait être une proie pour les Rabatteurs du seul fait de son existence. Les enfants n'étaient pas les bienvenus dans un monde devenu le territoire exclusif des adultes ; il n'y avait pas de place pour eux, pas d'infrastructures, pas le moindre geste accueillant. Pour Anna, chaque nouvelle naissance ne faisait que souligner la futilité et l'immuabilité de la vieillesse. Voilà pourquoi les gens avaient peur des enfants, analysait-elle. Voilà pourquoi ils les trahissaient et les dénonçaient aux Autorités. Et voilà pourquoi elle cachait Ben et Molly, pourquoi elle refusait de quitter cette maison, ce coin de campagne dont l'isolement leur offrait une liberté et une indépendance qu'ils ne trouveraient nulle part ailleurs.

« Teter ! » Ben ouvrit de grands yeux pétillants en apercevant Peter assis devant l'ordinateur, et il courut vers lui. Molly était endormie sur l'épaule de son père.

« Teter jouer, Teter jouer, viens ! »

Mais au lieu de se retourner avec un sourire pour prendre le garçonnet dans ses bras et lui ébouriffer les cheveux, Peter demeura immobile. Anna fronça les sourcils et le rejoignit ; il avait les yeux fixés sur l'écran, l'air inquiet.

« Peter ? Ben a envie de jouer avec toi.

– Pas maintenant. » La tension aiguisait sa voix.

« Quoi ? fit la jeune fille, aussitôt alarmée. Que se passe-t-il ? » Elle envisageait déjà toutes les catastrophes possibles : Jude était mort. Paul était mort. Le Réseau s'était effondré. Richard Pincent avait retrouvé leur trace. Les Rabatteurs étaient en chemin. C'était la fin.

« C'est grave ? demanda-t-elle en prenant Ben dans ses bras. Peter, réponds-moi ! »

Lentement, il se tourna vers elle. Puis il se ressaisit. « Rien, fit-il. Rien du tout. Je lisais juste un message de Jude.

– Et... que disait-il ? » s'enquit Anna d'une voix étranglée. Elle sentait déjà une angoisse terrible monter en elle. *Ça a commencé. J'ai toujours su qu'une chose terrible se préparait... et la voilà.* « Il est arrivé quelque chose ?

– Pas vraiment, répondit Peter avec prudence. Il n'a pas dit ça. Il m'a juste conseillé de rester sur le qui-vive.

– Nous sommes toujours sur le qui-vive, rétorqua Anna. Nous ne sortons que deux heures par jour, nous ne laissons jamais de traces derrière nous et...

– Et tout ira bien, fit Peter en se levant. Ce n'était pas un avertissement. Juste un simple rappel de sa part.

– Un rappel, fit Anna en se mordant la lèvre. Tu en es sûr ? »

Peter l'attira contre lui. « Tu sais que nous sommes à l'abri, ici. Personne ne pourra jamais nous retrouver. Et même si cela devait se produire, je vous protégerai tous les trois.

– Promis ?

– Promis », répondit le jeune homme en déposant un baiser sur ses cheveux. Il avait déjà redirigé son regard vers l'écran. « Même si j'aimerais comprendre ce qui se passe. J'en ai assez d'être traité comme un enfant convalescent, coincé au milieu de nulle part. »

En l'entendant prononcer ces mots, Anna sentit son estomac se serrer. À plusieurs reprises, ces derniers temps, elle l'avait surpris en train de faire les cent pas, une lueur particulière dans les yeux. Cette lueur, elle ne la connaissait que trop bien – et elle ne l'aimait pas. C'était une étincelle fébrile, attentive, planificatrice.

« Moi, ça m'est égal de ne pas savoir, s'empressa-t-elle de commenter. Ce n'est qu'un faible prix à payer », ajouta-t-elle en lançant un regard appuyé en direction des enfants.

Peter comprit le message et acquiesça aussitôt.

« Tu as raison, dit-il. Mille fois raison. »

Et comment, songea Anna dans son for intérieur. Cette liberté, cette nouvelle vie, ils les avaient gagnées.

« Nous sommes heureux, ici, déclara-t-elle. Vraiment heureux. N'est-ce pas ? »

Peter l'observa une ou deux secondes. Puis il lui sourit.

« Bien sûr que oui, Anna. Très heureux. Alors, et ce pique-nique ? »

Elle lui passa Ben et se dirigea vers le plan de travail de la cuisine.

« C'est parti, dit-elle.

– Pati, répéta Ben en prenant Peter par la main pour l'emmener hors de la cuisine. Pati jouer. »

Chapitre 6

Jake Gardner se leva péniblement de son lit et, d'un pas lourd, se rendit jusqu'à la salle de bains. Ignorant la voix féminine qui lui recommandait de ne pas laisser les robinets ouverts trop longtemps et qui lui rappelait que l'eau froide était plus revigorante que l'eau chaude, il ouvrit le second robinet en grand et attendit que sa baignoire (un luxe auquel il se réjouissait de n'avoir pas renoncé malgré l'augmentation des taxes, les lettres d'avertissement et les menaces) se remplisse. Il frissonnait. Son front était brûlant et sa peau avait pris une étrange teinte jaunâtre, mais il avait passé tant d'heures à s'examiner sous toutes les coutures pour tâcher de comprendre d'où venait le problème qu'il avait oublié à quoi sa peau ressemblait d'habitude. La soif était une nouveauté, en revanche. Son corps tout entier semblait réclamer de l'eau. Sûrement un épisode de fièvre, songea-t-il... avant de chasser cette idée. Impossible. Ridicule.

La maladie sous toutes ses formes n'avait aucun secret pour lui. Il la côtoyait tous les jours dans son travail au centre d'élevage avicole. Mais les gens n'étaient pas des poulets. Les règles qui s'appliquaient aux humains étaient différentes. La maladie humaine n'existait pas. Il devait y avoir une autre explication. Peut-être avait-il un peu trop tiré sur la corde, ces derniers temps.

Jake entra dans son bain et lâcha un soupir de bonheur en sentant la chaleur envahir son corps, bien qu'il se soit mis à claquer des dents.

Un grand fléau va frapper ton peuple. Il se rappelait avoir lu cette phrase quelque part – mais où ? Un grand fléau. Le malheur. La peste. L'homme provoquait toujours ses propres catastrophes, songea-t-il. Mais ces pensées étaient absurdes. La maladie avait été éradiquée. Les dieux également. Il n'y avait plus de pouvoir divin ou supérieur – en dehors des Autorités, bien sûr. Était-ce sa punition pour avoir refusé de faire désinstaller sa baignoire ? Pour avoir gaspillé de l'eau et de l'énergie ?

Jake se ressaisit. Les pensées se bousculaient dans sa tête, échappant à son contrôle comme dans un rêve où tous les objets voleraient dans l'espace et où les lois de la physique ne s'appliqueraient plus. Si seulement il ne grelottait pas autant. Si seulement il pouvait réchauffer ses vieux os...

Éliminez-les. Si le virus se répand, il contaminera la batterie tout entière. Il faut prendre le mal à la racine. Il s'imagina dans la peau d'un poulet courant maladroitement pour échapper à son exterminateur, avec son corps trop lourd pour ses pattes rachitiques, et bousculant ses congénères au passage... conscient qu'il était inutile de vouloir fuir, qu'il se ferait prendre de toute façon...

Non, je suis un être humain. Les humains ne tombent pas malades. Pilules de Longévité. Ai-je bien pris mes pilules de Longévité ? Bien sûr que oui. Il n'y a qu'à doubler la dose. Voilà : je vais doubler la dose. Immédiatement. L'eau était encore bien chaude ; il n'avait aucune envie de sortir de son bain. *Après. Je m'en occuperai après.* Il ne s'était pas rendu à son travail aujourd'hui. Hier non plus. Son absence avait-elle contrarié ses collègues ? Que pouvaient-ils bien dire dans son dos ? Bah, il y retournerait demain. Il avait juste besoin d'un peu de repos. Ce n'était qu'un simple coup de fatigue. À moins qu'il ne s'agisse d'une piqûre d'insecte. Il baissa le menton pour observer son corps nu... et eut un hoquet de stupeur. Son corps semblait se ratatiner à vue d'œil. Se racornir devant lui. Sa peau se tendait sur ses os comme si ses muscles fondaient et que le sang et l'eau contenus dans son organisme s'évaporaient à chaque seconde. Non... ce devait être une illusion d'optique. Jake ferma les yeux, inspira à fond, et les rouvrit. Mais la même vision d'horreur l'attendait – sa peau noircie, ratatinée, comme aspirée par les os de son squelette... Il n'en croyait pas ses yeux. C'était une hallucination. Il n'y avait pas d'autre explication. Mais cette douleur… cette douleur atroce, étouffante, comme si sa gorge se serrait de plus en plus. Il manquait d'oxygène, il manquait d'eau, il manquait…

Il n'avait pas entendu la porte d'entrée et leva les yeux avec surprise en voyant deux hommes pénétrer dans la salle de bains. Il ouvrit la bouche, mais aucun son n'en sortit. Il se faisait l'effet d'un poisson asphyxié, se débattant en vain dans quelques centimètres d'eau.

Les deux hommes l'observèrent avec une moue de dégoût – cette expression qu'il arborait lui-même lorsqu'il partait ramasser les poulets, les soulevant par les pattes pour leur briser le cou d'un seul geste.

« Je ne suis pas malade, haleta-t-il. Il fait froid. J'ai besoin de me réchauffer. Je… »

Les hommes échangèrent un regard, un sourire cruel au coin des lèvres. Puis l'un d'entre eux sortit un bâtonnet métallique qu'il jeta dans l'eau. Aussitôt, les yeux de Jake se révulsèrent. Son corps tout entier fut parcouru de violents soubresauts. Lentement, avec un long mugissement de douleur, il sentit l'air s'échapper de ses poumons… jusqu'au dernier souffle. L'électricité avait accompli son œuvre.

Sans un mot, les hommes vidèrent l'eau du bain. Après s'être assurés que le corps était déplaçable, ils l'emballèrent dans une bâche et le transportèrent jusqu'au camion.

« Tu apprends vite », commenta Jude avec admiration, regardant Sheila infiltrer le système de sécurité du Réseau pour accéder à sa messagerie. La jeune fille haussa les épaules mais intérieurement, elle jubilait.

Quelques jours après leur dispute, histoire de faire oublier sa promesse non tenue, Jude avait enfin accepté de lui apprendre à se servir de l'ordinateur. Ça n'avait pas été sans mal ; son ordinateur était la prunelle de ses yeux et il tressaillait chaque fois qu'elle pressait la mauvaise touche. Mais il ignorait à quel point elle l'avait observé, et il découvrit avec surprise qu'elle en savait déjà beaucoup. Tout ce qui lui manquait, c'était une occasion de manipuler l'ordinateur elle-même.

« En effet, j'apprends vite », répondit Sheila avec un petit sourire. Elle se tourna vers Jude et l'examina rapidement. Il ressemblait tant à Peter... à l'exception des yeux. Peter avait un regard intense, nerveux, là où celui de Jude était calme. Sheila avait beau être en colère contre lui parce qu'il ne cherchait pas à retrouver ses parents, les yeux de Jude l'apaisaient et lui inspiraient confiance. Avec lui, elle se sentait en sécurité. Elle ne comprenait pas pourquoi il était toujours sur la défensive, pourquoi il se comportait toujours comme s'il était en compétition avec son frère. Pour elle, Jude l'emportait haut la main. Peter était typiquement du genre à vous attirer des ennuis ; Jude, lui, était plutôt du genre à vous en protéger.

Le front plissé sous l'effet de la concentration, elle fixa l'écran en s'efforçant de se remémorer la séquence suivante – celle qui lui permettrait de répondre au message. Malgré ses affirmations répétées selon lesquelles les ordinateurs étaient des appareils stupides, Sheila avait sauté sur l'occasion d'apprendre. Elle savait que l'ordinateur de Jude était une mine d'informations ; grâce à lui, elle pouvait communiquer avec qui elle voulait, se renseigner sur tout et n'importe quoi. Elle avait observé le jeune homme pendant des mois et appris à percer les secrets de la machine. La vérité, c'est qu'elle avait un plan. Un plan si dangereux qu'elle en avait la chair de poule chaque fois qu'elle y pensait. Elle savait que Jude ne la comprendrait pas, qu'il ferait tout pour l'en empêcher, et c'était le seul détail qui la faisait changer d'avis dix fois par jour.

Mais il fallait qu'elle le fasse. Jude se contentait peut-être de la vie au QG du Réseau, avec ses souterrains humides et sa nourriture rationnée, mais Sheila avait d'autres projets. Elle était convaincue que son destin était ailleurs. Comme Anna, on l'avait rangée dans la catégorie des Surplus, mais elle avait toujours su qu'elle valait mieux que cela. Elle se souvenait encore de ses parents, qui lui disaient qu'elle était Légale et qu'ils l'aimaient plus que tout au monde. Elle se souvenait de la nuit où on l'avait enlevée, aussi. Elle dormait chez ses grands-parents. Quelqu'un avait appelé les Rabatteurs et sa grand-mère n'avait pas les papiers nécessaires sur elle. Sheila se souvenait encore des cris de la vieille dame, de l'homme brutal et nauséabond qui l'avait emmenée de force. Cela avait marqué le début d'une nouvelle vie qu'elle n'aurait jamais dû connaître : une enfance passée à Grange Hall à attendre que ses parents viennent la chercher et à rêver du monde extérieur, d'une terre d'abondance où tout était moelleux et accueillant, où l'on mangeait toujours à sa faim et où l'on pouvait s'allonger sur un sofa pour rêvasser toute la journée.

Lorsqu'on l'avait enfin sauvée – non pas de Grange Hall mais de Pincent Pharma, où elle avait été envoyée pour servir de Bon Élément –, elle avait cru qu'une vie meilleure l'attendait. Elle n'imaginait pas qu'elle allait se retrouver dans les sous-sols du Réseau. Ici, elle ne voyait même pas vraiment la différence avec Grange Hall : pièces étroites sentant le renfermé, corvées, règlement à respecter... Bien sûr, personne n'était cruel, elle n'était pas maltraitée au quotidien ni encouragée à se haïr, mais tout de même. Ce n'était pas le monde qu'elle attendait. Elle voulait retrouver son ancienne chambre, la douceur des bras de sa mère, pouvoir manger tout ce qu'elle aimait et être aimée, choyée, dorlotée.

Elle se tourna vers Jude avec un petit sourire. « Si tu ne regardais pas par-dessus mon épaule toutes les deux minutes, j'apprendrais bien plus vite. »

Il secoua la tête. « C'est mon ordinateur. Personne ne l'utilise en mon absence. »

Elle fronça les sourcils. « Tu ne me fais pas confiance, c'est ça ?

– Cet appareil contient trop de données. C'est trop important. Si tu fais une erreur, que tu presses la mauvaise touche...

– Ça n'arrivera pas, insista la jeune fille. Tu en veux toujours à Paul parce qu'il n'a pas confiance en toi, mais tu es comme lui.

– C'est faux, répliqua Jude. Ça n'a rien à voir. C'est... »

Il s'interrompit, hésitant.

« Tu vois ? ricana Sheila. Tu es comme lui !

– Pas du tout. » Il soupira. « OK, tu as gagné, dit-il en se levant à regret, comme si un aimant le retenait à sa chaise. Je te laisse seule quelques minutes. Tu as bien compris qu'il ne fallait surtout pas appuyer sur cette touche, hein ? Et si tu as le moindre doute, la moindre question...

– Je te demanderai », promit Sheila. Elle retint son souffle et attendit que le jeune homme se soit éloigné, histoire d'être sûre qu'il ne voyait pas ce qu'elle faisait. Puis, le cœur battant, elle commença à naviguer entre ses fichiers comme elle l'avait vu faire tant de fois. Bientôt, elle aurait enfin accès à tout ce qu'elle souhaitait. Désormais, elle veillerait elle-même à ses propres intérêts. Tout allait bien se passer.

Chapitre 7

Anna regarda fixement la feuille de papier posée devant elle. Puis elle la saisit, la roula en boule et la jeta dans la poubelle. Elle leva les yeux vers le plafond, comme si elle cherchait quelque chose, mais sans savoir quoi. Ce n'était pas d'inspiration qu'elle avait besoin – c'était de bien plus que cela : une réponse à la question qui la hantait depuis des semaines, voire des mois. Devait-elle répondre à son ancienne Directrice ? Devait-elle soulager la douleur de Mrs Pincent ? Oserait-elle trahir Peter ? S'agirait-il d'un acte de faiblesse ou de courage ?

Elle soupira. La vie à Grange Hall était réglée selon des repères simples : bien, mal ; bon, mauvais ; utile, inutile... Aujourd'hui, elle se sentait un peu perdue. Peter ne semblait pas vraiment s'en préoccuper. Il avait ses valeurs à lui, lesquelles, pour ce qu'Anna pouvait en juger, consistaient en un compromis entre la pensée du Réseau et ses principes personnels. Mais pour elle, chaque journée était une lutte. Ce n'était pas seulement le fait de vivre dans le monde extérieur. C'était l'effet de la maternité, aussi. Souvent, elle se sentait davantage influencée par sa peur pour ses enfants que par des pensées rationnelles. Elle ne savait plus trop où situer la limite entre son sentiment d'inquiétude et son instinct protecteur. Quant à Mrs Pincent... c'était une ogresse, Anna le savait. Mais cette femme avait cru pendant des années à la mort de son seul enfant. Elle avait beaucoup souffert. Cela ne venait-il pas un peu alléger sa culpabilité ? En même temps, ignorant que Peter était son fils, Mrs Pincent n'aurait pas hésité à le tuer comme un animal s'ils ne s'étaient pas évadés. Peut-être méritait-elle de vivre seule avec son tourment jusqu'à la fin de ses jours.

Cela dit, recevoir une lettre d'Anna ne lui ferait aucun plaisir. Car elle y lirait la vérité, à savoir que Peter ne voulait plus entendre parler d'elle. Anna lui dirait les choses avec franchise et Mrs Pincent cesserait enfin d'écrire, comprenant qu'elle n'obtiendrait jamais la moindre réponse de son fils.

Le pire des monstres méritait-il pareil traitement ?

Anna lâcha un long soupir. Peter lui avait donné le feu vert. « Écris-lui toi-même, si ça t'amuse. » Était-il sincère ? Elle n'oserait jamais le lui demander. Cela ne ferait que raviver sa colère. Chaque fois que le nom des Pincent revenait dans la conversation, son regard s'assombrissait et son visage se crispait.

Oui, je vais le faire, songea tout à coup la jeune fille. Elle écrirait à Mrs Pincent pour qu'il n'y ait plus jamais de courrier. Plus le moindre rappel de son existence. Elle le ferait pour Peter, pas pour l'ancienne Directrice – cette femme dont la discipline de fer était l'unique influence parentale qu'Anna avait connue durant ses années à Grange Hall.

Lentement, elle sortit une autre feuille de papier et se mit à écrire.

Pincent Pharma était battu par les vents. La tempête était si violente qu'elle semblait déterminée à arracher la tuyauterie extérieure des bâtiments et les panneaux de signalisation. Des grêlons martelaient les fenêtres, chassant les rares passants des trottoirs, mais au moins la glace fondue permettrait d'humidifier un peu les terres asséchées alentour. C'était l'été, mais le passage des saisons ne signifiait plus grand-chose et il faisait froid, sombre et sec. Le paysage n'était plus le même que celui qu'avait connu Richard Pincent dans son enfance, mais après tout, le monde avait bien changé lui aussi. Il y avait toujours eu des prophètes de malheur pour annoncer la fin du monde, mais il n'avait jamais prêté attention à leurs sornettes, préférant vaquer à ses affaires. Son bureau à lui était bien à l'abri des intempéries et des microbes, chauffé à température constante et équipé d'un triple vitrage qui étouffait totalement les bruits extérieurs. Rien ne pouvait déranger la sacro-sainte tranquillité de son lieu de travail. Il se délectait du sentiment de pouvoir qu'il éprouvait chaque fois qu'il refermait sa fenêtre et se coupait de la Nature, réaffirmant ainsi son règne sur son empire.

Les gens parlaient jadis de la Nature comme s'il s'agissait d'un bienfait. Comme si l'adjectif « naturel » donnait une valeur supplémentaire aux choses. En réalité, comme Richard le savait, la Nature était un tyran assassin et cruel sans le moindre état d'âme, pour qui la survie du plus fort n'était pas une idéologie mais une obligation. La Nature ne favorisait pas les plus faibles. La Nature ne faisait pas de prisonniers. Si elle n'avait pas été son ennemie jurée, il aurait peut-être réussi à la respecter. Mais pour comprendre son adversaire, il faut devenir comme lui, aimait-il à se répéter de temps en temps.

« Vous m'écoutez, Richard ? »

Il tourna la tête vers Hillary Wright et, l'espace d'un instant, il fut tenté de lui avouer la vérité : il ne dormait plus depuis des jours, il était terrifié, tout lui échappait et, pour la première fois de son existence, il ne savait pas quoi faire. Au lieu de cela, il se fendit d'un sourire. Elle n'était au courant de rien. S'il lui disait la vérité, que se passerait-il ? Même ses propres scientifiques ne saisissaient pas la gravité de la situation. Ils n'osaient pas le lui dire en face, mais il savait qu'ils pensaient tous comme le Dr Thomas : le virus avait muté. Pourtant, Richard savait qu'ils se trompaient. Il le sentait jusqu'au plus profond de son être. C'était le legs d'Albert Fern, la bombe à retardement qu'il avait laissée derrière lui avant de mourir. Mais Richard trouverait la solution. Il triompherait, comme toujours.

Pour autant, fallait-il tout expliquer à Hillary ? Non, ce serait une erreur. C'était une bureaucrate, pas une politicienne. Voilà bien longtemps que les Autorités avaient renoncé à la notion de démocratie – depuis que le nombre de votants s'était réduit comme peau de chagrin et que les mêmes politiciens s'étaient maintenus au pouvoir, année après année. À présent, le pays tout entier était gouverné par des fonctionnaires dont le travail consistait à rédiger des listes et des protocoles régulant le fonctionnement d'à peu près tout. Hillary n'avait pas son pareil pour organiser des réunions et maintenir l'ordre dans le pays, mais elle était totalement dépourvue de vision et d'imagination. Elle pensait qu'une poignée de gens étaient tombés malades après avoir mal dosé leurs pilules de Longévité. Et pourtant, elle se comportait comme s'il s'agissait d'une crise nationale majeure. Si elle connaissait la vérité, elle aurait sans doute une attaque. Mieux valait ne rien lui dire.

« Pardonnez-moi, Hillary. Continuez.

– J'avais terminé, répondit-elle avec une pointe d'agacement. J'attendais votre réponse. »

Richard hocha lentement la tête – son réflexe habituel lorsqu'il était pris au dépourvu.

« Que suggérez-vous, Hillary ? » lui demanda-t-il, histoire de gagner du temps. Cela faisait des semaines qu'il évitait cette entrevue, affirmant chaque fois à la Secrétaire générale des Autorités qu'il s'agissait d'un simple virus isolé dont les rares victimes étaient examinées et soignées, et que si les gardes de Pincent Pharma emmenaient les malades la nuit, c'était pour éviter un mouvement de panique dans la population. Et elle l'avait cru – pourquoi aurait-elle mis sa parole en doute ? Mais les quelques victimes du début s'étaient transformées en une montagne de cadavres, et les personnes qui avaient vu les gardes de Pincent Pharma emmener leurs proches s'étaient mises à exiger des explications. Diverses théories du complot commençaient à se répandre dans tout le pays.

Et à présent, c'était Hillary qui exigeait des réponses à ses questions. Elle se redressa sur son fauteuil. « Ça ne peut plus continuer, Richard, déclara-t-elle d'un ton pincé. Le virus s'est déjà répandu. Amérique. Chine. Continent européen. Partout, les gens meurent. Je viens d'avoir l'Arabie Saoudite au téléphone. Chez eux aussi, les cadavres s'accumulent.

– Ils exagèrent, répondit Richard en passant ses doigts dans le col de sa chemise qui lui semblait soudain trop serré. Je vous l'ai déjà dit : si les gens prenaient leurs pilules correctement... »

Hillary le toisa avec colère. « On m'a assuré que les victimes avaient toutes respecté le bon dosage. Vous m'aviez juré que le virus ne se répandrait pas, Richard. Qu'il serait rapidement contenu. Une poignée d'inconscients n'a pas respecté le bon dosage, disiez-vous. *Une poignée d'inconscients.* »

Richard inspira à fond pour se calmer. Les morts. Ces immondes cadavres décharnés au visage figé par l'horreur. Ils hantaient ses cauchemars et leur odeur semblait le poursuivre où qu'il aille. Ils se moquaient de lui. Le narguaient. *Tu nous as menti. Tu nous avais promis la vie éternelle. Pourtant, nous sommes morts. Bientôt, ce sera ton tour.* « Ils mentent, lâcha-t-il d'une voix étranglée.

– Non, fit Hillary. J'ai vu des photos. Des corps desséchés. Une vision horrible. » Elle frissonna. « J'ai besoin de savoir ce qui se passe, Richard. Nous avons déjà des manifestants qui se plaignent du rationnement de l'eau. Si la population apprend la vérité, si elle pense que la Longévité ne la protège plus...

– Elle continuera à les protéger, répondit Richard d'un ton forcé en frappant brutalement du poing sur son bureau. Comme elle l'a toujours fait. Faites taire les manifestants. Multipliez le nombre de policiers dans les rues.

– Ce n'est pas aussi simple, figurez-vous.

– Bien sûr que si.

– Des centaines de gens ont été enlevés à leur famille, insista Hillary. Emmenés loin de chez eux au beau milieu de la nuit. Cela fait des semaines que je vous répète que nous devons communiquer davantage avec les proches des victimes.

– Leurs proches ? Plus personne n'a de famille, répondit Richard d'un ton irrité. Personne ne se soucie de son prochain. Vous le savez. Et nous *avons* communiqué. Nous avons dit aux gens ce qu'ils avaient besoin de savoir au moment opportun.

– Ce qui signifie que vous ne leur avez rien dit du tout.

– Et que vouliez-vous que je fasse ? lui demanda Richard. Nous partons récupérer les victimes dès que leurs identicartes indiquent une hausse de température. Vous auriez préféré que nous passions davantage de temps à faire du soutien psychologique auprès de leurs voisins et à rédiger de longues lettres à leurs frères et sœurs auxquels ils ne parlent plus depuis des siècles ?

– Non, Richard. J'aurais préféré que vous régliez le problème, répondit Hillary. La population parle de Disparus. Les gens veulent savoir ce qui se passe. Que disons-nous aux agences de presse ? Que la Longévité est sans danger ? Que personne ne tombe malade ? On commence à diffuser des reportages sur les personnes disparues. Nous perdons le contrôle de la situation et vous ne m'avez fourni aucune réponse. »

Péniblement, Richard se leva de son fauteuil ; il avait besoin de dominer son interlocutrice. Il se sentait las. Tellement las.

Hillary le dévisageait avec insolence, comme si elle se sentait sur le point de remporter la partie. « Dois-je faire venir des scientifiques d'autres pays ? lui demanda-t-elle. Les Autorités ont-elles besoin de contourner Pincent Pharma ? »

Il plissa les yeux ; l'adrénaline courait dans ses veines. *Comment osait-elle ?* Comment pouvait-elle douter de lui ?

« Je vous l'interdis, lâcha-t-il d'une voix sourde.

– Alors donnez-moi les réponses que j'exige. Votre médicament est-il vraiment efficace, Richard ? » Elle le toisait, une lueur de triomphe moqueuse dans les yeux. Elle ignore à quel point elle s'approche de la vérité, songea Richard.

« Bien sûr que oui, dit-il.

– Je sais, soupira Hillary avec exaspération, mais vous devez me dire la vérité. Je ne crois pas à votre histoire de virus, Richard. La Longévité est censée protéger l'organisme humain des virus. Alors, que se passe-t-il ? Les théories du complot sont-elles exactes ? Seriez-vous secrètement en train de tester un nouveau médicament sur des cobayes innocents ? »

Si seulement, se dit Richard, si seulement les choses étaient aussi simples. Il ferma les yeux. *L'attaque est la meilleure des défenses.* Telle était sa devise, depuis toujours. Alors pourquoi se sentait-il si démuni ? Pourquoi était-il soudain incapable de décider de la moindre chose, de trouver les mots justes ? Même Hillary voyait sa faiblesse. Il était vulnérable, exposé. Il avait besoin de rendosser son armure et de reprendre le contrôle de la situation. Il se mit à réfléchir à toute vitesse. Alors, soudain, une idée lui vint – une idée qui occuperait Hillary un bon moment, et lui permettrait d'avoir les coudées franches. Oui, c'était une idée brillante. Richard sourit intérieurement. Il sentait toute son énergie le regagner.

Il se tourna vers Hillary, le visage grave. « Vous tenez vraiment à connaître la vérité ? À savoir pourquoi les gens sont malades, pourquoi il y a tant de morts dans d'autres pays ?

– Oui », répondit Hillary.

Richard lâcha un soupir théâtral. Il s'apprêtait à lui servir un mensonge monumental qui risquait de lui revenir en pleine figure... mais seulement s'il ratait son coup. Or Richard Pincent ne ratait jamais son coup.

« Vous avez raison, dit-il. Il n'y a pas de virus. »

Hillary hocha la tête d'un air victorieux. « Je m'en doutais. Continuez », lui ordonna-t-elle.

Il marqua une pause, histoire d'entretenir un peu le suspense. Puis il prit une grande inspiration. « Il n'y a pas de virus, déclara-t-il. Le Réseau souterrain... a contaminé des pilules de Longévité. »

La mâchoire d'Hillary s'affaissa.

« Non !

– Si. Ces ignobles terroristes ont réussi à pirater nos systèmes de sécurité, poursuivit Richard avec dégoût. Je ne voulais pas vous en parler avant d'en être sûr. Mais nous avons tout vérifié... » Il secoua la tête. « J'ignore comment ils ont réussi, mais ils l'ont fait. »

Hillary était sous le choc. « Combien ? lâcha-t-elle dans un souffle. Combien de pilules ont-ils contaminées ?

– C'est ce que nous nous efforçons de déterminer. Assez pour toucher les lots destinés à l'exportation, en tout cas. Assez pour nous permettre d'affirmer avec certitude... qu'il y aura d'autres victimes. »

Hillary le dévisageait avec incrédulité. Richard commença à se détendre ; il avait repris l'avantage. Pour l'instant.

« J'aurais dû vous en parler avant, dit-il d'un air contrit. Pardonnez-moi.

– Je vois, dit-elle au bout d'un court silence. Je vois.

– La vérité, poursuivit Richard, enthousiasmé par son propre récit, c'est que nous sommes confrontés à la pire attaque terroriste depuis deux cents ans. Et le public a le droit de savoir. Vous voulez qu'il vous fasse confiance ? Doublez le nombre de policiers et de gardes chez Pincent Pharma. Nous devons éliminer le Réseau une bonne fois pour toutes, et travailler main dans la main. J'ai besoin que les Rabatteurs et la police opèrent directement sous mes ordres jusqu'à ce que le Réseau soit anéanti. »

Hillary blêmit. « Nous travaillerons ensemble, Richard. Mais les Autorités conserveront leur leadership.

– Naturellement, répondit Richard d'un ton impatient. Mais si le Réseau parvient à ses fins, il n'y aura bientôt plus personne pour assurer ce leadership. Il faut le détruire, Hillary. Nous devons agir maintenant. »

Elle hocha la tête, un peu hésitante. « Parfait. Je vais immédiatement en informer le chef de la police et les Rabatteurs. Quel est votre message officiel au public ? Aux gouvernements étrangers ? »

Richard retroussa le coin de ses lèvres. « Mon message officiel, c'est la vérité. Une population apeurée est toujours une bonne chose. Cela jouera en notre faveur. Si nous encourageons les gens à soupçonner leurs voisins, ils applaudiront les raids nocturnes de la police. Nous emmènerons les corps dès les premiers signes de la maladie au lieu d'attendre le dernier moment. Au moindre début de fièvre, nous interviendrons. Et s'il y a des protestations, nous nous en chargerons. Nous ferons taire tous ceux qui s'opposent à nous, Hillary. Et ceux qui resteront nous laisseront agir à notre guise parce qu'ils auront trop peur. »

Elle hocha la tête sans un mot. Puis elle leva les yeux vers lui d'un air interrogateur. « Le lot contaminé, dit-elle.

Y a-t-il un moyen de savoir… qui a pu… où ce lot a-t-il été… »

Richard pinça les lèvres pour s'empêcher de sourire. Son plan avait fonctionné à merveille. Maintenant qu'elle avait peur, comme tout le monde, Hillary se tournait vers lui comme vers son sauveur. Il ouvrit le tiroir de son bureau et en sortit une boîte de Longévité encore sous emballage plastique. « Prenez celles-ci. Je vous garantis qu'elles sont sûres », dit-il. Cette histoire de contamination était un mensonge, mais si la formule avait été affaiblie à force d'être copiée des milliers de fois, comment savoir si cette boîte était plus sûre qu'une autre ?

Hillary s'empara des pilules. « C'est à cause de ma position, naturellement, se justifia-t-elle. Et il nous faudra des lots de pilules non contaminées pour nos principaux collaborateurs : la police, les Rabatteurs, etc.

– Bien sûr, fit Richard d'un ton suave. Vous les recevrez demain.

– Et combien en obtiendrez-vous ? Nous devons nous préparer. Je dois parler à mes homologues dans le monde entier.

– Je comprends. Vous serez la première informée dès que nous connaîtrons l'étendue du désastre avec certitude. Je vous remercie infiniment, Hillary. Je sais combien cela doit être difficile pour vous.

– Pas du tout, répondit-elle. Au moins, vous m'avez enfin avoué la vérité.

– Je vous aurais prévenue plus tôt si j'avais été en mesure de le faire, mentit Richard en la regardant droit dans les yeux. Mais la moindre fuite pourrait provoquer une panique sans précédent.

– En effet, murmura Hillary en fronçant les sourcils.

– Cela dit, un mouvement de panique serait un bon prétexte pour renforcer nos mesures d'autorité, poursuivit Richard. Nous devons impérativement empêcher toute nouvelle attaque. Mobilisons tous nos efforts pour anéantir le Réseau souterrain. Et ses sympathisants.

– Barrages de sécurité, renforcement des effectifs policiers, réduction des déplacements autorisés, surveillance accrue de la population... oui, je suis d'accord, approuva Hillary.

– Arrestation des manifestants, interdiction des rassemblements publics, ajouta Richard. Rafle des Affranchis et des sympathisants présumés du Réseau...

– Oui, cela va de soi », répondit Hillary en se levant.

Richard pressa un bouton sur son bureau, et un garde apparut pour escorter la Secrétaire générale jusqu'à la sortie.

« Merci, Richard, lança-t-elle au moment de franchir la porte. Nous travaillerons main dans la main à compter d'aujourd'hui. Et vous me direz tout.

– Absolument », promit Richard.

Il attendit qu'elle ait refermé la porte pour décrocher son téléphone. Il avait réussi à gagner un peu de temps ; maintenant, il s'agissait de l'employer à bon escient.

« Derek, dit-il dans le combiné. Montez me voir, je vous prie. Nous avons beaucoup à faire. »

Chapitre 8

Julia Sharpe se servit un autre gin tonic et partit se rasseoir sur les coussins moelleux de son canapé. Il était seize heures – ce moment creux de l'après-midi qu'elle s'était récemment mise à combler en sirotant un verre devant la télévision. À vrai dire, elle aurait préféré boire du vin, mais cela n'était plus possible, de nos jours. Aucun produit ayant parcouru plus de soixante-quinze kilomètres n'était autorisé à la consommation, et les sécheresses estivales de ces dernières années avaient mis un frein à la production viticole du Sud-Est. Mais elle aimait bien le gin. Cela faisait tout aussi bien l'affaire.

Elle s'était déjà rendue à la gym et chez son coiffeur. Elle avait veillé à ce que la maison soit en ordre, préparé le dîner, elle était passée prendre le café chez sa voisine et avait lu un chapitre de son livre, mais, malgré toutes ces activités, l'après-midi et la soirée lui semblaient interminables, comme un long voyage ennuyeux. Son mari ne rentrerait pas avant vingt heures et sa présence ne contribuerait pas vraiment à rompre la monotonie. Il ouvrirait son journal, s'installerait dans son fauteuil, mettrait de la musique et attendrait que sa femme l'appelle pour passer à table. Ils dîneraient, évoqueraient peut-être leur journée, se retireraient au salon pour lire, regarder la télévision ou écouter de la musique. Puis ils iraient se coucher. Puis ce serait le lendemain matin. Mais au moins, il serait là. Rares étaient les gens mariés, ces temps-ci. La monogamie paraissait grotesque quand la vie s'étendait à l'infini. Mais Julia n'aimait pas la solitude et son mari n'avait guère le temps de tomber amoureux de quelqu'un d'autre. Sans compter qu'ils s'appréciaient beaucoup. Ils s'apportaient du réconfort.

Elle but une longue gorgée et savoura le traditionnel petit coup de fouet de l'alcool, suivi d'une onde de chaleur qui se répandait dans tout son corps. Sa colonne vertébrale se détendit, ses épaules retombèrent. Elle alluma l'ordinateur. Aussitôt, un concert de voix angoissées et stridentes se fit entendre sur le site d'information en continu, et Julia s'empressa de le quitter. C'était trop déprimant – des histoires de famine, de restriction d'eau... Mais rien, évidemment, sur le sujet qui préoccupait tout le monde : les Disparus. Enlevés en plein milieu de la nuit, d'après ce que Julia avait entendu dire. On parlait de hurlements, de maladie, de fléau. Mais c'était ridicule. Pourquoi certains s'obstinaient-ils à répandre de telles rumeurs alors que les maladies n'existaient plus ? Pour Julia, c'était un mystère. S'ennuyaient-ils au point de devoir inventer des catastrophes pour se distraire ?

Elle cala sa tête contre le canapé et ferma les yeux quelques instants, se laissant aller à l'évocation de souvenirs heureux : le temps béni où ils partaient en vacances au soleil, où elle décorait sa maison, passait du temps avec ses amis... Elle avait toujours mené une existence paisible. Agréable. Et pourtant, à un moment donné (elle aurait été bien incapable de dire quand exactement), quelque chose avait changé. Peut-être s'agissait-il de simples facteurs extérieurs – le rationnement énergétique de plus en plus strict était particulièrement pénible à supporter. Mais Julia savait que c'était autre chose. Quelque chose qui venait de *l'intérieur*. Une insatisfaction croissante. Comme un vide béant qui lui rongeait l'estomac, un questionnement... mais lequel ? Celui du sens de cette vie ? de ces journées immuables, de ces visites chez le coiffeur, de la lecture de ces journaux qui avaient rarement quoi que ce soit à raconter ? Les trouvait-elle intéressants, autrefois ? Elle n'en savait rien.

Et il n'y avait pas qu'elle. Elle constatait le même phénomène partout. Cet engouement général pour les sports à haut risque, par exemple. Cette obsession de certains pour leurs rides, comme s'il s'agissait d'un signe de décrépitude fondamentale, alors que d'autres se laissaient complètement aller (surpoids, cheveux gris, visage flétri) au prétexte que cela n'avait plus d'importance. Les exigences de l'éternité étaient peut-être trop lourdes à supporter.

Et puis il y avait ceux qui avaient *totalement renoncé*. Cette petite poignée d'individus qui prenaient l'expression « sport extrême » au pied de la lettre : sauter du toit des immeubles ou du haut des ponts... Julia n'avait pu s'empêcher de remarquer que les exemples se multipliaient, ces jours-ci. Peut-être les « Disparus » étaient-ils à ranger dans cette catégorie. Ils avaient abandonné tout espoir, renoncé à la vie même parce qu'ils ne savaient plus quoi en faire.

Julia se ressaisit. Voilà pourquoi elle n'aimait pas être seule : parce qu'elle pensait trop. Ces idées morbides s'étaient insinuées en elle petit à petit. Il y a quelques années, les seuls moments où elle avait besoin de réfléchir c'était lorsqu'elle devait choisir sa tenue pour tel événement ou décider quels voisins inviter à telle soirée. Mais ces jours-ci, les pensées qui s'imposaient à elle étaient plus sombres, plus angoissantes ; elles la mettaient mal à l'aise. Depuis sa rencontre avec cette jeune Surplus, Anna... Depuis le jour où elle l'avait découverte, cachée dans le pavillon de son jardin, le regard effrayé, avec à ses côtés ce jeune garçon couvert d'hématomes...

Non. *Arrête ça*, s'ordonna-t-elle. Ce qu'il lui fallait, c'était une perspective agréable sur laquelle concentrer son esprit, une pensée vaguement distrayante qui l'empêcherait de s'inquiéter outre mesure. Après tout, son mari, haut fonctionnaire aux Autorités, lui avait assuré que la situation était parfaitement sous contrôle et qu'il ne fallait guère prêter attention aux ragots.

Un talk-show. Voilà l'antidote idéal à la déprime. Les présentateurs étaient comme ses amis ; ils lui étaient plus familiers que n'importe laquelle de ses connaissances. Elle appréciait leur compagnie.

Elle trouva le bon canal et se renfonça dans le canapé, sourire aux lèvres.

« Vous voyez à quel point un petit rien peut faire toute la différence ?

– Absolument. C'est d'ailleurs ce qui m'a donné envie de retrouver la ligne !

– Ah bon ? Parce que vous l'avez déjà eue ? »

Le public éclata de rire – à moins qu'il ne s'agisse de rires enregistrés. Difficile à dire. Les deux présentateurs ressemblaient à un homme et son épouse mariés depuis longtemps et pleins de tendresse l'un pour l'autre. Comme Julia et Anthony, mais... en mieux. Ils flirtaient, se chamaillaient en riant. À les voir, cela semblait si facile. Peut-être devrais-je faire plus d'efforts, se dit Julia. Me montrer plus coquette.

« Mais passons maintenant à un sujet plus sérieux.

– Un sujet sérieux ? Vous ?

– Bien sûr que oui. »

L'homme prit une expression de chien battu devant la caméra, et les rires redoublèrent. La femme secoua la tête en souriant. « Allons, Michael. Vous avez sûrement entendu parler de ces rumeurs à propos de personnes disparues – ou peut-être avez-vous lu des articles à ce sujet. Les théories les plus folles circulent. »

Il hocha la tête d'un air grave, mais une étincelle luisait dans son regard. « Absolument, Sophie. Vous savez, j'ai même entendu dire qu'on avait emmené ces gens sur la Lune pour qu'ils fondent une nouvelle civilisation ! »

Julia se dandina légèrement sur son canapé. Elle avait entendu parler de cette rumeur et avait même demandé son avis à son mari.

« Je donnerais cher pour voir une chose pareille, commenta Sophie avec un sourire amusé. Mais plus sérieusement, nous avons tous envie de savoir ce qui se passe. Hier, plusieurs avocats représentant les familles de personnes portées disparues ont accusé les Autorités de manque de transparence. Ils ont affirmé que l'interdiction de rendre visite aux personnes enlevées allait à l'encontre des droits de l'homme, dont le respect se serait considérablement dégradé depuis quelques années.

– En effet », commenta Michael en secouant la tête. Julia avait du mal à déterminer si le présentateur exprimait son incrédulité ou sa compassion. « Nous avons donc eu envie d'inviter Hillary Wright, la Secrétaire générale des Autorités, pour qu'elle nous explique ce qui se passe. N'est-ce pas, Sophie ?

– C'est exact, Michael. Si nous la faisions venir sur le plateau ? »

Julia écarquilla les yeux. Hillary Wright ? Invitée à un talk-show ? Ses apparitions télévisées étaient rarissimes, et toujours dans le cadre de conférences de presse orchestrées avec soin. Peut-être était-ce le seul moyen de faire taire les rumeurs une bonne fois pour toutes... Oui, c'était sûrement l'explication.

« Je crois que c'est une excellente idée. »

Sophie sourit, et la caméra pivota vers une porte située sur le côté du plateau. Hillary Wright fit son apparition, et Julia la reconnut tout de suite – son visage était familier pour tous les habitants de ce pays, naturellement, mais Julia avait eu l'occasion de la rencontrer en personne lors de festivités de Noël organisées par les Autorités. Elle lui avait paru distante, et sa poignée de main un peu molle, mais il fallait sans doute une certaine froideur de caractère pour exercer un tel métier. Hillary semblait fatiguée, elle avait les traits tirés. C'est bien la preuve, songea Julia, qu'avoir une occupation peut sembler attrayant sur le papier, mais qu'en réalité c'est épuisant. Quelle chance elle avait de pouvoir disposer de son temps ! Libre de faire la sieste quand elle le souhaitait.

« Alors, Hillary ? fit Sophie en se tournant vers la Secrétaire générale d'un air plein d'inquiétude. Pouvez-vous nous expliquer la situation ? Les Disparus sont-ils de simples rumeurs, ou se passe-t-il vraiment quelque chose de grave ? »

Hillary sourit en prenant un air navré. « Hélas. La vérité, c'est qu'il existe des individus dénués de tous scrupules, déterminés à nous priver de nos libertés élémentaires. Des gens qui, pour diverses raisons, veulent nous voir souffrir. Ces personnes, ces terroristes partisans du Réseau souterrain, ne connaîtront pas de répit tant qu'elles n'auront pas atteint leurs objectifs... qui passent par le sabotage de notre principale source de liberté : nos pilules de Longévité. À un moment où nous devrions concentrer nos efforts sur le nouveau plan stratégique décidé par les Autorités afin d'améliorer la santé, le bien-être et le confort des habitants de notre pays, ces individus ont juré de semer le malheur et le chaos... au point, je le crains, d'aller jusqu'au meurtre d'innocents. » Elle regarda droit vers la caméra et Julia ouvrit de grands yeux effarés. La Longévité, sabotée ? Machinalement, elle porta sa main à sa gorge.

« C'est terrible, lâcha Michael, visiblement très choqué. Êtes-vous en train de nous dire que les pilules de Longévité ont été... empoisonnées ? »

Hillary opina. « Je suis au regret de vous répondre par l'affirmative. » Julia retint son souffle. « Cela fait deux semaines que nous enquêtons sur cette affaire. Voilà pourquoi nous n'avons rien pu dire jusqu'à présent. Il s'agit d'une annonce très grave, naturellement. Mais le Réseau – cette organisation terroriste ennemie de la science et la vie – a réussi à s'introduire chez Pincent Pharma et à saboter des lots de médicaments. »

Michael et Sophie échangèrent un regard.

« Mais... mais... bafouilla Sophie. Qu'est-ce que ça veut dire ? Sommes-nous en sécurité ? Comment savoir quels lots ont été touchés ? »

La Secrétaire générale s'éclaircit la gorge. « Nous sommes en sécurité, Sophie. Je tiens à rassurer tous nos concitoyens. Il s'agit d'un cas isolé, et la sécurité à Pincent Pharma a été largement renforcée depuis. Mais les criminels responsables de cet acte odieux courent toujours, et les Autorités mettront tout en œuvre pour les retrouver.

– Les Disparus... hoqueta Sophie. Sont-ils... Ont-ils été... » Elle semblait incapable de finir sa phrase. Personne n'employait le mot « mort » à la légère. Ce concept n'existait plus – sauf pour les Affranchis, les soldats envoyés au front et les résidents de pays lointains aux mauvaises conditions d'hygiène. C'était un mot répugnant. Un mot banni.

Hillary se fendit d'un petit sourire.

« Une enquête menée chez Pincent Pharma nous a permis de découvrir que les partisans du Réseau avaient profité d'une coupure de courant pour s'introduire dans le quartier de haute sécurité et saboter les lots de pilules. Ces lots ont été retirés de la vente, bien sûr, même si une poignée de victimes innocentes est tout de même tombée gravement malade. Notre enquête nous a également révélé que le Réseau avait réussi son coup parce qu'il avait étendu ses tentacules sur tout notre pays. Loin d'être un petit groupe isolé, le Réseau n'a cessé de croître et il représente désormais une menace réelle pour notre civilisation. Ils haïssent notre liberté, notre droit à la vie éternelle. Ils n'aspirent qu'au chaos et à la destruction de vies innocentes. Voilà pourquoi nous renforçons nos moyens de surveillance et le nombre de raids : c'est uniquement en arrêtant le Réseau que nous protégerons nos citoyens.

– Répondez à la question, lâcha Julia toute seule devant son écran d'ordinateur. Y a-t-il eu des morts ? »

Sophie avait eu la même pensée qu'elle, visiblement. Semblant retrouver un peu d'aplomb, elle se redressa sur son fauteuil. « Soyons bien clairs. Qu'appelle-t-on les Disparus, au juste ? S'agit-il de partisans du Réseau arrêtés par la police, ou de personnes atteintes par des lots de Longévité contaminés ?

– Actuellement, répondit Hillary avec un sourire crispé, nous avons recensé à peine plus de deux cents cas de contamination liés aux actions innommables du Réseau. Ces gens font l'objet de soins haut de gamme grâce au personnel médical de Pincent Pharma. Leurs familles sont informées en temps réel. Mais dans le cas de ces prétendus Disparus, nous cherchons à recueillir le témoignage de toute personne suspectée d'entretenir des liens avec le Réseau jusqu'à ce que nous ayons une vision claire de l'étendue de leur influence sur tout le territoire. Naturellement, nous avons dû suspendre nos lois traditionnelles concernant les conditions d'arrestation et d'interrogatoire des suspects. Du jour où ces terroristes ont attaqué la Longévité, du jour où ils ont tenté de mettre fin à nos vies, ils ont perdu le droit de bénéficier du système de justice criminelle qui protège les citoyens. Ces individus sont dangereux et notre objectif est de les arrêter, de les questionner et d'empêcher qu'une telle catastrophe ne se reproduise. »

Sophie et Michael échangèrent de nouveau un regard. Ils étaient livides, et Julia éprouva pour eux une vive sympathie. Ils partageaient ce moment ensemble – cet instant crucial où tout avait changé.

« Alors… et ces rumeurs affirmant que des hommes débarquent en pleine nuit pour emmener les malades ? voulut savoir Michael.

– Il s'agit naturellement de nos forces de sécurité venues arrêter les suspects », répondit sèchement Hillary.

Michael l'interrogea du regard. « Et a-t-on la preuve que ces gens sont liés au Réseau ? demanda-t-il. Parce que nous avons reçu des appels de centaines de gens affirmant que les Disparus étaient leurs amis, des innocents qui…

– Ces individus n'ont rien d'innocent, l'interrompit Hillary avec colère. Ce sont des terroristes. Par conséquent, les appels téléphoniques de gens qui se croient leurs amis ne nous concernent pas. Les terroristes n'ont pas d'amis. Ils n'ont que des cibles et des pions dans leur entourage. Mais nous les empêcherons de poursuivre leurs actions. Nous ferons tout ce qui est nécessaire pour protéger l'inviolabilité de la vie humaine.

– Bien sûr, commenta Sophie, les yeux écarquillés. Y en a-t-il encore d'autres, à votre avis ?

– Des terroristes ? Assurément. Nous nous sommes voilé la face, je le crains, en nous imaginant que tous les habitants de ce pays nous étaient reconnaissants pour notre action. De toute évidence, certains n'aspirent qu'à détruire ce que nous avons bâti, et notre mission est de les mettre hors d'état de nuire. Nous les traquerons et nous les punirons. Nous demandons à toutes les personnes connaissant des sympathisants du Réseau d'en informer les Autorités. L'heure de la tolérance est terminée.

– Bravo », déclara Michael. La caméra zooma sur son visage. Un filet de sueur coulait lentement sur son front. « Mais pour en revenir aux personnes affectées par le... disons, rapport à la contamination des... Sommes-nous réellement à l'abri ? Nos pilules sont-elles sans danger ? » Il semblait terrifié. Julia déglutit péniblement en attendant la réponse ; tous les téléspectateurs postés devant leur écran devaient être dans le même état, songea-t-elle.

L'expression d'Hillary se modifia imperceptiblement, comme si son masque se fissurait. Julia sentit l'effroi la gagner. Si la Longévité était contaminée... tout le monde était vulnérable.

« Nous pouvons affirmer qu'un seul lot a été touché par l'intervention des terroristes, finit par répondre la Secrétaire générale. Toutefois, nous savons que beaucoup de nos concitoyens vont s'inquiéter. C'est pourquoi nous avons mis en place un numéro d'assistance spéciale pour répondre à toutes les personnes qui ont des questions. En attendant, il est absolument vital que tout le monde continue à prendre ses pilules de Longévité. Le risque d'ingérer des médicaments contaminés est extrêmement faible, alors qu'interrompre le traitement du jour au lendemain serait... catastrophique. Pour n'importe qui. »

Michael s'essuya le front. « Donc, il n'y a rien à craindre ?

– Absolument rien à craindre », confirma Hillary avec un hochement de tête.

Sophie exhala un long soupir de soulagement, et Julia fit de même. « Et dans les autres pays ? demanda la présentatrice. On parle de cas de Disparus dans le monde entier. »

Hillary acquiesça, l'air grave. « Hélas, le lot contaminé était en partie destiné à l'exportation, déclara-t-elle en baissant tristement la tête. Mais je peux vous assurer que le problème se limite à un nombre de cas infime. Nous travaillons en étroite collaboration avec les gouvernements étrangers pour démanteler les réseaux terroristes internationaux.

– Merci, Hillary, conclut chaleureusement Sophie.

– Et la Longévité + ? demanda Michael en passant une main dans ses cheveux. Nous attendons son lancement avec impatience, qu'en est-il ? Je suis sûr que nos téléspectateurs sont curieux d'en savoir plus, eux aussi.

– Oh, je n'en doute pas ! J'ai le plaisir de vous annoncer que nous en sommes à la dernière phase de tests. De toute évidence, nous ne lancerions jamais un nouveau produit sans être sûrs qu'il ne présente aucun danger pour la population, répondit Hillary d'un ton plus détendu.

– Naturellement, renchérit Michael avec un large sourire. Savez-vous quand nous pourrons enfin nous le procurer ?

– Très bientôt. Les équipes de Pincent Pharma travaillent jour et nuit. Mais leurs efforts en valent la peine. Je crois pouvoir affirmer que la Longévité + va révolutionner notre bien-être.

– Vraiment ? À ce point-là ? demanda Sophie, les yeux brillants.

– La Longévité + apportera à notre peau, à notre âme et à notre esprit ce que la Longévité apporte déjà au reste de notre corps. Le renouvellement des cellules deviendra un renouvellement d'*énergie*.

– J'ai hâte d'y être, s'enthousiasma Michael. Merci à vous, Hillary, d'avoir pris le temps de venir nous parler aujourd'hui.

– C'est toujours un plaisir, répondit chaleureusement Hillary.

– Bien ! Et maintenant, avec la complicité de Magic Mix, il est temps pour nos deux chefs cuisiniers, Eleanor et Gary, de nous concocter un festin en dix minutes... »

Julia respira profondément. Elle avait l'impression d'avoir fait un tour de montagnes russes, d'avoir été à deux doigts de la crise cardiaque avant de regagner la terre ferme saine et sauve. Un seul lot contaminé. Et s'il y en avait plus ? S'il y avait d'autres attentats ? Le monde parfait auquel elle avait été habituée avait soudain révélé la possibilité de failles dont elle n'aurait jamais soupçonné l'existence.

Mais elle était à l'abri. Les Autorités retrouveraient les coupables et veilleraient à ce que cela ne se reproduise plus jamais.

Julia vida son verre d'un trait et ferma les yeux quelques instants. Puis elle les rouvrit et suivit la rubrique cuisine du talk-show.

Chapitre 9

Roberta Weitzman s'appuya un instant contre le mur, histoire de reprendre son souffle. Elle ne se sentait pas dans son assiette depuis quelques jours et s'était enfin décidée à prendre rendez-vous chez son médecin pour faire vérifier ses taux de Longévité. Ce contretemps l'agaçait beaucoup : elle était très occupée, mais sa fatigue commençait à la retarder dans son travail, et c'était ce qui l'avait poussée à se rendre chez son médecin. Ça, et les petits boutons rouges apparus sur son ventre. Simple irritation, se disait-elle. Rien de grave. Ce n'était certainement pas… Roberta secoua la tête. Elle n'était pas malade. Elle ne faisait pas partie des malchanceux. Et elle n'était pas du genre à s'affoler pour un rien. C'était juste un coup de fatigue, voilà tout.

Le cabinet médical se trouvait au cinquième étage d'un immeuble du quartier londonien de Maida Vale. Cela faisait trente ans qu'elle habitait ici mais, comme la plupart des gens, elle n'allait que très rarement voir son médecin – pour vérifier ses taux de Longévité, se faire poser un implant contraceptif ou, du temps de sa jeunesse, un plâtre pour un bras cassé. Même aujourd'hui, cette visite lui apparaissait comme une perte de temps. Certains parlaient de la vie éternelle en des termes étranges, comme s'ils avaient du mal à s'occuper, à combler le vide de leurs journées. Roberta ne les comprenait pas. Elle avait tant de choses à faire : tant de livres à écrire, de tableaux à peindre, de sonates à apprendre sur son nouveau piano ! Sa mère avait jadis été une Affranchie – concept qui terrifiait Roberta. Personne dans son entourage n'avait perdu sa mère. Personne n'avait été contraint de voir un être cher se désintégrer à petit feu, perdre progressivement la maîtrise de son corps et de son esprit jusqu'à ce qu'il ne reste plus rien. À la mort de sa mère, toutes ses idées avaient disparu avec elle. Tout ce potentiel. Toutes ces pensées jamais écrites, ces idées débattues, défendues avec passion. Et malgré ses dénégations, la vieille dame avait eu peur de mourir – Roberta l'avait bien vu dans son regard. « Je suis un fardeau pour toi », avait-elle déclaré tristement. Et Roberta n'avait pas su quoi lui répondre parce qu'au fond, c'était la vérité : sa mère s'était transformée en fardeau. Personne n'avait envie de s'occuper d'une vieillarde agonisante. Pas même sa propre fille.

Roberta fut soulagée de voir que l'ascenseur fonctionnait. Elle pressa le bouton d'appel, s'engouffra à l'intérieur et appuya sur le numéro 5. La cabine entama sa pénible ascension et s'arrêta au cinquième étage en un soubresaut chuintant, comme si cet effort mécanique l'avait épuisée. Roberta avait l'impression de comprendre cet ascenseur. Elle s'imagina aussitôt le début d'une histoire, celle d'un immeuble dont l'ascenseur, la cage d'escalier et chacune des pièces de chaque appartement auraient des sentiments personnels ; fatigués de devoir transporter et contenir les humains qui les utilisaient, ils décideraient de se rebeller et d'agir à leur guise. Roberta esquissa un sourire, indiqua son nom à la réception et partit s'asseoir dans la salle d'attente. En face d'elle se trouvait un téléviseur allumé ; des présentateurs à l'air grave débattaient d'un sujet visiblement sérieux tandis que les dernières nouvelles défilaient en bas de l'écran. « Les Autorités confirment que les Disparus font l'objet d'une enquête après un attentat du Réseau visant à saboter la Longévité. Vaste coup de filet parmi les milieux terroristes... »

Roberta fronça les sourcils. Même elle qui s'intéressait rarement aux informations se sentit très intriguée par cette annonce. Elle avait entendu parler des Disparus ; pour elle, il s'agissait d'une simple rumeur. Mais y avait-il vraiment eu un attentat ? Le médecin passa la tête par la porte et appela son nom. Roberta se leva à contrecœur mais la fatigue la saisit par surprise, la forçant à se rasseoir aussitôt. Gênée, elle secoua la tête, rassembla ses forces et se leva pour entrer dans le cabinet du praticien.

« Madame Weitzman. Comment allez-vous ? »

Roberta lui décocha un sourire aguicheur ; c'était plus fort qu'elle, comme une réaction instinctive.

« Oh, je vais bien, docteur. Simple vérification de mes taux. »

L'homme acquiesça et se tourna vers son ordinateur.

« Jetons un œil à votre identicarte, voulez-vous ? » Il ouvrit son dossier et saisit son mot de passe personnel. Puis il se rembrunit.

« Vous êtes fatiguée, en ce moment ? »

Roberta opina. « Un peu. Mais je ne me suis pas ménagée ces temps-ci. » Nouveau sourire aguicheur. Ce médecin était plutôt bel homme, songea-t-elle. Elle lui proposerait peut-être d'aller boire un verre. Plus tard. Quand ils auraient tous deux fini leur journée de travail.

« Autre chose ? lui demanda-t-il d'un ton rassurant. Autant en profiter, puisque vous êtes là. »

Roberta décroisa et recroisa les jambes avant d'étouffer un bâillement. Tout compte fait, elle préférait laisser tomber cette histoire de verre. Le simple fait d'avoir une conversation l'épuisait. « Non, lui dit-elle, une pointe de résignation dans la voix. Oh, à l'exception d'une légère crise d'urticaire.

Mais je crois qu'il s'agit d'une réaction allergique à mon savon.

– Je vois. » Le médecin ne quittait pas son écran des yeux. Lorsque enfin il se tourna à nouveau vers elle, il la gratifia d'un large sourire. « Eh bien, je crois que vous avez besoin d'une bonne piqûre de vitamines. Ensuite, nous augmenterons vos niveaux.

– C'est parfait », répondit Roberta, soulagée. Une piqûre de vitamines. Voilà qui la remettrait sur pied en un rien de temps !

Elle remonta sa manche et tendit le bras. Pendant que le médecin préparait la seringue, elle se replongea dans son projet d'histoire. Tout partirait de l'ascenseur, décida-t-elle – la révolution dans l'immeuble ! L'appareil en aurait assez de faire monter et descendre des êtres humains toute la journée. Pour commencer, il les rejetterait hors de sa cabine. Puis il déciderait de se déplacer horizontalement, en diagonale... bref, d'aller où bon lui semblait. Il entraînerait la cage d'escalier avec lui. Celle-ci se montrerait d'abord hésitante, effrayée par les conséquences, puis elle se... Roberta leva les yeux vers le médecin. Tout lui semblait flou, d'un seul coup. Ses paupières étaient lourdes, comme le reste de son corps.

« J'ai l'impression qu'il y a un problème, dit-elle. Je me sens encore plus fatiguée qu'avant. Vous êtes sûr que vous m'avez injecté le bon médicament ?

– Ne vous inquiétez pas, lui susurra le praticien. Tout va s'arranger. »

Il décrocha son téléphone et composa un numéro. Roberta avait du mal à lutter contre le sommeil et s'efforçait de garder son esprit en éveil. Il y avait un problème, et elle tenait absolument à savoir lequel.

« Allô ? Ici le docteur Brandon, cabinet n° 561 », l'entendit-elle grommeler dans le combiné. Il lui semblait parler de très loin, alors qu'il se trouvait tout juste à trois mètres de son fauteuil. « J'ai un nouveau cas. »

Les paupières de Roberta s'abaissèrent. Elle n'avait plus la force de garder les yeux ouverts. Impossible de lutter. Le sommeil commençait déjà à l'emporter...

« Faites vite, déclara le médecin comme Roberta perdait connaissance. J'ai d'autres patients qui m'attendent. »

Chapitre 10

Jude décrocha le téléphone. « Hôtel Sweeney. Quel temps fait-il chez vous, aujourd'hui ?

– Nuageux au nord, mais les températures remontent partout », répondit une voix féminine. Celle-ci semblait nerveuse, mais ça n'avait rien d'étonnant. Depuis l'intervention télévisée d'Hillary Wright quelques jours plus tôt, le téléphone du QG n'avait pas cessé de sonner, et tous les gens au bout du fil paraissaient très inquiets. Paul avait tenu le standard pendant les premières vingt-quatre heures, et Jude l'avait écouté répéter inlassablement à ses interlocuteurs qu'Hillary avait tort, que le Réseau n'avait lancé aucune attaque visant à tuer la population, et qu'il avait encore besoin du plein soutien de tous ses sympathisants. Le lendemain matin, Paul lui avait paru exténué et livide. Puis la nouvelle était tombée : craignant pour leur vie, les gens avaient commencé à dénoncer leur progéniture aux

Autorités. Deux enfants avaient été retrouvés devant la porte du Réseau ; Paul leur avait trouvé une famille d'accueil, mais la peur au sein de l'organisation était palpable. Tous craignaient d'être en train de perdre la bataille. Tous redoutaient qu'un événement terrible ne se produise.

Le lendemain, Jude s'était occupé du téléphone. C'était bien le moins, d'autant que Paul était parti avec les deux enfants pour les confier à leur nouvelle famille. Mais, après deux jours de travail quasi ininterrompu, il commençait à se dire que le combat était perdu.

« Indiquez-moi votre matricule, dit-il à son interlocutrice selon la formule consacrée.

– Je suis le numéro 6492. On vient de jeter une brique par ma fenêtre, fit la femme en haletant. Un groupe de gens est passé devant chez moi en me traitant de meurtrière. J'ai peur. Je cache un... » Elle abaissa la voix. « J'ai un enfant chez moi. Je ne sais pas quoi faire. »

Elle semblait terrorisée. « Sait-on dans votre entourage que vous êtes une sympathisante ? » lui demanda Jude.

Il y eut un silence. « Je suis une Affranchie. Tout le monde sait que je soutiens le Réseau. Jusqu'ici, les gens me traitaient soit avec mépris, soit avec pitié... mais ils ne se montraient jamais violents. Que dois-je faire ? Pouvez-vous m'envoyer quelqu'un pour me protéger ? »

Jude consulta sa base de données. Sud-est de Londres. Le nombre de gardes potentiels s'était déjà réduit à une petite centaine à travers le pays, et aucun n'était posté à proximité de son quartier. Tous les gardes disponibles à Londres avaient déjà été déployés ; la capitale abritait la plus forte concentration d'Affranchis et de partisans du Réseau, et tous appelaient à l'aide. « Vous vivez seule ?

– Hélas oui, répondit la femme. Personne ne veut plus être associé à un Affranchi, de nos jours.

– OK. Je vous conseille de vous enfermer chez vous, et d'attendre qu'ils se lassent.

– Vous croyez qu'ils vont se lasser ? Écoutez-les ! » La femme brandit son téléphone en l'air ; Jude entendait la foule scander au loin : « Les Surplus dehors ! Mort aux traîtres ! » Soudain, une voix isolée se détacha du groupe – une voix masculine, gutturale. « Abandonnez-le, madame. Nous savons qu'il se cache ici. Saleté de Surplus qui nous vole notre eau et contamine nos médicaments ! Donnez-le-nous et il ne vous sera fait aucun mal. »

Aussitôt, la foule changea de slogan : « Donnez-le-nous ! Donnez-le-nous ! »

« Vous voyez ? reprit la femme d'une voix étranglée. Vous croyez vraiment qu'ils vont s'en aller ? »

Jude ferma les yeux. Il était épuisé – le genre de fatigue qui vous fait vaciller des pieds à la tête et vous donne l'impression que votre crâne va exploser si vous ne fermez pas les yeux.

« Non, ils ne partiront pas, soupira-t-il. OK, ne bougez surtout pas. Nous vous envoyons quelqu'un.

– Dans combien de temps ? demanda la femme. Vous ne craignez pas qu'il se fasse lyncher par la foule ?

– Ne vous inquiétez pas pour ça, répondit Jude en avalant péniblement sa salive. Restez où vous êtes. Protégez votre fils. »

La communication fut coupée et Jude se leva d'un bond. Aussitôt, le téléphone se remit à sonner.

« Sheila ! s'écria-t-il. Vite, remplace-moi au téléphone. Il faut que j'aille quelque part. »

La jeune fille apparut dans l'encadrement de la porte et l'interrogea du regard.

« Que je te remplace au téléphone ? Pourquoi, où vas-tu ?

– Récupérer quelqu'un. Un enfant. La maison de sa mère est attaquée. Il n'y a que moi. »

Sheila prit un air affolé. « Non... tu ne peux pas t'en aller comme ça ! Tu vas te faire arrêter. Envoie quelqu'un d'autre !

– Il n'y a personne. Ça va bien se passer. Je suis un grand garçon.

– Mais... bafouilla Sheila, désespérée. Nous avons besoin de toi, ici. J'ai besoin de toi... » Elle se mordit la lèvre. « Je t'en prie, ne pars pas.

– Je n'ai pas le choix », répondit le jeune homme en

attrapant son manteau. Puis il s'arrêta net. « Tu as besoin de moi ? Vraiment ?

– Oui », murmura Sheila. Elle le fixait droit dans les yeux, comme pour le défier du regard. Si effrayée, mais si belle... Sans réfléchir, Jude lui prit la main et l'embrassa avant de franchir la porte.

« Moi aussi, j'ai besoin de toi, murmura-t-il trop tard pour qu'elle l'entende. Tu n'as pas idée. »

L'air vif du dehors lui fouetta le visage, et il resserra son manteau contre lui en se faufilant à travers le dédale des rues. Il avait mémorisé l'adresse de la femme, et il savait qu'il pourrait s'y rendre en utilisant certains trajets sûrs, testés et validés par Paul. Londres comptait deux villes, en réalité : celle où vivaient la plupart des gens, et celle occupée par le Réseau – tunnels de métro désaffectés, ruelles méconnues qu'aucun Légal n'oserait jamais emprunter, surtout après la tombée de la nuit, ou encore vieilles avenues principales crevassées jadis encombrées par la circulation, mais désertées par les voitures depuis des années, à l'exception de rares véhicules conduits par des gens très riches ou bénéficiant de relations haut placées.

Jude savait que son geste était de la folie pure ; Paul ne l'aurait jamais laissé partir. Mais il savait aussi qu'il n'avait pas le choix. Il avait entendu les hurlements de la meute ; il ne pouvait pas abandonner cette femme et son enfant. Il se mit donc à courir, ignorant la douleur qui lui martelait le crâne et les spasmes musculaires qui l'élançaient à chaque foulée. Il sortit son ordinateur de poche et saisit l'adresse de la femme. Quelques instants plus tard, une caméra de surveillance retransmettait en direct des images de chez elle. La partie de la rue devant sa maison était occupée par la foule, mais l'arrière semblait dégagé. Il continua à courir. Le trajet ne lui prendrait qu'une vingtaine de minutes, mais c'était un long moment à passer lorsqu'on subissait une attaque. Il bifurqua dans une ruelle, s'engouffra sous une passerelle abandonnée et se plaqua contre un bâtiment décrépit. Sur la façade, on pouvait lire : « Hôpital Saint-Thomas ». Juste derrière lui, à travers une fente entre les planches condamnant une ancienne porte, Jude aperçut un panneau bleu à peine lisible indiquant la direction des urgences, de la maternité et du service d'ORL. C'était la première fois qu'il voyait un vieil hôpital ; les autres avaient tous été reconvertis en immeubles d'habitation, de même que les écoles et les universités. Mais ce quartier n'avait pas eu cette chance : le monorail ultrarapide ne s'était pas encore déployé jusque-là. En attendant que cela soit prévu, les bâtiments inutiles étaient simplement laissés à l'abandon.

Jude se retourna et tendit l'oreille, histoire de repérer tout bruit de pas éventuel, avant de reprendre sa course folle. Il franchit des portes, se glissa derrière des immeubles et finit par atteindre la route principale menant chez la femme. Sa rue se trouvait quelque part sur la gauche ; à quelques mètres avant le croisement, Jude enjamba une barrière pour couper directement à travers la pelouse des voisins. Arrivé derrière la maison, il courut jusqu'au fond du jardin et donna un violent coup de pied dans la palissade pour faciliter la fuite de la mère et de son enfant, avant de repartir en courant vers la porte arrière de la maison. De là où il était posté, il entendait les cris haineux de la foule massée devant la façade. Il sortit son ordinateur de poche et composa le numéro de la femme.

« Allô ? fit-elle d'une voix tremblante.

– Ici le concierge de l'hôtel Sweeney, dit-il tout bas. Je veux que vous sortiez par la porte de derrière. Doucement. Discrètement. Que personne ne vous voie.

– Oui, d'accord. »

Il l'aperçut à travers la fenêtre. Sa silhouette se détachait à contre-jour dans le couloir : elle semblait corpulente, et se déplaçait avec difficulté. Jude se mit à prier intérieurement qu'elle se dépêche un peu.

« La voilà ! s'écria quelqu'un dehors.

– Défonçons sa porte !

– Tueuse de Légaux !

– Terroriste ! »

La femme se figea ; Jude jeta un regard désespéré autour de lui. Il n'avait plus que quelques minutes pour la faire sortir. Quelques secondes, même. Il fut sur le pas de la porte au moment où la femme arrivait, portant dans ses bras un petit garçon aux grands yeux terrifiés.

Elle ouvrit la porte et dévisagea le jeune homme. « Mais vous n'êtes qu'un enfant, vous aussi ! Je croyais qu'on m'enverrait plusieurs gardes. Jamais nous ne sortirons vivants d'ici !

– Nous allons passer par là. À travers la palissade, expliqua Jude en tendant les bras pour récupérer l'enfant. Vite, suivez-moi. »

La femme secoua la tête. « Je ne peux pas courir. Je n'ai pas assez de force.

– Bien sûr que si, marmonna Jude. Allez !

– Je suis une Affranchie, balbutia-t-elle, les yeux brillants de larmes. Mon corps ne se renouvelle pas et mon cœur... » Elle supplia Jude du regard. « Prends mon fils, supplia-t-elle. Emmène-le. Je n'ai qu'à rester ici.

– Je ne peux pas vous laisser ici. Ils vont vous tuer ! Allez, suivez-moi. Nous pouvons encore nous en sortir.

– Non. Je vais vous ralentir. Ils nous rattraperont. »

Un fracas épouvantable retentit à l'autre bout de la maison, et la femme saisit Jude par les épaules. « Ils sont en train de défoncer la porte. Partez. Allez-vous-en tous les deux ! Veille sur mon garçon. Surtout, qu'il sache à quel point je l'aimais. Et qu'il était un enfant désiré. Ses papiers sont dans sa poche. Tu prendras soin de lui, n'est-ce pas ? »

Jude commença à secouer la tête, mais la femme était déjà en train de refermer la porte. À contrecœur, il serra l'enfant contre lui et rejoignit à toutes jambes le fond du jardin. Comme il se glissait à travers l'ouverture de la palissade, il entendit la foule envahir bruyamment la maison ; il continua à courir de plus belle pour fuir les cris de la femme seule face à ses agresseurs, pressant le petit contre sa poitrine pour étouffer ses gémissements et s'empêcher lui-même de pleurer. Il pensait surtout à Sheila, enlevée chez elle en pleine nuit. Et à tous les enfants arrachés à leur famille pour être emprisonnés, assassinés ou réduits en esclavage.

« Ça va aller, murmura-t-il. Ne t'inquiète pas. »

Tout en refaisant au pas de course le trajet inverse pour rentrer, il réalisa qu'il avait fait une promesse et qu'il devrait la tenir. Son corps tout entier hurlait de fatigue, de faim et de soif. Mais lorsqu'il franchit enfin la porte du quartier général, après avoir confié l'enfant au garde de faction, il tomba sur Sheila, livide de peur, en train de raccrocher le téléphone.

« Je ne veux plus répondre aux appels, murmura-t-elle, au bord des larmes. C'est au-dessus de mes forces, Jude. Je déteste cet endroit.

– Je sais. Mais il faut rester courageux. Pour continuer le combat.

– Je n'en peux plus », gémit-elle.

Au même moment, le téléphone se remit à sonner. La jeune fille éclata en sanglots et s'effondra dans les bras de Jude. Alarmé, il la serra contre lui.

« Oublie le téléphone. Je m'en charge, lui dit-il tout bas. Va te reposer un peu, OK ? »

Sheila secoua la tête. « Je n'ai pas besoin de repos. Donne-moi autre chose à faire. Je peux m'occuper de ton ordinateur, répondre à tes messages...

– Mon ordinateur ? Mais... je l'ai éteint en partant. » Il avait paramétré son protocole de sécurité pour que les ordinateurs s'éteignent au bout de dix minutes d'inactivité. Il y mettait un point d'honneur ; tout le monde savait à quel point les réseaux informatiques étaient vulnérables.

« Dans ce cas, je peux le rallumer, répondit Sheila. C'est d'accord ? »

Jude la dévisagea avec hésitation.

« Tu n'as pas confiance en moi ? insista la jeune fille. Pourquoi m'avoir appris à m'en servir si tu refuses que je l'utilise ? Laisse-moi t'aider, Jude. Je peux me rendre utile. »

Il ne répondit pas tout de suite. Puis finit par hocher la tête. Il n'avait guère le choix – Sheila avait raison. Après tout, elle lui proposait son aide et il en avait bien besoin. « C'est d'accord, lâcha-t-il d'une voix étranglée. Mais surtout ne... ne fais rien de stupide. »

Elle lui prit la main. « C'est promis, dit-elle. Je... » Elle le sonda du regard, comme si elle s'apprêtait à lui dire autre chose, mais parut se raviser. « C'est promis », répéta-t-elle simplement avant de quitter la pièce.

« Jude ? » fit Paul, qui venait de surgir dans l'encadrement de la porte.

Il semblait encore plus exténué que lui ; des ombres lui cernaient les yeux. « Mais où étais-tu passé ?

– Parti récupérer quelqu'un, répondit le jeune homme en se malaxant les tempes. Nous avons un enfant de plus sur les bras. Il est avec le garde.

– Tu es sorti ? Tu as pris de gros risques, tu sais.

– Eh bien, je ne suis pas qu'un simple technicien, répondit Jude avec une pointe d'agacement. Je peux me rendre utile, moi aussi. »

Paul acquiesça. « Bien sûr que oui, dit-il avant de lâcher un gros soupir. Jude, je... » Il prit une grande inspiration. « J'ai quelque chose à te dire. Quelque chose d'important. Je...

– Quoi ? demanda le jeune homme impatiemment. Est-ce vraiment important, ou s'agit-il encore d'une histoire de livres ? Parce qu'on nous attaque de tous les côtés, le téléphone n'arrête pas de sonner, les gens ont besoin de notre aide... et il faut bien que quelqu'un s'en charge. »

Paul esquissa un sourire. « Naturellement. Tu as raison, comme toujours. Tu es... » Il le prit par l'épaule. « Je suis très fier de toi, voilà tout. »

À ces mots, Jude sentit une bouffée d'adrénaline l'envahir. Personne ne lui avait jamais dit une chose pareille. Personne. Mais le moment était mal choisi pour savourer le compliment, remercier Paul ou se demander pourquoi ces mots lui faisaient autant plaisir. Il se contenta de hocher la tête d'un air grave et se précipita pour décrocher le téléphone.

« Hôtel Sweeney, dit-il. Quel temps fait-il chez vous, aujourd'hui ? »

Chapitre 11

Richard Pincent avait peur. C'était presque un sentiment nouveau pour lui, et cela le troublait profondément. Il tournait en rond dans son bureau, les yeux rivés sur le ciel londonien – sombre, froid et hérissé de gratte-ciel, ces monuments élevés à la gloire de l'homme... ou plutôt de la sienne. Il avait fait le don de la vie éternelle à l'humanité. À présent, son existence même était menacée.

Même coupé du monde derrière sa baie vitrée, il savait que les gens manifestaient dans les rues. Le peuple britannique réclamait la destruction totale du Réseau ; les sympathisants présumés étaient agressés chez eux, leurs maisons brûlées. Quelques mois auparavant, il se serait contenté de savourer le spectacle depuis son fauteuil. Mais aujourd'hui, cette agitation le remplissait d'effroi. Parce qu'il savait que la foule en colère finirait par se retourner contre lui. Les gens découvriraient qu'il avait menti et que c'était *lui* le véritable ennemi. Lorsqu'ils sauraient la vérité, ils n'hésiteraient pas à venir jusqu'à chez Pincent Pharma pour le chercher.

Accablé, Richard se détourna de la fenêtre. L'obscurité extérieure semblait refléter la tonalité sombre de ses pensées. Était-ce là ce qu'avaient ressenti les pharaons d'Égypte en contemplant l'effondrement de leur empire ? Pincent Pharma se transformerait-il en vestiges au même titre que les Pyramides, un simple site touristique exploré par des ignares armés d'appareils photo ? Allait-il lui-même mourir ici, dans cet immense tombeau blanc, pour n'être exhumé que dans plusieurs siècles ? Il secoua la tête. Mais qui le découvrirait ? Qui serait encore là pour retrouver son cadavre ?

Avec un soupir, il se tourna vers son ordinateur et pressa une touche du clavier pour quitter le mode veille. Il fallait bien continuer à travailler, à répondre aux mémos... bref, à maintenir les apparences.

Machinalement, il commença à annuler des rendez-vous, à valider des budgets et à supprimer tout ce qui ne l'intéressait pas. En se raccrochant à la normalité, songea-t-il, peut-être les choses redeviendraient-elles comme avant. Mais il se berçait d'illusions, et il le savait. Si certains croyaient encore à ses mensonges, il ne pouvait plus nier la gravité de la situation, ni la réalité effroyable qui s'imposait à lui. Il était le capitaine du *Titanic* ; lui seul était au courant de l'existence de l'iceberg, et lui seul savait que le navire allait sombrer sans laisser de survivants.

Le dégoût l'envahit. Il avait envie de pleurer. Il en était à se demander si, dans toute l'Histoire, un homme avait déjà traversé de tels tourments, quand son attention fut attirée par l'apparition d'une icône en bas à droite de son écran. Nouveau message. Richard recevait rarement du courrier dans sa boîte e-mail ; tous ses e-mails étaient filtrés et triés par son secrétariat. Et celui-ci semblait d'autant plus bizarre qu'il avait visiblement contourné le protocole habituel : il arrivait directement de l'extérieur, et non du serveur de Pincent Pharma. Seul Derek Samuels avait un accès direct à la messagerie de son patron. Richard vérifia l'heure d'envoi de l'e-mail : il venait tout juste d'être expédié. Non sans appréhension, il cliqua sur le lien. Son cœur fit aussitôt un bond dans sa poitrine.

« *Si vous voulez le cercle de la vie, je peux vous le donner.* »

Il relut ces mots, encore et encore, en clignant des yeux pour s'assurer qu'il ne s'agissait pas d'une hallucination. Puis, méfiant, il regarda autour de lui. Était-ce une plaisanterie ? L'avait-on espionné ? Non, impossible. Il avait fait installer des caméras de surveillance jusque dans son bureau depuis l'attaque du bâtiment par le Réseau à l'époque où Peter travaillait à ses côtés. Mais lui seul détenait le code d'accès aux images filmées. Alors... comment l'auteur du message savait-il ? Qui était-il ?

Richard retomba pesamment dans son fauteuil, incapable de bouger pendant de longues minutes. Puis, hésitant, il se pencha sur son clavier.

« *Qui êtes-vous ?* écrivit-il.

– *Peu importe. Si vous voulez le cercle de la vie, vous pouvez l'avoir. Mais je veux quelque chose en échange.* »

Richard n'en croyait pas ses yeux. Il y avait forcément un piège. Mais lequel ? Et... s'il se trompait ? Si cette personne possédait vraiment ce qu'il cherchait désespérément à obtenir ? S'il avait un canot de sauvetage à sa disposition et la possibilité de réparer le *Titanic*, il ne pouvait guère refuser une telle offre... n'est-ce pas ?

« *Oui, je veux le cercle de la vie. Et vous, que voulez-vous ?* répondit-il.

– *Nous en reparlerons. Mais vous avez déjà donné l'objet que vous cherchez à obtenir. Si vous souhaitez le récupérer, il va falloir respecter mes instructions.* »

Richard avait du mal à suivre. Il avait déjà donné l'objet ? Était-ce une devinette ?

« *Comment ça ? Je ne comprends pas.*

– *Non. Bien sûr que non. Vous aviez bien une chevalière autrefois ? Celle de Peter ?* »

Richard sentit son estomac se serrer. La chevalière de Peter, son petit-fils. Cet enfant qu'il avait toujours cru mort... jusqu'au jour où les Rabatteurs l'avaient retrouvé. La chevalière appartenait au gamin, mais elle avait fini par atterrir sur le bureau de Richard à cause des initiales gravées à l'intérieur. AF. Albert Fern. Cette chevalière avait jadis appartenu à Albert Fern qui l'avait donnée à sa petite-fille, Margaret Pincent, laquelle l'avait elle-même transmise à Peter. Sauf que Richard ne s'y était jamais vraiment intéressé. C'était un bijou hideux. Il se souvenait de l'avoir souvent vu à l'index d'Albert. Était-ce réellement ça, le cercle de la vie ? Pourquoi Albert avait-il cherché à le protéger ? Était-ce si important ?

Richard ferma les yeux et s'efforça de se remémorer à quoi ressemblait l'anneau. À l'intérieur figuraient les initiales d'Albert. Quant au chaton, il était orné d'une gravure de mauvaise qualité, comme si le vieux scientifique l'avait faite lui-même. Il s'agissait d'une sorte de fleur. Oui, une fleur...

Ouvrant un tiroir, il ressortit le dossier contenant tous les manuscrits d'Albert et tourna frénétiquement les pages jusqu'à ce qu'il tombe enfin sur ce qu'il cherchait. Ce n'était qu'un simple croquis, mais il n'y avait aucun doute : c'était bien la même fleur. Que fallait-il comprendre ? Il décrocha son téléphone.

« Derek, lâcha-t-il dans le combiné, j'ai besoin de vous. Tout de suite. »

Une minute plus tard, Derek Samuels se tenait derrière son patron et ouvrait de grands yeux à mesure qu'il découvrait le contenu des messages. « Co... comment ? »

balbutia-t-il. Il semblait livide à l'idée que son propre système de sécurité ait pu être piraté de l'extérieur.

« Ça n'a plus d'importance, répondit Richard. Tout ce qui compte, c'est cette chevalière. Quelles étaient les dernières paroles d'Albert quand vous l'avez emmené... ? Que le cercle de la vie devait être protégé ? Voulait-il parler de cet anneau ? À votre avis, s'agit-il d'une plaisanterie, ou bien la chevalière est-elle vraiment la clé du mystère ? »

L'homme garda le silence un long moment. Puis, lentement, il secoua la tête.

« Eh bien ? insista Richard en fronçant les sourcils. Qu'y a-t-il ? »

Derek leva les yeux vers lui. « Il savait, dit-il simplement.

– Il savait quoi ? demanda Richard d'un ton impatient. Que voulez-vous dire ?

– Albert. Il savait tout. Sa réaction quand je l'ai emmené... Il s'y attendait.

– À être tué ?

– Il disait que vous ne trouveriez jamais la formule. Que vous auriez beau remuer ciel et terre, jamais vous ne l'obtiendriez. À sa façon de le dire, il semblait savoir que vous feriez des recherches. Je crois qu'il avait tout préparé. »

Richard acquiesça d'un air grave en s'efforçant de faire marcher sa mémoire. Oui, il se souvenait de cette chevalière. Il l'avait même aperçue un jour dans la boîte à bijoux de sa fille, Margaret, et en avait conclu qu'Albert avait dû la lui offrir il y a longtemps. Il n'avait pas osé questionner la fillette, de peur de déclencher un déluge de questions embarrassantes à propos de « grand-père Albert » et de ce qui lui était arrivé. C'était la chevalière qu'elle avait ensuite donnée à Peter. Celle que Richard avait jadis tenue dans sa main.

« Ce bijou était dans les affaires de Maggie. Comment est-ce possible ? se demanda-t-il tout haut. Elle n'a jamais revu Albert avant sa mort...

– Qui sait ? médita Derek. Elle allait bien à l'école, non ? Albert s'est peut-être arrangé pour la voir en secret. Il a dû faire graver la formule à l'intérieur, et lui offrir la chevalière.

– Bien sûr, lâcha Richard dans un souffle. Le cercle éternel de la vie... Il a fait inscrire la formule sur l'anneau !

– Et dire que pendant tout ce temps il était en votre possession », conclut Derek.

Richard lui coula un regard d'acier, la mâchoire serrée.

« J'ai bien l'intention de le récupérer. Et vous allez vous en charger. »

Derek ne répondit rien, mais Richard ne remarqua même pas son silence. Ses prières venaient d'être exaucées. La chevalière... Bientôt, elle serait à nouveau en sa possession et il détiendrait enfin la solution à tous ses problèmes. Tout redeviendrait comme avant.

Il se retourna vers son ordinateur.

« *Avez-vous la chevalière ?* écrivit-il à son mystérieux interlocuteur. *Si oui, vous savez aussi où se trouve mon petit-fils, je suppose ?* »

Les Rabatteurs avaient cherché Peter et Anna en vain pendant une année entière, après que le gamin l'eut humilié publiquement devant ses employés et les médias du monde entier. À la pensée qu'il allait enfin remettre la main sur lui, Richard sentit comme une bouffée d'adrénaline. L'heure de la vengeance était proche.

« *C'est du cercle de la vie que vous avez besoin, pas de Peter* », répondit son correspondant anonyme.

Richard réfléchit. D'abord, la chevalière. Il verrait le reste après.

« *Très bien*, répondit-il. *La chevalière. Quelles sont vos exigences ?* »

En lisant la réponse, Richard eut un rictus amusé. Puis il éclata de rire. Il se sentait si heureux, si soulagé, qu'il aurait pu exécuter un pas de danse dans son bureau. Les conditions de l'échange étaient presque trop belles pour être vraies. Le cœur léger, il se tourna vers Derek. « Je veux que tous les Rabatteurs reçoivent une photo de Peter et se concentrent exclusivement sur sa capture. Compris ?

– Absolument, monsieur, répondit Derek, les yeux brillants.

– Bien, répondit Richard en se renfonçant dans son fauteuil. Je crois que nous allons revoir nos objectifs à la hausse : je veux que le Réseau soit réduit en miettes. Mais auparavant, j'ai une petite visite de courtoisie à effectuer. Appelez-moi la prison, voulez-vous ? Annoncez-leur mon arrivée. »

On frappa à la porte. Peter, qui était en train de stocker des pommes de terre dans le garde-manger, sursauta et Anna, occupée à changer la couche de Molly (une couche pour le moins artisanale, confectionnée à l'aide de torchons, de papier toilette et de coton), se retourna vers lui. Il vit une ombre traverser son visage et lui jeta un regard rassurant avant de se diriger vers la porte, qu'il ouvrit prudemment.

Mais ce n'était que le vent. Bien sûr, songea Peter. Personne ne passait jamais les voir. Ils n'avaient pas de voisins à des kilomètres à la ronde.

« Il n'y a personne ? » demanda Anna. Elle semblait inquiète, comme toujours.

Peter roula des yeux. Depuis qu'il avait reçu un message du Réseau le matin même, il se sentait fébrile. Le message devait sûrement lui avoir été envoyé par Jude ; il venait de son adresse, en tout cas. Mais il ne contenait ni la signature ni les blagues habituelles de son demi-frère. Juste une requête qui l'avait fait se sentir inutile et encore plus coupé du monde qu'avant.

« Crois-moi, dit-il d'un ton plus sarcastique qu'il ne l'aurait souhaité, si on courait un danger quelconque, on le saurait. Paul nous avertirait tout de suite. »

Anna l'examina d'un regard perçant. « À t'écouter, c'est une mauvaise chose. »

Peter blêmit légèrement. Ce n'était pas ce qu'il voulait dire. Pas vraiment. « C'est juste que Paul nous avait promis qu'on resterait ici quelques mois. Or ça fait déjà un an.

– Je sais, répondit Anna. C'est incroyable, hein ? C'est si joli, par ici. Les enfants peuvent s'amuser dehors, nous jouissons d'un calme royal... » Elle croisa son regard ; il vit qu'elle avait envie d'en dire plus mais qu'elle n'osait pas, de peur de provoquer une réaction hostile de sa part. Ils avaient eu cette conversation à maintes reprises, ces derniers temps : Peter se plaignait qu'il s'ennuyait, qu'il tournait en rond, et Anna s'inquiétait. Il ne pouvait s'en prendre qu'à lui-même, et il le savait. Il aurait pourtant dû être heureux, ici. Mais il n'y arrivait pas. Il se sentait si loin des événements – si loin de tout...

« Rien qu'entre nous. C'est ce que tu dis à chaque fois », marmonna-t-il, aussitôt conscient qu'il aurait mieux fait de se taire. Ce n'était pas la faute d'Anna s'il avait retourné le message de Jude dans sa tête pendant toute la matinée. Que fallait-il comprendre ? Pourquoi Jude n'avait-il pas été plus explicite ? Paul lui avait-il ordonné de ne pas en dire davantage ? Étaient-ils progressivement en train de couper les ponts, de se dire qu'ils n'avaient plus besoin de lui ?

« Nous retournerons là-bas, un jour ou l'autre. Tu le sais bien », lui dit Anna gentiment en s'avançant vers lui pour poser sa main sur son épaule.

Il savait qu'il avait tort, et pourtant, c'était elle qui prenait la peine de le consoler. Elle qui se montrait compréhensive. Il l'aimait plus qu'il ne pourrait jamais l'exprimer, mais...

« Il faut que j'y aille. J'ai reçu un message. Je dois me rendre à Londres. » Il prononça ces mots à toute vitesse, se préparant d'avance à subir les foudres de sa compagne. Dans le message, on lui demandait d'expédier sa chevalière à Londres par le biais de leur vigile habituel. Sans poser de questions, et sans en parler à qui que ce soit. On ne lui demandait pas de se déplacer en personne jusqu'à Londres. Rien dans le message ne stipulait qu'il était censé quitter sa cachette.

Mais cela ne faisait qu'accroître son envie d'y aller. Il était temps pour lui de se replonger au cœur de l'action. Il en avait assez de se sentir à l'écart du Réseau, traité comme un enfant fragile. Il avait entendu parler des attaques, des sympathisants de la Résistance lapidés en pleine rue. Mais il ne l'avait pas entendu par le biais du Réseau – il l'avait appris aux informations. Sa place était là-bas, aux côtés de ses camarades, et non ici, bien à l'abri au milieu de nulle part.

« Comment ça ? » Anna ôta sa main de son épaule. Elle ne le consolait plus ; elle se dressait devant lui, sur la défensive. « Pourquoi ?

– Parce qu'ils ont besoin de moi. Parce que je veux redevenir un membre du Réseau à part entière. » Il parlait d'un ton hésitant, comme un enfant demandant une chose à laquelle il n'avait pas droit.

« Tu *es* un membre du Réseau. C'était leur idée de nous envoyer vivre ici, tu te souviens ? » La jeune fille tourna les talons, et Peter comprit qu'elle souhaitait mettre fin à la conversation.

« Il n'y a rien à faire, ici, marmonna-t-il, incapable de taire sa frustration. À part cultiver des légumes et les manger. Des gens disparaissent. Le Réseau a saboté la Longévité. Londres est en ébullition, et c'est là-bas que nous devrions être.

– Sûrement pas, rétorqua Anna. C'est trop dangereux !

– Mais non. Viens avec moi ! Nous pourrions y aller tous ensemble et vivre au quartier général, comme Jude et Sheila.

– Non, Peter. Tu ne vois pas la chance que nous avons de vivre ici ? Nous n'avons besoin de rien ni de personne. Nous n'avons pas à nous cacher – enfin, pas vraiment. Si les gens tombent malades, pourquoi aller nous exposer à leur virus ?

Pourquoi faire courir ce risque aux enfants ? Si le monde meurt à petit feu, pourquoi quitter notre paradis ? »

Elle le dévisagea pendant plusieurs secondes, avec ce même regard qu'il avait remarqué chez elle lors de leur toute première rencontre : intense, arrogant et hésitant. L'air de quelqu'un qui cherche désespérément à garder le contrôle de ses émotions.

Mais ils n'étaient plus à Grange Hall.

« Ça ne dépend pas de toi, répondit-il tout bas. Il se passe des choses à Londres. Des choses importantes.

– Ici aussi, il se passe des choses importantes, répliqua la jeune fille, les yeux brillants. Molly commence à marcher à quatre pattes. Ben apprend à compter. Et nous sommes là pour une raison bien précise, souviens-toi : parce que nous sommes à l'abri. Parce que ton grand-père et les Autorités ne pourront jamais nous retrouver. » Elle laissait libre cours à sa colère, désormais. Son visage s'assombrissait à mesure qu'elle parlait. « Mais je suppose qu'être à Londres, là où il y a de l'*action*, est plus important que de veiller à la survie de la prochaine génération.

– Ce n'est pas ce que je voulais dire... » balbutia Peter sans achever sa phrase. Il ne pouvait pas lui avouer la vérité. S'il le faisait, elle lirait le message et saurait que Jude ne lui avait pas demandé de venir. Comprendrait-elle que c'était justement pour cette raison qu'il se sentait contraint de partir ?

« Si tu veux aller à Londres, ce sera sans nous », asséna-t-elle d'une voix sourde.

Sur ces mots, elle souleva Molly, prit Ben par la main et franchit la porte, laissant Peter seul dans la pièce vide.

Chapitre 12

Margaret Pincent était très malade. Elle sentait la sécheresse de ses mains crispées, la fatigue écrasante qui gagnait lentement son corps. C'était le sort qu'elle méritait, et elle l'acceptait de bon cœur... oui, elle accueillait la mort et le soulagement qu'elle apportait. Les autres condamnés à mort étaient privés de Longévité du jour au lendemain – le choc était brutal, rapide –, mais pas elle. Ils lui avaient réservé un traitement spécial, réduisant les doses petit à petit, sans doute parce que la fille de Richard Pincent avait droit à certains privilèges. Mais Margaret pensait qu'il s'agissait juste d'une autre forme de châtiment. Son déclin était si progressif qu'elle le remarquait à peine et doutait de chaque symptôme, incapable de déterminer si c'était seulement dans sa tête, si elle devenait folle ou si la fin était proche.

Mais à présent, elle le sentait. Elle était devenue une vieille femme. Douze mois plus tôt, elle était Directrice en chef du Foyer de Surplus de Grange Hall – crainte, respectée, obéie sans discussions. Aujourd'hui, sa vie n'était plus qu'une lente décrépitude. Chair pourrissante, organes usés, mort inévitable : voilà le destin qui l'attendait. Son unique perspective d'avenir.

Si c'était à refaire, elle le referait. Elle le tuerait, encore et encore. Stephen, son ancien mari, avait enlevé leur fils pour en faire un Surplus. Il lui avait fait croire que Peter était mort. Son propre petit garçon – devenu plus tard l'adolescent qu'elle avait elle-même torturé sans le savoir, comme tous les autres qu'elle avait punis parce qu'ils n'étaient pas son fils. Son bébé. Pour cela, Stephen méritait bien pire que la mort ; elle regrettait juste de ne pas l'avoir fait souffrir davantage.

Mais son déclin physique la révoltait. Dans un monde où la mort n'existait plus, la chair mortelle et vulnérable était forcément redoutée et méprisée. Margaret éprouvait la même répugnance que celle qu'elle lisait sur le visage des gardes : leurs yeux plissés, leurs lèvres repliées de dégoût comme s'ils venaient de manger un aliment pourri. Elle sentait la putréfaction, et les murs grisâtres qui l'entouraient semblaient exacerber cette odeur. La mort était un spectacle abject. Même son médecin avait du mal à la regarder, comme si ses symptômes étaient contagieux et qu'elle risquait de le contaminer.

Elle méritait amplement ce qui lui arrivait. Elle le savait. Et c'est ce qui l'empêchait de se rouler en boule dans un coin pour sangloter misérablement. C'est ce qui lui permettait de garder un peu de sang-froid. Parce qu'elle avait creusé sa propre tombe. Elle n'avait rien d'une victime.

Dans un carnet qu'elle gardait au pied de son lit, Margaret consignait la liste de tous les changements qui l'avaient affectée depuis le début de son incarcération, quand ses doses de Longévité avaient progressivement été réduites. D'abord, il y avait eu sa peau : flétrie et rêche au toucher, puis flasque, comme si elle ne cherchait même plus à maintenir l'illusion de la jeunesse. Les petites plaies du quotidien ne cicatrisaient plus, elle se faisait sans arrêt des hématomes et ses paupières étaient lourdes.

Vint ensuite le tour de ses cheveux. Ses racines s'étaient mises à pousser blanches comme neige, en un contraste saisissant avec la teinture noire qu'elle appliquait sur sa longue chevelure, toujours coiffée en chignon. Noir et blanc. Jeunesse et déclin. Passé et présent. Sauf que le « présent » – la blancheur – était un peu plus visible chaque jour. Margaret avait lu quelque part qu'après la mort, les cheveux continuent à pousser. Elle se demandait jusqu'à quand, et pourquoi.

Le froid était insupportable. Ses muscles, qui autrefois entretenaient la chaleur dans son corps, étaient incapables de la protéger des températures glaciales de la prison. Margaret Pincent, qui s'était toujours vantée de sa hardiesse, qui avait constamment refusé les demandes du personnel de Grange Hall pour faire installer d'autres radiateurs ou pousser le thermostat, se surprenait désormais à grelotter de froid dans sa cellule.

Certains symptômes étaient moins désagréables que d'autres. Sa myopie, par exemple, lui faisait l'effet d'une bénédiction. Qui avait envie de voir les choses nettement, en prison ? Qui voulait distinguer les traits de son geôlier, les tristes murs gris de son cachot ou la boue immonde faisant office de nourriture ? Grange Hall aussi était un endroit sinistre, mais c'étaient *ses* murs gris. *Sa* boue immonde. *Son* univers.

D'autres symptômes la remplissaient de colère et de dégoût. Le pire, c'était les cauchemars qui l'assaillaient chaque fois qu'elle fermait les yeux. Des souvenirs refoulés depuis des années revenaient la hanter : sa mère, pâle et inerte, qui la fixait depuis son lit ; son grand-père, qui avait promis de veiller sur elle mais s'était suicidé ; son fils, qu'on lui avait arraché avant même qu'elle l'entende pousser son premier cri. Tout le monde l'avait abandonnée. Tous ceux qu'elle avait aimés.

Elle prit son carnet. La journée, c'était plus facile. Elle pouvait se concentrer sur les faits – sur la vérité et les révélations. La nuit, les démons revenaient la tourmenter, attiser sa douleur et son angoisse. Éloignant son carnet à bout de bras pour mieux voir, elle se mit à écrire. Aujourd'hui, son souffle avait commencé à s'altérer : sa respiration était haletante, sa poitrine oppressée. La veille, c'était ses intestins qui l'avaient lâchée, si bien qu'elle avait souillé son lit et ressenti une humiliation telle qu'elle aurait préféré en finir tout de suite.

« Oh, Peter ! Mon tout petit ! »

Avec un soupir, elle repoussa son carnet ; le simple fait d'écrire son prénom était au-dessus de ses forces. Cela ravivait trop de souvenirs douloureux. Plus jamais elle ne reverrait son fils.

La lettre de la jeune fille était arrivée quelques jours plus tôt. Margaret ne s'était pas encore remise du sentiment d'espoir qui avait quasiment soulevé son corps quand le garde lui avait remis l'enveloppe. Ses pieds avaient quitté le sol, elle l'aurait juré. Mais, quelques secondes plus tard, l'atterrissage avait comme pulvérisé ses organes, ses os et son âme. Il ne viendrait pas. Il refusait tout contact avec elle.

La lettre d'Anna était gentille, mais cela n'avait fait qu'aggraver les choses. Margaret la méprisait – parce qu'elle avait éloigné son fils, parce qu'elle lui avait apporté le bonheur qu'elle-même n'avait jamais pu lui donner, parce qu'elle vivait auprès de lui et pas elle. Mais, surtout, elle la méprisait parce qu'après tout ce temps, malgré tout ce qu'elle avait subi à Grange Hall, Anna n'avait pas réussi à échapper à son emprise. Contrairement à Peter, elle était incapable d'ignorer ses lettres, et cela ne faisait que trahir sa faiblesse. Or Margaret avait toujours détesté les faibles ;

ils la renvoyaient trop à elle-même. Peu importe que Peter la haïsse. Étrangement, cela lui procurait un certain réconfort. Il était fidèle à ses convictions. Son esprit était fort. C'était un battant. Cela valait bien la mort et toutes les souffrances du monde...

Appuyée contre le mur, elle reconnut un bruit de pas lourds le long du couloir. Quelques instants plus tard, la porte de sa cellule s'entrouvrit.

« C'est l'heure d'la soupe », grommela le garde. Margaret leva les yeux vers la silhouette massive plantée sur le seuil de sa cellule. L'homme croisa son regard, et elle le vit avoir un mouvement de recul.

« Bien, dit-elle. Posez-la ici. »

Même en prison, Margaret s'efforçait de garder une attitude imposante.

Le garde s'avança d'un pas traînant et posa le repas sur la table, avant de reculer aussitôt. La table était branlante, en piteux état, bien loin du bureau massif derrière lequel elle trônait du temps de Grange Hall. Ce bureau auquel s'agrippaient les Surplus pendant qu'elle les corrigeait, annihilant tout l'espoir et le semblant de dignité qui leur restaient. Ce bureau dans lequel elle avait caché son revolver pendant tant d'années – l'arme qu'elle pensait ne jamais devoir utiliser. Jusqu'à ce que Stephen...

Le garde commença à refermer la lourde porte en métal de sa cellule, puis interrompit son geste.

« Vous mangez toujours seule ici », lâcha-t-il en lui jetant un regard suspicieux.

Margaret émit un petit bruit agacé : cet homme avait le toupet de s'adresser à elle directement pour lui poser une question personnelle. À Grange Hall, nul ne se permettait ce genre d'effronterie.

« Je me demandais juste pourquoi, poursuivit-il après un court silence. J'aurais cru que vous aimeriez mettre le nez dehors de temps en temps. Le réfectoire est juste au bout du couloir.

– Le réfectoire, asséna Margaret d'un ton glacial en détachant chaque syllabe, ne m'intéresse absolument pas. »

Elle avait été seule toute sa vie et ne voyait aucune raison de changer ses habitudes.

L'homme hocha la tête ; il ne semblait guère pressé de repartir.

« Quoi ? lui lança sèchement Margaret. Si vous avez quelque chose à dire, allez-y. »

Aujourd'hui encore, elle ne supportait pas les gens mous et hésitants, incapables de se plier au règlement. Jadis, le règlement, c'était elle. Et cette époque bénie lui manquait beaucoup.

« Je me demandais juste... » L'homme fronça les sourcils, embarrassé.

« Vous vous demandez quoi ? » demanda Margaret en le foudroyant du regard.

Il prit une grande inspiration. « Comment ça fait, marmonna-t-il. De mourir. J'veux dire… vous *savez* que vous allez mourir, hein ? »

Sa question choqua Margaret au point qu'elle garda le silence quelques instants. Personne n'évoquait jamais la mort, même en prison. Ce mot était proscrit. On préférait avoir recours à des euphémismes, comme s'il était contagieux.

« Cela me terrifie », finit-elle par répondre en lui lançant un regard furtif. Elle était au-delà du mensonge et de la vanité, désormais. « Est-ce là ce que vous vouliez entendre ? Je me déteste, j'ai honte de ce que j'ai fait. Et pourtant, j'ai peur de la fin. J'ai peur du néant. »

Le garde opina, mal à l'aise. « Il paraît… qu'il y a des gens qui meurent. Qui tombent malades. »

Margaret plissa les yeux. « Qui ça ? Des fanatiques ? Personne ne meurt. Vous le savez très bien. »

Elle avait entendu parler des rumeurs, bien sûr, malgré tous ses efforts pour ignorer les autres prisonnières qu'elle croisait parfois aux douches ou dans les couloirs. Mais elle n'y accordait aucun crédit.

« Les Autorités disent que la Longévité a été contaminée par le Réseau. Qu'ils ont empoisonné les gens. Mais les malades disparaissent au fur et à mesure. Tenez, ma voisine… elle est jamais revenue. »

Margaret examina son interlocuteur. Le Réseau souterrain. Des terroristes, des crapules… Mais des crapules qui avaient maintenu son fils en vie. Et qui, aujourd'hui, s'en prenaient à la population Légale. Le bien et le mal n'avaient plus aucun sens, réalisa-t-elle. Tous les repères habituels s'étaient effacés. Elle soupira.

« Votre nom ? dit-elle. Je ne sais même pas comment vous vous appelez.

– John.

– Eh bien, John, mon grand-père disait toujours que ceux qui ont peur de la mort sont ceux qui n'ont pas vécu. » Elle s'étonna elle-même de s'entendre prononcer ces mots ; elle avait complètement oublié ce dicton.

« Et c'est votre cas ? lui demanda John. Vous avez vécu, je veux dire ? »

Margaret eut un petit rire amer. « Non. Je n'ai pas vécu. Et tel est mon tourment. Ma douleur. »

Elle se tourna vers sa soupe, et la porte se referma avec un claquement sec. C'était l'habituelle boue immonde qu'on lui servait tous les jours : juste de quoi la maintenir en vie, guère plus. Margaret avala sa pitance sans le moindre enthousiasme. Puis elle reposa le bol par terre et s'allongea sur sa paillasse pour se reposer un peu.

Soudain, elle entendit frapper à sa porte. Il ne s'était pas déjà écoulé une heure, tout de même ? Méfiante, elle examina son bol puis regarda rapidement autour d'elle, en quête du moindre indice. Peut-être s'était-elle vraiment endormie. Peut-être...

« Oui ? » demanda-t-elle.

Lentement, la porte s'ouvrit. C'était à nouveau John. « Déjà de retour ? » lui demanda-t-elle.

Il parut hésiter une seconde. « Vous avez un visiteur. »

Margaret n'en croyait pas ses oreilles. « Un visiteur ? » Personne n'était venu la voir depuis qu'elle purgeait sa peine.

« Oui.

– Très bien, très bien... Un instant, je vous prie. »

C'est lui. C'est Peter. Il est venu.

Non. Ressaisis-toi, vieille folle. Ce n'est pas lui. Il ne viendra jamais.

Prise au dépourvu, Margaret lissa maladroitement ses cheveux blancs, contempla son corps frêle et aplanit le tissu de sa blouse, puis tendit ses mains osseuses pour qu'on lui passe les menottes. Tremblante d'anticipation, les jambes flageolantes, elle suivit le garde dans le couloir.

Anna observait Peter sans rien dire tandis qu'il essayait de plier un pull. Au bout de trois tentatives, il n'y arrivait toujours pas : les manches retombaient dès qu'il le soulevait. Anna ne faisait pas mine de l'aider. Il finit par renoncer et fourra le pull roulé en boule dans sa valise.

« C'est juste pour quelques jours, se justifia-t-il comme si cela faisait la moindre différence aux yeux d'Anna. Une semaine maximum. Tu remarqueras à peine mon absence. »

La jeune fille garda le silence ; elle savait que son regard parlait à sa place et que Peter lisait en elle comme dans un livre ouvert. Autant ne pas aggraver les choses en les formulant à voix haute.

« Tu avais raison au sujet d'ici », poursuivit-il. Il ajouta un pantalon, des chaussettes et des tee-shirts au petit tas de vêtements déjà accumulés dans la valise. « C'est plus sûr, j'en ai conscience. Il vaut donc mieux que j'y aille seul. Comme ça, j'irai voir par moi-même ce qui se passe et je reviendrai très vite. »

Il baissa à nouveau les yeux, et Anna comprit pourquoi. Il suintait la culpabilité par tous les pores de la peau. Elle s'assit au bord du lit. Si elle le voulait vraiment, elle pouvait l'empêcher de partir. Mais pour combien de temps ? Combien de temps supporterait-elle son regard de chien battu, son agitation, sa voix teintée de reproches ? Oui, elle lui en voulait d'avoir autant envie de partir, d'avoir des préoccupations qui n'étaient pas uniquement centrées sur elle et les enfants. Sa famille aurait dû lui suffire. Elle devrait toujours suffire.

Elle soupira et, malgré elle, sortit un pull de la valise pour le plier avec soin. C'était presque un réflexe. Manches par-dessus les épaules, puis repliées au niveau de la poitrine. Elle avait répété ce geste des milliers de fois à Grange Hall. S'occuper du linge était une manière de prouver son

« utilité » envers la communauté. Une fois le pull plié, elle en prit un autre. Peter la regarda faire avec gratitude.

« Tu n'es pas fâchée ? »

Il semblait soulagé, comme s'il croyait que tout était arrangé. Anna plissa les yeux et remit les deux pulls dans la valise, ignorant les autres vêtements en pagaille.

« Bien sûr que si. » En lui posant cette question, Peter venait de prouver à quel point il ne saisissait pas la gravité de la situation. Il était hors de question qu'elle fasse semblant d'adhérer à sa décision.

Le jeune homme eut l'air stupéfait. « Mais je ne pars pas longtemps, insista-t-il.

– Ah oui ? » Anna lui décocha un regard incrédule. « Une heure, c'est long. Un jour, c'est long. Peter, tu nous abandonnes ici tous les trois. Richard Pincent veut ta mort, notre mort à tous, et tu t'en vas à Londres ? Tout ça pour te sentir au cœur de l'action ? Quelle action, Peter ? Qu'est-ce qui peut être si important ? »

Il s'éclaircit la gorge. « Tu sais ce qui est important. » Il la fixa droit dans les yeux, mais elle détourna le regard.

« Non, mentit-elle. Je n'en sais rien.

– Si, tu le sais très bien. Nous sommes peut-être à l'abri pour l'instant, mais ça ne durera pas toujours. Je sais que tu veux rester ici et faire comme si le monde n'existait pas, mais il existe. Et les autres Surplus ? Et les enfants cachés dans des caves ? Et tous ces morts qui surgissent de partout ? Nous devons lutter, Anna. J'ai besoin de me battre. »

La jeune fille serra les poings. Il avait raison, et elle le haïssait pour cela. « Nous avons passé notre vie à nous battre ! lâcha-t-elle d'une voix étranglée. Pourquoi ne pas laisser faire les autres ?

– Ils le font déjà, rétorqua Peter. Chaque jour. Mais je ne peux pas rester assis les bras ballants pendant qu'ils se battent à ma place. Tu le sais très bien.

– Ce n'est qu'une question de choix. » Anna vit le visage de Peter se durcir. Elle sentait déjà qu'il s'éloignait d'elle. « De toute manière, tu ne peux pas partir maintenant. Nous avons à peine de quoi manger, dit-elle, recourant à des arguments pratiques tout en sachant que c'était peine perdue.

– Je vais aller chercher quelques légumes au potager avant mon départ.

– Et je ne pourrai pas m'occuper des plantations en ton absence. J'aurai les enfants sur le dos en permanence. » Elle parlait d'un ton irrité et s'en agaçait elle-même, mais elle vit surtout que cela exaspérait Peter. L'impatience se lisait dans son regard.

« Eh bien, marmonna-t-il en refermant la valise, je suis sûr que nous allons quand même réussir à nous débrouiller.

– Ah, parce qu'il y a encore un *nous* ? » répliqua Anna d'un air de défi.

Peter croisa son regard et elle regretta aussitôt ce qu'elle venait de dire.

« Je ne voulais pas... » commença-t-elle. Mais c'était trop tard. Il souleva sa valise, sortit dans le couloir et descendit l'escalier.

« Je vais m'occuper des légumes, l'entendit-elle déclarer.

– Laisse tomber », s'écria-t-elle. Après tout, c'était sa faute à lui si elle mettait leur avenir en doute. Il l'avait poussée à bout. « Va à Londres. Je m'en fiche. On se passera de toi. »

Margaret s'arrêta devant la porte pour reprendre son souffle et rassembler ses pensées. Son mystérieux visiteur était déjà là, à l'attendre... De qui pouvait-il bien s'agir ?

« Alors, vous entrez ou quoi ? » maugréa le garde. Elle acquiesça et, lentement, franchit le seuil de la pièce. Un homme était assis à une petite table derrière la vitre de séparation. Un homme qu'elle ne connaissait que trop bien, même s'il était pour elle un parfait étranger.

« Je ne m'attendais pas à te voir, dit-elle en plissant les yeux. Pourquoi venir maintenant ? Pourquoi venir tout court ? »

L'homme se leva en souriant. « Margaret, dit-il. Quel plaisir de te revoir. »

Elle pinça les lèvres. « J'en doute, dit-elle. Je ne dois pas offrir un spectacle très agréable. Vieillesse, déclin... Moi, ta propre fille, fragile et vulnérable. Quel échec pour toi. Ça ne doit pas être facile à accepter. »

Son regard était dur comme la pierre ; elle n'éprouvait que du mépris pour cet homme qui était son père.

Il acquiesça lentement, semblant digérer ses paroles. « Tu as raison, déclara-t-il enfin. Mais j'assume désormais la déception que tu m'as inspirée au fil des ans. »

Même après tout ce temps, Margaret fut blessée par ces paroles. Mais elle aurait préféré mourir sur-le-champ que de l'avouer. Elle se crispa. « Que viens-tu faire ici ?

– Tu as reçu une lettre, dit Richard. Je veux cette lettre. »

Elle le dévisagea. « Tu veux me faire croire qu'elle n'a pas été lue en long et en large par les Autorités avant de me parvenir ?

– Elle est passée par le comité de censure », répondit Richard avec un rictus, le regard froid. Il semblait sous pression, réalisa Margaret. Étrange. « Puis elle t'a été transmise directement. On ne m'a informé de son existence qu'à ce moment-là.

– Et tu voudrais que je te la donne ?

– Oui. »

Margaret hocha la tête. « Ce que tu es en train de me dire, c'est que ma cellule est fouillée en ce moment même, n'est-ce pas ? »

Il haussa les épaules. « Tu es une prisonnière, Margaret. Les possessions personnelles sont un luxe auquel tu ne peux guère prétendre. »

Un garde apparut sur le pas de la porte et fit un mouvement du menton. Richard sourit et se leva pour le rejoindre. Margaret le suivit du regard, la bouche pincée. L'homme murmura quelque chose à l'oreille de son père et lui tendit la lettre d'Anna ; il la parcourut rapidement avant d'aller se rasseoir.

« Apparemment, l'enveloppe a été postée en Écosse », dit-il en se penchant vers la vitre de séparation si bien que Margaret distinguait nettement les petits vaisseaux de son nez et les pores élargis autour de ses yeux. Enfant, déjà, le visage paternel ne lui inspirait aucune confiance – plutôt de l'appréhension. Elle croyait ne plus rien avoir à craindre de lui, mais elle se trompait.

« Il est protégé par des gens plus intelligents que toi, déclara-t-elle tout bas, la voix légèrement tremblante. Jamais tu ne retrouveras mon fils.

– Oh que si, rétorqua Richard en se carrant sur sa chaise, un sourire tranquille au coin des lèvres. Mais pour l'instant, ce qui m'intéresse, c'est de savoir comment tu as réussi à lui écrire. À lui et à la fille. Comment une prisonnière des Autorités peut-elle retrouver l'adresse de deux dissidents traqués par les Rabatteurs ? Tu n'as reçu aucune visite. Qui est ton complice ? Une autre prisonnière ? Un garde ? »

Margaret garda le silence.

« Parle, insista Richard. Qui a posté ces lettres pour toi ? Qui les a envoyées ? »

Margaret le regarda droit dans les yeux et réalisa soudain qu'elle n'avait plus peur de lui.

« Le monde est rempli de gens qui te détestent, comme je t'ai toujours détesté, dit-elle. Il y aura toujours des gens pour te combattre, t'attaquer, et ils finiront par te détruire. J'espère que Peter sera l'un d'eux. J'espère qu'il gagnera. Donc non, je ne te dirai rien. Pas un mot. »

Richard ne répondit pas tout de suite. Il haussa les épaules. « Comme tu voudras, dit-il. Tu as toujours été une déception, Margaret, je ne suis donc pas étonné que tu me déçoives encore aujourd'hui. Nous retrouverons ton complice. Ça ne sera pas compliqué. En attendant, je vais suggérer aux gardes de supprimer complètement tes médicaments. À quoi bon prolonger inutilement ton existence ? Tu mourras en sachant que je reste invaincu. Que tu as échoué, comme toujours. J'enverrai tes amitiés à Peter, d'accord ? Je lui dirai que ta faiblesse l'a à nouveau desservi.

– Dis-lui… » commença Margaret, les larmes aux yeux malgré tous ses efforts pour ne pas pleurer. « Dis-lui… »

Mais c'était trop tard. Son père s'était déjà levé pour regagner la sortie.

Chapitre 13

« Malheureusement, le Réseau ne reconnaît ni ne respecte le caractère sacré de la vie humaine. Nous affrontons le mal dans toute son horreur. Et nous le réduirons en miettes, soyez-en assurés. Les Autorités et Pincent Pharma ne reculeront devant rien tant que ces terroristes n'auront pas été arrêtés et amenés devant la justice… »

La brique traversa la vitre à neuf heures du matin, trois jours après que les Autorités eurent commencé à faire porter le chapeau au Réseau souterrain. Jude l'entendit immédiatement ; il écoutait la radio entre deux appels téléphoniques pendant que Sheila se reposait. Au son du verre brisé, il se précipita dans la petite pièce qu'il appelait son bureau, craignant le pire. C'était là qu'était installé son ordinateur, mais ce n'était pas la raison de son inquiétude : c'était plutôt les six enfants recroquevillés dans un coin de la pièce. Le garçon qu'il avait sauvé, une fillette amenée par l'un des gardes du Réseau, et quatre autres gamins abandonnés par leurs parents ou leur famille d'accueil désespérés.

À son arrivée, il vit des éclats de verre par terre, la fenêtre brisée et la brique au milieu de la pièce, enveloppée dans du papier journal. Avec mille précautions, il la ramassa, non sans jeter des coups d'œil vers la vitre toutes les dix secondes. Aujourd'hui c'était une brique ; demain, qui sait ce qui les attendait ? Si une seule personne savait que cet endroit était le QG du Réseau, il y en aurait bientôt d'autres. Même s'il s'agissait d'un acte de vandalisme perpétré au hasard, Jude refusait de prendre ce risque. Il fallait qu'ils s'en aillent, qu'ils quittent cet endroit au plus vite.

« D'où venait ce bruit ? C'est quoi, ce truc par terre ? »

Sheila venait de surgir dans la pièce, si frêle qu'elle semblait à peine avoir la force de tenir debout, et fixant la brique d'un air effrayé.

« Ce truc, murmura Jude, est le signe que nous sommes en état de siège.

– Nous ? fit la jeune fille.

– Le Réseau. » Elle s'assit en tailleur à côté de lui.

« Avons-nous vraiment tué des gens ? lui demanda-t-elle tout bas. Avons-nous vraiment saboté les pilules de Longévité ? » Elle semblait si fragile. Jude passa ses bras autour d'elle et réalisa soudain qu'il se sentait fragile, lui aussi. Qu'il avait besoin d'être rassuré tout autant qu'elle.

« Non, dit-il en secouant la tête. Nous n'avons pas fait ça.

– Où est Paul ? »

Jude jeta un regard désespéré autour de lui. Voici des jours qu'il n'avait pas revu le chef du Réseau ; il avait tâché de se convaincre que ce dernier était parti récupérer des Surplus, qu'il avait un plan, des occupations importantes. Mais si l'une ou l'autre de ces hypothèses était vraie, il serait resté en contact avec Jude. Or le jeune homme n'avait plus aucune nouvelle de lui. Les autres non plus.

« C'était quoi, ce bruit ? »

Le garde chargé de la porte, un homme prénommé Sam, fit irruption à son tour.

« Une brique, répondit Jude en soulevant l'objet.

– Une brique ? À travers la fenêtre ? » Sam changea d'expression. « Il faut partir. Les gens savent où nous sommes. Nous ne pouvons pas rester ici.

– Je sais, répondit Jude. Mais Paul n'est pas là.

– Il nous retrouvera. Le règlement stipule qu'en cas d'attaque, nous devons quitter les lieux immédiatement. Il faut avoir évacué d'ici une heure.

– Mais pour aller où ? demanda Sheila.

– Nous connaissons des lieux possibles », répondit Sam.

Jude acquiesça. « Tout est là, expliqua-t-il d'un air grave en entrant dans le bureau de Paul pour ouvrir un tiroir et en sortir un dossier. Regarde : ce sont les adresses d'autres QG potentiels. Paul me les a montrées il y a deux semaines. On en choisit deux, on annonce à tout le monde qu'on déménage dans le premier, et on échange avec le second à la dernière minute au cas où quelqu'un… Enfin, au cas où. »

Il se tourna vers la fenêtre brisée et frissonna en sentant l'air glacé qui soufflait de l'extérieur.

« Allons nous préparer, déclara Sam. Mieux vaut ne pas traîner ici. Éteignez les ordinateurs et tous les appareils.

– Je m'en occupe », s'empressa de répondre Sheila.

Jude hocha distraitement la tête. Il regardait quelque chose sur le site d'information en continu. Un gros titre défilait en boucle : « Le chef du Réseau se rend pour crimes terroristes ».

« Monte le volume, ordonna-t-il à Sheila qui s'apprêtait à éteindre l'ordinateur. Vite ! »

Sans un mot, la jeune fille s'exécuta. Puis lâcha un hoquet de stupeur.

« Oui, Sandra, c'est exact », affirmait une journaliste face à la caméra. Un homme se tenait à côté d'elle – un homme aux longs cheveux gris et à la barbe poivre et sel…

« Non ! » s'exclama Jude. Pourtant, c'était bien Paul. En direct, les mains menottées.

« Je peux vous confirmer que l'homme qui se fait appeler Paul, le mystérieux leader du Réseau de la Résistance, se tient à mes côtés en ce moment même. Il a contacté l'agence centrale d'information pour annoncer qu'il se rendait et assumait l'entière responsabilité du sabotage de la Longévité. Il m'a expliqué qu'il s'était introduit chez Pincent Pharma de sa propre initiative, et que les autres membres du Réseau l'avaient mis à l'écart en raison de ce geste.

– Dites-moi, Vanessa, faut-il comprendre que Paul n'est plus le chef du Réseau souterrain ?

– Exactement, Sandra. Les Autorités nous ont demandé de ne pas laisser Paul répondre directement à nos questions, mais il m'a bien confié qu'il ne faisait plus partie de l'organisation et que de nombreux membres étaient mécontents de sa gestion. Je vous propose de visualiser le reportage. »

L'image de la journaliste céda la place à celle de Paul, tourné face à la caméra. Jude sentit sa mâchoire s'affaisser. Il avait la chair de poule, tout à coup.

« Alors, pourquoi avez-vous décidé de vous rendre ?

– J'en ai assez de courir et de me battre, répondit Paul d'un ton courtois. J'ai réalisé que j'avais fait fausse route, que j'avais provoqué beaucoup de souffrances, aussi ai-je décidé d'assumer la responsabilité de mes actes et de faire amende honorable. C'est moi seul qui ai pris l'initiative de saboter les pilules de Longévité ; j'ai trahi mes propres camarades du Réseau, qui étaient opposés à ce projet. Le Réseau mérite de meilleurs leaders ; des chefs dévoués à la cause. Aujourd'hui, ils sont là. L'homme n'est pas fait pour vivre éternellement, mais je n'avais pas le droit d'ôter la vie à des Légaux innocents. J'en ai conscience, à présent. »

À la fin de ce témoignage, la journaliste revint à l'écran, Paul toujours à ses côtés.

« Et que va-t-il se passer, maintenant ? Que va-t-il arriver à Paul ? demanda une voix.

– Très bonne question, Sandra, répondit la journaliste. En ce moment même, la police et Hillary Wright sont en route pour l'agence de presse, ainsi que Richard Pincent. Personne ne sait quel sort va être réservé à Paul. Mais une chose est sûre : justice sera faite. Paul est un terroriste, et il devra en payer le prix.

– Merci. C'était Vanessa Hedgecoe, en direct des bureaux de l'agence d'information à Londres où, il y a quelques heures, un homme répondant au nom de Paul a franchi la porte pour se rendre et faire une déclaration publique... »

Jude coupa le volume et se tourna face à Sam et à Sheila qui le dévisageaient, sous le choc.

« Préparons-nous, dit-il d'une voix étranglée. Partons d'ici. »

Marcher était une souffrance. Une souffrance telle que Margaret en grimaçait de douleur. Mais il fallait qu'elle continue, qu'elle se force à atteindre le bout du couloir pour gagner la cantine. Elle s'y était rendue une fois, peut-être, depuis le début de son incarcération, et elle détestait cet endroit. Elle méprisait tous ceux qui venaient y prendre leurs repas. Désespérés, agressifs ou abattus... tous la renvoyaient à ce qu'elle était devenue.

Mais le mépris n'était plus une excuse. Elle devait trouver la femme qui avait pris ses lettres. La chance et le hasard les avaient réunies. Ses toilettes (un « luxe » offert à toutes les prisonnières condamnées à mort et dont on avait réduit ou supprimé les doses de Longévité) s'étaient bouchées et Margaret, indisposée par son estomac, avait subi l'humiliation de devoir utiliser les toilettes communes situées dans le couloir, le temps des réparations. C'est dans cet endroit affreux, après avoir vomi de la bile, qu'elle avait rencontré Gail. Et ce premier contact n'avait rien eu d'amical : Gail l'avait apostrophée, plaquée contre le mur, et lui avait craché qu'elle était le mal à l'état pur pour avoir dirigé un Foyer de Surplus, pour avoir maltraité pendant des années des enfants volés. Margaret n'avait pas eu la force de se défendre, et cela n'avait fait que renforcer la confiance de son assaillante. Gail avait ouvert les vannes. Elle soutenait le Réseau et elle en était fière. C'était une combattante, et elle n'était pas la seule. Le père de Margaret finirait par révéler son vrai visage à l'humanité. « Ton fils, avait-elle déclaré, les yeux brûlants de haine, fera tomber Richard Pincent à genoux. »

Un peu plus tard, quand Margaret avait écrit sa première lettre à Peter, elle s'était tournée vers Gail pour la convaincre de transmettre le courrier à quelqu'un qui puisse l'expédier à la bonne adresse. Cela avait pris du temps ; il y avait eu des larmes, des menaces, des promesses d'argent, mais Gail avait fini par accepter.

À présent, Margaret avait un autre service à lui demander. Elle voulait que Gail prévienne cet homme. Paul. Celui qui avait veillé sur son fils. Elle devait le prévenir que le grand-père de Peter était en route pour l'Écosse. Il fallait absolument que Paul soit au courant afin qu'il puisse protéger Peter et faire ce qu'elle n'avait jamais été en mesure de faire : veiller sur lui.

Après une courte pause, le temps de reprendre son maigre souffle, Margaret parcourut les derniers mètres qui la séparaient de l'entrée du réfectoire. Une foule de gens, d'odeurs et de bruits l'assaillit ; étourdie, elle dut s'appuyer contre le mur pour ne pas flancher. Les gens la regardaient, mais elle s'en fichait. Lentement, ostensiblement, elle se remit en marche en parcourant la salle du regard. Où était-elle ? *Faites qu'elle soit là, par pitié.* Soudain, elle l'aperçut avec un petit groupe de femmes, en train de faire la queue. Elle hâta le pas et faillit tomber.

« Gail. » Sa voix était rauque, presque inaudible. « Gail, je... » Mais Gail ne l'écoutait pas. Elle ne la voyait même pas. Elle avait les yeux rivés sur l'écran fixé au mur. « Chut ! » protesta quelqu'un. « Taisez-vous ! » s'écria une autre. Les conversations s'arrêtèrent. Le silence s'abattit dans la salle.

Alors, Margaret entendit la nouvelle. Le flash d'informations. Paul, l'espoir du Réseau, le protecteur de Peter, s'était rendu aux Autorités. Margaret blêmit et sentit son cœur s'écraser au fond de sa poitrine. Parce qu'il incarnait son espoir, à elle aussi, et qu'à présent, il ne lui restait plus rien. Tout ce qui l'attendait, c'était le néant.

Julia brandit son identicarte et attendit que la petite lumière verte s'allume. Cela prit quelques secondes – un peu plus longtemps que d'habitude – mais son reçu finit par s'imprimer. La porte s'ouvrit, et elle put entrer dans le magasin. Elle adorait faire ses courses au Maxi-Marché, savourant chaque fois un rare sentiment d'abondance. Certes, les achats étaient strictement limités en fonction des critères définis par son identicarte, mais cela ne l'empêchait pas de regarder, de toucher et de sentir tous ces merveilleux étalages de nourriture. Même s'ils étaient factices. Même si le trajet jusqu'ici avait été inutilement stressant et compliqué.

Les barrages de sécurité avaient surgi de partout et la police patrouillait dans les rues. Un simple trajet hors de chez soi vous valait une multitude de questions et de fouilles corporelles, autant d'insupportables intrusions dans votre vie privée. Où allez-vous ? Pour quelle raison ?

Pour combien de temps ? Mais ça ne la dérangeait pas. Le monde avait changé, et ces mesures étaient nécessaires à leur sécurité à tous. Il ne s'agissait pas seulement de se protéger des terroristes du Réseau, mais des hordes de gens à moitié fous et déchaînés. La peur rendait les êtres humains incontrôlables, songea Julia. C'était une force terriblement destructrice.

En regardant autour d'elle, elle sentit sa bonne humeur revenir. Elle se souvenait de ses expéditions au supermarché, du temps de sa jeunesse. À cette époque, les gens étaient libres de faire leurs courses où ils voulaient, et acheter des fruits provenant de l'autre bout du monde ne posait de problème à personne. Le Maxi-Marché était très différent, bien sûr, mais cela lui procurait toujours le même petit frisson qu'autrefois : la promesse de tous les possibles, de l'émerveillement et des désirs comblés.

Hélas, son reçu ne lui permettait pas de combler l'essentiel de ses désirs, notamment son énorme envie de chocolat. Mais elle avait le droit d'acheter des pâtes et même du pesto, ce qui n'était certes pas très bon pour ses hanches, mais excellent pour son moral. Tout en fredonnant, elle se dirigea vers le rayon fruits et légumes. Il n'y avait guère que des racines comestibles à cette époque de l'année : de gros spécimens bien lourds à mijoter avec du bœuf ou à consommer avec des saucisses. Sauf que la viande de bœuf ne figurait plus au menu depuis longtemps – ni pour Julia ni pour qui que ce soit. Dommage que les vaches aient disparu, se dit-elle, mais elles prenaient vraiment trop de place, broutaient trop d'herbe et entraînaient trop de dégâts pour l'environnement. Elles n'étaient pas *efficaces*. Or l'efficacité était une valeur essentielle. Julia avait tout de même l'intention de passer par le rayon boucherie pour s'acheter un petit morceau d'agneau, viande coûteuse mais toujours disponible à la vente. Elle appliqua son identicarte contre le lecteur des fruits et légumes et attendit.

Patates douces, cinq cents grammes, ajouter au chariot, fit une voix automatique. *Courge, trois cents grammes, ajouter au chariot. Il vous reste deux crédits légumes. Merci.*

Elle se dirigea ensuite vers le rayon boulangerie, son préféré. Les pains exposés étaient tous factices mais les odeurs étaient bien réelles, et Julia inspira à pleins poumons pour humer cette bonne odeur de pain frais.

Pain complet, cinq cents grammes, ajouter au chariot. Goûtez donc le nouveau substitut de beurre, rayon numéro 15. Merci.

« Vous n'en achetez qu'un ? »

Une voix de femme la fit sursauter. Julia fit volte-face pour se trouver nez à nez avec une voisine qu'elle croisait de temps à autre lors de soirées cocktails. Belinda. Non, Brenda. Elle fronça les sourcils. « Je n'en ai besoin que d'un », rétorqua-t-elle. En voilà une question bizarre ! songea-t-elle intérieurement. « Pourquoi ? »

Brenda la toisa avec mépris. « Vous ne cachez plus de Surplus chez vous ? De terroristes décidés à tous nous exterminer ? »

Julia crut que son cœur allait se décrocher. Elle s'efforça de conserver son sang-froid. « Je ne vois pas du tout de quoi vous parlez. Si vous voulez bien m'excuser… »

Mais Brenda s'approcha d'elle. « Je n'ai pas terminé. Ce sont les gens comme vous qui ont engendré un tel chaos. Des innocents meurent à cause d'anarchistes de votre espèce. Tout le monde sait que vous avez aidé ces Surplus, ceux qui sont devenus Légaux. Et qu'ont-ils fait pour nous remercier ? Ils ont empoisonné notre Longévité. Les Surplus ne sont pas des êtres humains, Julia. Ce sont des parasites. Ils devraient tous être exterminés à la naissance, comme dans les autres pays. »

Julia sentit son visage s'enflammer. Tout cela lui semblait si lointain, à présent. Ce jour fatidique où elle avait découvert Surplus Anna cachée dans le pavillon de son jardin avec ce jeune garçon pour échapper aux Rabatteurs. Elle ne comptait pas les laisser s'échapper mais ils étaient si vulnérables, si désespérés… et ce n'étaient que des enfants. Naturellement, elle savait à présent que c'était elle qui s'était montrée vulnérable et faible, manipulée par leurs esprits calculateurs. Son thérapeute le lui avait bien expliqué. Son mari aussi. Il s'était reproché de s'absenter trop souvent de la maison et lui avait promis qu'ils passeraient plus de temps ensemble.

Mais personne d'autre n'avait été mis au courant. Ils avaient tous deux juré de garder le silence… N'est-ce pas ?

Elle déglutit, mal à l'aise. « Je n'ai rien engendré du tout, Brenda. Vous avez vu les informations, j'imagine. C'est Paul, le leader du Réseau, qui a infiltré Pincent Pharma. Pas les Surplus. Maintenant, veuillez m'excuser. Je suis très occupée.

– Les Surplus ne devraient pas être laissés en vie. Ces Foyers sont de véritables pépinières à terroristes. On devrait tous les fermer, voilà ce que j'en pense. Ce sont des nids de rats. »

Une image revint soudain à l'esprit de Julia : la douce petite Anna en train de l'écouter lui raconter des histoires, le visage rempli d'émerveillement… ce même visage tourné vers elle, quelques mois plus tard, pour lui raconter la dureté de la vie à Grange Hall, le front plissé par la peur et la détermination. Mais c'était avant que le Réseau ne provoque tous ces désastres. Une personne comme Anna pouvait-elle vraiment être une terroriste ?

« Ce ne sont que des enfants, répondit Julia d'une voix étranglée. Les seuls coupables sont les terroristes du Réseau, pas les Surplus. Écoutez, il faut vraiment que j'y aille.

– Comme vous voudrez », répondit Brenda en faisant mine de la laisser passer. Puis, revenant à la charge : « Si j'étais vous, je ferais des stocks », lâcha-t-elle d'un ton glacial.

Julia garda le silence et se contenta de regarder droit devant elle.

« Apparemment, ce n'est pas la Longévité qu'ils ont empoisonnée, poursuivit Brenda, mais l'air que nous respirons. Ils nous accablent de maladies. Si un seul lot de pilules avait été contaminé, pourquoi y a-t-il encore des Disparus ? Il ne s'agit pas seulement de terroristes. Ma tante a disparu, elle aussi. Elle haïssait le Réseau. De toutes ses forces.

– Peut-être était-ce une couverture, répondit Julia, le ventre noué par la colère. Peut-être faisait-elle semblant de le détester. »

Brenda ouvrit de grands yeux outrés. « Comment osez-vous ! Ma tante n'avait rien d'une terroriste. Contrairement à vous, Julia. Nous savons tous *qui* vous êtes en réalité. » Elle parlait avec une telle rage désespérée que Julia s'empressa de tourner les talons pour s'éloigner. Elle refusait d'entendre un mot de plus. L'air n'était pas empoisonné. C'était impossible, n'est-ce pas ? Les Autorités auraient conseillé aux gens de rester chez eux, si tel était le cas. Non, de toute évidence, la tante de Brenda était mêlée au Réseau d'une manière ou d'une autre.

Mais au fond, réalisa Julia avec un frisson, n'avait-elle pas elle-même contribué aux activités du Réseau ? Elle avait caché Surplus Anna. Les Autorités viendraient-elles la chercher, elle aussi ?

Pressant le pas, Julia termina ses courses et ressortit encore tremblante du Maxi-Marché. Elle avait l'impression que tout le monde l'observait. Qui d'autre savait, pour les deux Surplus ? À qui Brenda en avait-elle parlé ? Était-elle vraiment au courant, ou bien avait-elle juste deviné la vérité ? Mais, à mesure que le commis du magasin rangeait ses achats dans son coffre, Julia commença à se détendre. Brenda était angoissée, voilà tout. Elle lui présenterait ses excuses à la prochaine occasion. Paul était entre les mains des Autorités, il n'y aurait plus aucune disparition et tout reviendrait bientôt à la normale. Julia inspira profondément et sentit sa panique s'évaporer.

Après avoir remercié l'employé, elle démarra sa voiture et reprit la route de chez elle.

Chapitre 14

Derek Samuels empoigna la mallette qui ne le quittait jamais, où qu'il aille. Elle contenait les précieux accessoires indispensables à la pratique de son métier – ceux dont il se servait pour inciter les gens à lui confier leurs secrets avant de mourir. Dès qu'il rencontrait quelqu'un, il savait d'avance à quelle méthode cette personne réagirait le mieux. Il savait comment plonger sa proie au fond du désespoir avant de lui faire miroiter l'espoir de s'en sortir.

« Confiez-le-moi, dit-il tranquillement en regardant droit devant lui tandis que la voiture officielle de Pincent Pharma roulait à vive allure en direction des bureaux de l'agence centrale de presse. J'en tirerai tout ce que vous voudrez. »

La nouvelle avait fait l'effet d'un coup de tonnerre : Paul s'était rendu et il avait avoué des crimes dont Richard et Derek savaient pertinemment qu'il n'était pas l'auteur.

Mais ils savaient pourquoi il agissait ainsi, et Derek devait maintenant modifier ses plans.

Richard se tourna vers Hillary. « Il a raison, dit-il. Derek est capable de faire plier cet homme. Laissons-le s'occuper de lui. Voyons quels renseignements il pourra en tirer. »

Hillary secoua la tête. « Il s'est rendu aux Autorités, répondit-elle avec fermeté. Il y a une procédure à suivre, Richard. Tout le monde veut savoir ce qui lui a pris. C'est l'homme le plus recherché de la planète, le terroriste le plus dangereux. Nous ne pouvons pas laisser Derek l'emmener seul dans une pièce sombre. Nous devons impérativement le punir. Voire le pendre, si nécessaire.

– Si vous le pendez, vous ferez de lui un martyr, rétorqua Derek sans hausser le ton. C'est exactement ce qu'il cherche. Il s'est rendu pour protéger le Réseau, contenir les attaques contre les siens et calmer le chaos ambiant. Pendez-le, et la population se sentira à nouveau satisfaite et en sécurité. Mais un autre prendra sa place. Si vous me le confiez, j'irai traquer jusqu'au dernier sympathisant et le Réseau appartiendra bientôt au passé.

– Hillary, vous savez qu'il a raison, renchérit Richard. Je comprends qu'il s'agit d'un dossier sensible pour les Autorités, mais ce Paul détient sûrement des informations capitales pour Pincent Pharma. Comment ils ont piraté notre système de sécurité, quelles sont leurs intentions...

– Le plus important, l'interrompit Hillary, c'est qu'ils ne recommencent pas. Notre priorité est de redonner confiance au public.

– Mais pas trop », intervint Derek.

Hillary pinça les lèvres. « L'état d'urgence nationale a été décrété la semaine dernière. La moitié du globe menace de nous déclarer la guerre si nous n'exécutons pas l'homme responsable de tous ces meurtres.

– Alors il mourra, répondit Richard en haussant les épaules. Mais plus tard. D'abord, je veux qu'il souffre. Derek y veillera personnellement. Il est expert dans l'art de faire souffrir les gens et de leur tirer des renseignements. Laissons-le s'occuper de Paul en premier. Nous avons besoin de lui.

– Votre seul objectif est d'endiguer la contamination. Vous m'avez assuré qu'un seul lot avait été touché. Pourtant, les morts continuent à s'accumuler. Je sors d'un entretien téléphonique avec mes homologues suédois, coréen et américain. Leurs taux de mortalité sont en hausse. Vous m'avez garanti que tout était sous contrôle. Je constate que c'est faux, Richard. »

Derek jeta un regard sous-entendu à son patron, puis se pencha en avant, s'exprimant d'une voix si basse qu'Hillary dut tendre l'oreille pour l'entendre. « Si je puis me permettre, dit-il, le seul moyen de nous assurer que le taux de mortalité n'augmente pas est de faire arrêter tous les partisans de Paul avant qu'ils puissent lancer de nouvelles attaques. »

Richard lui adressa un sourire reconnaissant. « Hillary, dit-il, Derek a raison. Le lot contaminé était plus important que nous ne l'avons cru, mais nous avons la situation bien en main.

– Vraiment ? ironisa la Secrétaire générale des Autorités. Les rumeurs parlent de fosses géantes creusées dans l'enceinte de Pincent Pharma, Richard. D'épais nuages de fumée planent au-dessus de votre bâtiment depuis des semaines. Que brûlez-vous ? Et où sont tous les malades en traitement chez vous ? Vous n'autorisez personne à les voir.

– Bien sûr que non, répondit Richard. Personne ne peut voir les victimes pour la bonne raison qu'elles sont soignées dans des unités stériles. La contamination a rendu leur organisme vulnérable aux bactéries et aux infections. Le moindre objet utilisé dans ces unités est brûlé ou enterré pour protéger les personnes en bonne santé. Dans le même temps, avec votre aide, nous avons rassemblé tous les malades, les anarchistes, les Affranchis et tous ces enfants clandestins que les gens cachaient chez eux comme des animaux de compagnie. Savez-vous que les numéros spéciaux mis en place pour dénoncer les Surplus sont submergés d'appels ? Les gens font preuve d'un zèle exceptionnel pour dénoncer leurs voisins. Nous sommes en train de gagner. Mais il ne faut pas pour autant nous reposer sur nos lauriers. Paul doit nous dire ce qu'il sait. Alors seulement, le monde sera en sécurité.

– Et il n'y aura plus de Disparus ? » demanda froidement Hillary.

Richard décocha une œillade complice à Derek, qui l'encouragea d'un mouvement imperceptible de la tête. Ils avaient reçu un nouveau message le matin même. La chevalière était en route. Les choses avançaient.

Richard opina. « En effet, Hillary. Il n'y en aura plus. »

La femme cligna lentement des yeux ; elle agrippait si fermement son sac que ses articulations étaient toutes blanches.

« Je vous donne une semaine, dit-elle. Pas un jour de plus.

– C'est tout ce dont j'ai besoin, répondit Derek en se renfonçant dans son siège. C'est parfait. »

Une heure plus tard, Jude jetait un dernier regard circulaire à la pièce dans laquelle il avait passé les deux derniers mois. Il était toujours stupéfait de la facilité avec laquelle le Réseau pliait bagage... et de la vitesse à laquelle leurs anciens QG retrouvaient leur apparence d'origine : vétustes et abandonnés, bons pour la démolition. Au fond, l'existence matérielle du Réseau se résumait à trois piles de dossiers et à un ordinateur. Jude savait que l'efficacité du groupe n'avait rien à voir avec le lieu qui l'hébergeait : leur armée de bénévoles était répartie dans tout le pays, et les informations qu'ils détenaient étaient stockées sur des serveurs sécurisés. Pourtant, debout au milieu de la pièce vide, Jude réalisa que, loin de ressembler à la terrible organisation terroriste dont se gargarisait Hillary Wright, le Réseau n'était en réalité qu'une petite chose fragile, aussi vulnérable que le battement d'ailes d'un papillon.

Deux membres extérieurs avaient été appelés en renfort pour aider aux préparatifs, et le travail s'était effectué en silence. Était-ce à cause de la reddition de Paul, des agressions ignobles contre les sympathisants du Réseau, ou bien des gémissements des enfants ? Jude n'en savait trop rien, mais nul n'avait pipé mot à mesure que les piles de documents et le matériel étaient entassés dans de gros sacs à dos pour faciliter leur transport.

Sam finit par réapparaître. Il venait d'achever son tour de garde (les chargés de sécurité alternaient une semaine de travail et trois semaines de temps libre) mais son remplaçant tardait à arriver. Jude avait le sentiment qu'il ne se présenterait jamais, et Sam semblait penser la même chose, mais aucun des deux n'osa le dire à voix haute. Ils continuèrent à parler comme si de rien n'était.

« C'est toi qui vas prendre les choses en main jusqu'à l'évasion de Paul ? » lui demanda Sam.

Jude parut réfléchir. « Il va se sortir de là en moins de temps qu'il n'en faut pour le dire », dit-il. Puis, conscient qu'il s'agissait d'un vœu pieux, il ajouta : « Oui, il s'évadera. Il a un plan.

– Bien sûr que oui. Je le savais », répondit Sam.

Jude opina. Il y a quelques semaines encore, Sam n'était à ses yeux qu'un garde anonyme posté en haut de l'escalier. À peine s'il avait remarqué son visage. Quant à Sam, il ne lui avait adressé la parole que pour lui demander les vérifications d'usage et lui indiquer où aller. Mais maintenant... les choses avaient bien changé. Depuis qu'ils avaient regardé les informations ensemble, ils semblaient tout porter sur leurs seules épaules. Et pas seulement au sens figuré, songea Jude avec un pincement d'amertume en coulant un regard en direction des sacs à dos.

Sam le regarda bizarrement. « J'en ai eu un autre il y a vingt minutes, déclara-t-il soudain.

– De quoi est-ce que tu... » Mais Jude n'eut même pas besoin de finir sa phrase : il savait déjà ce que Sam voulait dire. Un autre sympathisant avait appelé pour dire qu'il ne voulait plus rien avoir à faire avec le Réseau. Si Paul avait espéré attirer davantage de candidats, stopper les attaques et empêcher la désertion des sympathisants démotivés, il avait mal calculé son coup. Son aveu de culpabilité n'avait fait qu'aggraver la situation.

« Une femme. Elle a dit qu'elle ne souhaitait plus être contactée et qu'elle retirait son soutien au Réseau.

– Bien, répondit Jude d'une voix étranglée. Bah, peu importe. Nous avons encore des partisans. Tout ira bien.

– Bien sûr. » Sam soupira. « Le problème, c'est que les gens n'ont pas très envie de tomber malades et de mourir. Pas vrai ? »

Jude, qui était en train de remplir un carton, interrompit son geste et leva les yeux.

« Le Réseau n'a pas saboté les pilules, dit-il. Tu le sais, n'est-ce pas ?

– Je sais... Mais la mort est un sujet obsédant. Nos sympathisants aiment les enfants. En théorie, ils sont prêts à accepter l'idée qu'il faut vieillir pour laisser la place aux jeunes. Mais quand la mort vient frapper à leur porte...

– Hmm », marmonna Jude. Il revoyait encore tous ces cadavres entassés dans le camion de Pincent Pharma, la femme agonisante qui s'agrippait désespérément à lui... Soudain, il surprit le regard de Sam et y lut la peur. Mais, avant qu'il ait eu le temps de dire quoi que ce soit pour tenter de le rassurer, des coups sonores retentirent à la porte. Tous deux sursautèrent.

« Qui est là ? demanda Jude. Quel temps avez-vous ? »

Sam se tourna vers lui, livide de peur. Une voix répondit : « Il y a du vent en Écosse, mais le climat est doux par ici. »

Jude se raidit. Il connaissait cette voix.

« Peter ? lança-t-il tandis que Sam entrouvrait la porte pour le laisser entrer. Mais qu'est-ce que tu fabriques ici ? »

Peter balaya la pièce du regard pendant que le garde s'empressait de refermer derrière lui. Il avait le visage couvert d'ecchymoses et les vêtements noirs de saleté. « Vous déménagez ?

– Oui. Disons que… c'est plus sûr. »

Peter encaissa la nouvelle. Petit à petit, il semblait prendre conscience des pleurs d'enfants, du vide des lieux, des cernes de son demi-frère.

« Vous m'attendiez ? » ajouta-t-il en fronçant les sourcils.

Ébahi, Jude fit non de la tête. « Je ne savais même pas que tu venais, dit-il. Pourquoi es-tu là ? Où sont Anna, les enfants ? »

Mais Peter ne dit rien. Sous les yeux incrédules de Jude, il s'écroula sur le sol. C'est seulement en voyant les traces de semelles qui maculaient ses vêtements que Jude comprit qu'il avait été littéralement piétiné dans la rue. Cela expliquait les hématomes sur son visage ainsi que la crasse sur ses vêtements. Mais où ? Et dans quelles circonstances ? Malgré sa curiosité, Jude ne pouvait pas questionner son demi-frère. Il se tourna vers Sam, qui se pencha aussitôt pour soulever le jeune homme inconscient. « Je peux le porter, dit-il en guise de réponse à la question muette de Jude. Viens. Il faut y aller.

– Oui », répondit Jude machinalement. Il rassembla les enfants, répartit les sacs à dos entre Sheila et les autres sympathisants, s'empara de son ordinateur et, sans un mot, désigna la sortie avant de leur emboîter le pas.

Chapitre 15

Le salon de beauté Mon Beau Miroir était bien rempli ce matin-là. Une clientèle nombreuse, composée d'hommes et de femmes, était venue se faire teindre ou décolorer les cheveux, arranger la perruque, subir des injections de Botox dans les paupières ou se faire masser à l'huile d'amande. Tandis que le monde extérieur sombrait peu à peu dans le chaos, Mon Beau Miroir était un havre de civilisation, de paix... et de déni. Ici, point de foule déchaînée, de barrages policiers ni d'hystérie collective ; les éclairages tamisés projetaient une lueur flatteuse sur les clients, tous confortablement calés dans les fauteuils de ce temple dédié au culte de la beauté éternelle et de l'esthétique.

Julia Sharpe parcourait les pages de son e-magazine, mais elle avait du mal à fixer son attention sur les articles ou les photos. Malgré elle, son regard revenait à son visage effrayé dans le reflet de la glace. Pas de crise d'urticaire.

Aucun petit bouton suspect à signaler. Elle ne craignait rien. Mais pour combien de temps ? Serait-elle la prochaine ? Deux de ses voisins avaient été emmenés au milieu de la nuit. Étaient-ce des terroristes, ou avaient-ils pris des pilules contaminées ? Julia se fournissait chez le même pharmacien qu'eux. Serait-elle la suivante ? Comment le savoir ?

Discrètement, elle coula un regard en direction de la femme assise à côté d'elle – Sylvia. Elle portait un masque protecteur malgré l'interdiction formelle des Autorités, lesquelles avaient affirmé que ces masques étaient inutiles, que ceux qui les vendaient étaient des profiteurs et que propager la rumeur de l'existence d'un virus était un acte de sédition. Il n'y avait pas de maladie. C'était impossible. Le Réseau avait monté une opération de propagande.

Julia détourna le regard ; la vision de cette femme avec son masque la mettait mal à l'aise.

« Alors, même couleur ? » lui demanda Jim, son coiffeur attitré. Julia lui répondit distraitement.

« Pardon ? Oh, la couleur. Oui. Comme d'habitude. Merci. »

Elle examina à nouveau son reflet : les ridules au coin de ses paupières, ces joues flasques et tombantes qu'elle détestait... Était-ce juste le fruit de son imagination, ou avait-elle le regard fatigué – et pas seulement à cause des pattes d'oie, à cause aussi du manque d'éclat de ses iris ?

Mais non, allons. Elle se ressaisit. C'était uniquement dans sa tête. Sous l'effet de la peur, tout le monde perdait un peu la raison ces jours-ci. Or c'était justement ce que voulait le Réseau. Elle ne rentrerait pas dans leur petit jeu.

Elle se gratta le bras, réalisa ce qu'elle était en train de faire, et s'arrêta aussitôt. Cette démangeaison était imaginaire. Bientôt, elle se mettrait à croire aux prophéties qui fleurissaient partout, selon lesquelles la fin du monde était proche et l'hiver éternel touchait à sa fin.

Hiver éternel ? Il y avait une explication au climat froid qui s'était abattu sur le pays. Quelque chose en rapport avec la mer. Tout avait une explication rationnelle. Julia refusait de sombrer dans la paranoïa générale.

Elle était chez son coiffeur. Quoi de plus ordinaire et banal ?

Julia s'éclaircit la gorge et s'efforça de trouver quelque chose à dire en puisant dans ses sujets de conversation habituels : ses soirées bridge, le prix du pétrole ou encore les nouveaux bâtiments hideux pour travailleurs immigrés qui gâchaient le paysage et rappelaient en permanence, comme aimait à le répéter son mari, que la petite île de Grande-Bretagne était tout simplement surpeuplée. En temps normal, elle adorait bavarder avec Jim. Elle lui exposait son point de vue sur le monde et il l'écoutait sans broncher, ce qui la changeait de ses amis et connaissances...

et aussi de son mari, toujours prompt à secouer la tête en déclarant qu'elle n'avait rien compris.

Mais aujourd'hui, toutes sortes d'idées contradictoires se bousculaient dans son esprit. Elle oscillait entre optimisme et désespoir, ce qui ne facilitait guère la conversation.

« Alors, comment allez-vous aujourd'hui ?

– Moi ? » Elle se fendit d'un sourire. « Oh, je... ça va bien, merci. Très bien. »

Elle jeta malgré elle un coup d'œil en direction de Sylvia. Jim surprit son regard et eut un petit sourire. « Nous en avons, si ça vous intéresse », l'informa-t-il d'un ton détaché.

Julia plissa les yeux.

« Vous... en avez ?

– Bien sûr. Ils sont imbibés d'huile de théier. Ça protège contre la pollution, la poussière... contre tout, à vrai dire. C'est très à la mode.

– La pollution ? » Julia sentit une bouffée de soulagement l'envahir. Les gens n'avaient pas peur de tomber malades – les gens rationnels, en tout cas. Elle-même n'était pas malade. Il n'y avait aucune raison de s'inquiéter.

« Oh, Dieu merci ! Je croyais qu'il s'agissait de... Enfin, vous voyez ce que je veux dire : tout le monde panique au sujet de ces prétendus Disparus, alors j'ai pensé... » Elle ne termina pas sa phrase. Pensé quoi ? Que les gens avaient peur de mourir ? Qu'on ne pouvait pas faire confiance aux Autorités ? Que les fourgons qui apparaissaient la nuit, avec à leur bord des policiers sinistres au visage dissimulé derrière un masque, n'étaient pas des véhicules envoyés par la prison pour traquer les supporters du Réseau ? Non, elle ne pensait pas ces choses-là. Elle *refusait* d'y penser.

Jim enroulait ses mèches dans des bandelettes de papier aluminium avec une concentration appliquée. Interrompant la lecture de son magazine, Sylvia avait brièvement tourné la tête dans leur direction. Julia rougit ; elle était gênée, tout à coup.

« Est-ce vraiment à la mode ? » demanda-t-elle tout bas.

Jim haussa les épaules. « Les gens aiment prendre soin d'eux, voilà tout.

– Et ce ne sont pas... les modèles interdits ? »

Leurs regards se croisèrent dans le miroir. Julia sentit la peur lui serrer le ventre.

« Ils sont en vente libre, pour autant que je sache. Dites, vous voulez que je monte le son ? »

Julia fronça les sourcils, sans trop comprendre de quoi il parlait, avant de réaliser qu'il désignait le petit écran fixé au mur. D'habitude, il était éteint ; Julia comprit que le coiffeur souhaitait mettre un terme à leur conversation. Il n'avait pas confiance en elle. Elle-même redoutait ses propres réactions.

« On apprend aujourd'hui le décès de Margaret Pincent, fille de Richard Pincent, fondateur de Pincent Pharma, petite-fille d'Albert Fern, l'inventeur de la Longévité, et ancienne Directrice de Grange Hall, condamnée pour avoir abattu son ex-époux l'an dernier. La meurtrière a succombé à une réduction progressive et assistée de ses doses de Longévité. Son fils, l'ancien Surplus Peter Pincent, aujourd'hui Affranchi, est un sympathisant bien connu du Réseau souterrain et figure sur la liste des personnes recherchées. Sans transition, les États-Unis ont déclaré l'état d'urgence après avoir atteint le nombre de 2 565 décès dus à la contamination des pilules de Longévité. Au Royaume-Uni, les Autorités ont confirmé que seules deux cents personnes avaient été affectées, et réaffirment que tout individu surpris en train de protester ou de se livrer à des actes de sédition sera immédiatement arrêté... »

« Je parie qu'un tas d'épouses rêvent d'assassiner leur mari, pas vrai ? » plaisanta Jim. Julia réussit à lâcher un petit rire étranglé.

« J'imagine qu'elles y réfléchiront à deux fois, maintenant », répondit-elle. Son bras la démangeait atrocement. Elle déployait tant d'efforts pour ne pas se gratter qu'elle avait du mal à se concentrer ; elle était toute rouge, mal à l'aise sur son fauteuil.

« Il fait un peu chaud, aujourd'hui, vous ne trouvez pas ? lui demanda Jim. Quel temps étrange pour la saison. »

Julia l'observa à la dérobée. « Je n'ai pas chaud », mentit-elle. Elle transpirait ; Jim l'avait-il remarqué ?

« Ah non ? Ça doit être moi, alors », fit le coiffeur avec un haussement d'épaules. Il semblait sur le point d'ajouter autre chose, mais fut distrait par la brusque irruption d'un courant d'air dans le salon. Quelqu'un venait d'ouvrir la porte. Julia tourna la tête, mais ne reconnut pas la femme qui venait d'entrer précipitamment. Celle-ci avait les cheveux coupés court qui lui donnaient une allure stricte, et son visage sec était strié de rides. Son regard parut se poser sur Julia au hasard, et elle courut vers elle. Un peu affolée, Julia se crispa sur son fauteuil.

« De l'eau ! » supplia la femme en s'emparant d'un verre oublié sur une tablette, faisant tout tomber au passage. « De l'eau ! »

Tout le monde la dévisageait avec horreur. Julia eut un brusque mouvement de recul, et Jim en lâcha ses bandelettes d'aluminium. « C'est un salon de coiffure, pas un café, déclara-t-il en se fendant d'un sourire forcé, comme si cela pouvait suffire à calmer l'inconnue. Je vous conseille de changer d'établissement. »

Julia observait la femme, effrayée. Celle-ci était tombée à terre et se tenait la gorge. « De l'eau ! s'écria-t-elle. Je veux de l'eau !

– Donnez-lui à boire, enfin ! » s'exclama Julia. Avant de plaquer sa main contre sa bouche. Deux policiers venaient d'entrer. En moins de temps qu'il n'en faut pour le dire, ils s'emparèrent de l'inconnue et l'emmenèrent dans un fourgon garé juste devant la porte. Pendant ce temps, deux employés du salon entreprirent de ramasser la tablette et de remettre tous les objets à leur place. Durant de longues minutes, tout le monde garda le silence. Puis, peu à peu, les conversations reprirent et le salon retrouva son brouhaha habituel.

« Eh bien ! déclara Jim en faisant pivoter le fauteuil de Julia pour s'occuper des mèches de devant. Dites donc, on ne voit pas ça tous les jours, hein ? »

Julia fit oui de la tête. Ses mains tremblaient si fort qu'elle s'empressa de les cacher sous sa blouse. Un autre policier se tenait à l'entrée du salon ; elle l'apercevait du coin de l'œil. Jim le vit aussi.

« Vous venez de rater la folle ! lui lança-t-il. Vos collègues l'ont emmenée. »

L'homme le dévisagea un instant. Puis il entra dans le salon et se dirigea droit vers Julia, qui se mit à transpirer encore plus. Ils venaient la chercher. Elle en était sûre. Son cœur battait à tout rompre. Elle était terrifiée.

« Jim Harrison ? »

Le coiffeur se tourna vers lui en souriant.

« C'est exact. Que puis-je faire pour vous ? »

Le policier ne lui rendit pas son sourire. « Veuillez me suivre, je vous prie.

– Vous suivre ? » Julia opina et commença à se lever.

« Oui, s'il vous plaît. » Le policier prit Jim par le bras et l'entraîna vers la porte. Hébétée, Julia les suivit du regard.

Jim ? Ils venaient chercher Jim ? Son coiffeur, un agent du Réseau ? C'était impossible. Enfin non – ce n'était pas *impossible*, mais cela semblait totalement improbable.

« Mes mèches ! » s'exclama-t-elle bêtement.

Elle courut jusqu'à la sortie et s'élança sur le trottoir. La fourgonnette était toujours là et un policier ouvrit la portière arrière. La rue était déserte ; le quartier était bouclé par des barrages de sécurité à chaque coin de rue. Julia rattrapa le policier qui emmenait Jim. « Est-ce qu'il ne pourrait pas finir mes mèches d'abord ? Je suis sûre qu'il s'agit d'une erreur. Mon mari travaille pour les Autorités. Je peux appeler...

– Veuillez regagner votre place », lui intima froidement le policier. Mais c'était trop tard : Julia avait déjà contourné l'arrière du camion et plongé son regard à l'intérieur. Des gens – certains vivants, d'autres morts – y étaient entassés les uns sur les autres, comme des carcasses d'animaux, dans une puanteur atroce. Ce n'étaient pas des sympathisants du Réseau. Ni des terroristes. Ces personnes étaient malades. Comme la femme qui avait réclamé de l'eau. Ils étaient tous *malades*, réalisa Julia avec effroi.

Jim avait vu la même chose. Son visage était blême. « Attendez ! Qu'est-ce que vous faites ? hurla-t-il d'une voix désespérée tandis que le policier le poussait de force à l'intérieur, au milieu des corps décharnés. Vous faites erreur. Je ne suis pas... » Mais ses mots furent étouffés par sa chute au fond de la fourgonnette, et la portière se referma sur lui.

Le policier partit rejoindre l'avant du véhicule et regarda fixement Julia, qui restait pétrifiée sur place. « Retournez là-bas, lui ordonna-t-il. Sinon, vous montez aussi dans le camion, compris ? »

Elle acquiesça. Lentement, elle regagna le salon de beauté et referma la porte derrière elle. Puis elle resta plantée là, incapable de bouger pendant plusieurs minutes. Parce qu'elle venait enfin de comprendre.

De tout comprendre.

Chapitre 16

La pluie tombait à verse. Le landau de Molly s'enlisait dans la boue tandis qu'Anna s'efforçait péniblement de le pousser d'une main, traînant de l'autre son petit frère le long du sentier tout en virages qui les ramenait chez eux. *Chez eux*. Peter n'était parti que depuis une semaine, mais la maison paraissait bien vide sans lui.

Elle s'efforça de ne pas y penser, de se concentrer sur le mur d'acier qu'elle s'était forgé intérieurement du temps de Grange Hall – un rempart capable de la protéger de la déception et de tout maintenir à distance. Mais ce mur ne lui servait plus à rien, désormais.

Anna n'avait besoin de personne, à l'époque. Elle s'enorgueillissait de n'être jamais déçue, pour la bonne raison qu'elle n'attendait jamais rien de la vie ni des autres. Elle se croyait très forte. Sauf qu'aujourd'hui, avec le recul, elle savait qu'elle était alors fragile et vulnérable, si facile à briser… Aujourd'hui, elle s'autorisait à éprouver des sentiments. Elle se laissait aller à la colère, à la joie ou à la douleur. Elle savait que chacune de ces émotions était temporaire et qu'elle pouvait affronter toutes les surprises, bonnes ou mauvaises, que la vie lui réservait. Même le départ de Peter pour Londres.

Elle chercha ses clés ; ses mains étaient trempées et elle fouilla une éternité dans sa poche. Enfin, elle put débloquer la serrure, la porte s'ouvrit et elle poussa le landau à l'intérieur. Elle avait éteint le chauffage la veille, lorsque la température était un peu remontée et que des nuages avaient fait leur apparition dans le ciel, offrant une protection naturelle contre le froid, mais il faisait encore bien tiède dans la maison. Elle s'y sentait au chaud et à l'abri. Anna avait du mal à comprendre qu'on puisse désirer autre chose que ces deux mots. Disons trois, grand maximum. Au chaud, à l'abri et libre. Au chaud, à l'abri, libre et aimée… Chassant ces pensées, elle alluma la bougie sur la table de la cuisine, débarrassa Ben de son manteau et lui versa un verre de lait. Peter n'utilisait jamais de bougies ; il se moquait toujours de ses efforts pour économiser l'énergie, affirmant que quelques heures passées sur l'ordinateur plus une poignée d'ampoules allumées ne faisaient pas une grande différence, d'autant que leur électricité provenait directement d'un générateur secret fourni par le Réseau. Ils échappaient à tout contrôle et les Autorités n'avaient aucun moyen de leur imposer un quelconque rationnement énergétique. Mais Peter était loin de comprendre la culpabilité qui rongeait Anna ; elle se sentait encore obligée de ne pas trop imposer sa présence au reste du monde, et d'utiliser le moins de ressources énergétiques possible. De toute manière, elle aimait les bougies. Elle les trouvait jolies et rassurantes.

Elle sortit le bébé du landau et ôta les épaisseurs successives de couverture qui l'enveloppaient. Molly se réveilla et ouvrit les yeux avec un petit sourire enchanté, comme à son habitude. Anna était toujours stupéfaite qu'un bébé puisse être aussi heureux en sachant si peu de choses du monde qui l'entourait. À l'idée qu'elle était responsable de ce bonheur, qu'elle devait l'entretenir et veiller à ce que le sourire de sa fille ne s'estompe jamais, elle était terrorisée.

« Gentille petite fille, murmura-t-elle en allongeant son bébé par terre sur une moelleuse peau de mouton. Je vais éplucher les légumes. Sois sage, hein ? Dis, Ben, tu veux bien me donner un coup de main ?

– Végumes, fit le petit garçon. Épucher végumes. »

À contrecœur, il se mit à farfouiller parmi les sacs de provisions posés sur le landau, puis s'éloigna pour aller jouer avec le chien en bois que lui avait fabriqué Peter quelques jours auparavant. Emmener les enfants faire les courses était trop dangereux. Tous les deux mois, des sympathisants du Réseau leur déposaient des aliments secs ou autres, en plus de la nourriture qu'ils cultivaient eux-mêmes, mais de temps à autre, une expédition jusqu'à la supérette la plus proche se révélait indispensable et Peter s'y rendait le plus souvent seul, avec la fausse identicarte que lui avait donnée Paul. Aujourd'hui, sans Peter, Anna avait bien été obligée d'y aller elle-même. Elle avait attaché Ben au landau et les avait cachés à cinq cents mètres du magasin. Les gens l'avaient dévisagée – comme toujours – mais personne ne lui avait adressé la parole ni ne l'avait provoquée. Le village tout entier adhérait à la cause du Réseau, leur avait expliqué Paul ; vingt ans auparavant, les Rabatteurs avaient fait une descente pour rafler tous les Surplus, et les choses avaient très mal tourné. Quatre enfants Légaux, dont un nourrisson, avaient trouvé la mort, et ce n'était pas le genre de souvenir qui s'oubliait facilement.

« Chien ! s'écria gaiement Ben en poussant son jouet sur le sol en direction d'Anna. Chien roule !

– Fais attention au bébé », soupira la jeune femme avant de vider elle-même les sacs de provisions : quelques malheureux morceaux de viande, du lait, des yaourts, du pain. Du temps où elle travaillait chez Mrs Sharpe, elle s'imaginait que les gens qui vivaient à l'Extérieur mangeaient du chocolat tous les jours et que leurs placards regorgeaient de nourriture. Avant de découvrir que même à l'Extérieur, on avait du mal à se nourrir.

Mais ça ne la dérangeait pas. Elle adorait cultiver son potager, regarder ses légumes pousser et ses fruits mûrir… La Nature dans ce qu'elle avait de plus beau. Elle adorait cette sensation de contrôle sur son propre destin. Passer l'essentiel de ses journées dehors ou à l'intérieur pour préparer les repas, s'occuper de la maison et prendre soin de sa famille était pour elle un plaisir.

Elle s'assit sur une chaise et observa les enfants. Ben faisait rouler son chien en bois sur le petit corps de Molly, qui riait aux éclats. Anna ne put s'empêcher de sourire. Elle avait beaucoup de chance. Une chance incroyable. Peut-être devrait-elle se remettre à écrire dans son journal… Cela faisait un moment qu'elle y pensait, mais elle semblait ne jamais trouver le temps. Maintenant que Peter était parti, pourquoi ne pas écrire le soir, quand les enfants dormaient ? Ou encore lire, recroquevillée bien au chaud dans son lit…

Un courant d'air lui souffla au visage, interrompant soudain le cours de ses pensées. Sur la table, la bougie s'éteignit toute seule. Anna sentit aussitôt la peur l'envahir – une peur irrationnelle, elle le savait. C'était sûrement une vitre cassée, ou l'une des nombreuses fissures dans les murs qu'ils s'étaient efforcés de combler. Elle avait toujours eu peur du noir depuis ses séjours en Isolement à Grange Hall : une cellule atroce, sombre et humide, dont le but était de priver de tout espoir celui ou celle qui avait le malheur d'y être enfermé. Et ça marchait à chaque fois. Sauf pour Peter, bien sûr. Peter ne s'était jamais laissé abattre par ses séjours en Isolement. Au contraire, il en avait profité pour s'évader en emmenant Anna et lui avait fait découvrir une liberté et une joie qu'elle n'aurait jamais crues possibles.

Revigorée par ce souvenir, Anna se leva, chercha la boîte d'allumettes à tâtons et, mettant sa main en coupe pour protéger la flamme du vent, ralluma la bougie. Sa lueur chaleureuse retransforma aussitôt la cuisine en un lieu douillet et sécurisant. Ben, qui avait momentanément cessé de jouer pour jeter des regards perdus autour de lui, reprit son chien en bois pour jouer avec Molly, qui éclata de rire. Anna fit le tour de la cuisine pour déceler l'origine du coup de vent qui avait plongé la pièce dans le noir. La porte était bien fermée ; un léger filet d'air passait en dessous, mais cela n'aurait jamais suffi à éteindre une bougie. La fenêtre de gauche était bien fermée, elle aussi. Anna passa sa main devant, mais ne sentit aucun souffle d'air. Fronçant les sourcils, elle se dirigea vers l'autre fenêtre, la plus grande, située à l'autre extrémité de la cuisine. Puis, soudain, elle se figea net et poussa un cri. Dans le reflet de la vitre, elle venait d'apercevoir deux yeux braqués sur elle. Ben se mit à hurler, bientôt imité par Molly, comme un écho. Terrifiée, Anna se tourna vers eux mais un bras puissant l'attrapa par-derrière, la clouant sur place.

« Coopérez, et tout se passera bien », fit une voix grave et menaçante. Anna s'efforçait de respirer. Il fallait qu'elle soit forte pour les petits.

« Coopérer. Oui, oui, je... » parvint-elle à articuler. Les pleurs de Molly lui transperçaient le cœur comme la lame d'un couteau. « Les enfants, dit-elle. Laissez-moi les rassurer.

– Oh, ne vous inquiétez pas. Ils viennent avec nous. »

L'homme lui plaqua les mains dans le dos, et Anna sentit son estomac se nouer. « Je vous en prie, dit-elle. Nous ne sommes pas des Surplus. J'ai tous nos papiers. Je... »

Mais le Rabatteur prenait déjà son téléphone pour prévenir son collègue. « J'ai la fille, dit-il. Et les mômes. »

Puis, traînant Anna de force, il l'emmena hors de la maison.

Derek décrocha impatiemment son téléphone. « C'est bien elle ? demanda-t-il.

– Absolument, répondit le garde. La petite Covey et les deux gamins. Dois-je prévenir Mr Pincent, comme il l'avait demandé ?

– Non, fit le chef de la Sécurité avec un petit sourire en coin. N'en parlez à personne. Amenez-les-moi.

– Mais...

– Il n'y a pas de mais, l'interrompit sèchement Derek. Vous êtes sous *mon* autorité, et moi sous celle de Mr Pincent. En outre, les ordres ont changé. Amenez-les-moi, c'est compris ?

– Oui, monsieur, répondit le garde.

– J'aime mieux ça. » Derek raccrocha et soupira profondément. Tout se déroulait selon son plan. Anna Covey et les enfants étaient à lui. Bientôt, il y en aurait d'autres. Beaucoup d'autres.

Vingt fourgons étaient stationnés dehors, prêts à suivre ses instructions. Il décida d'aller les voir, histoire de s'assurer que le travail était fait correctement.

Il se leva et, sans un bruit, longea le couloir pour rejoindre l'escalier de service permettant d'accéder à la cour de derrière, où étaient garés les véhicules. Après une rapide inspection, il adressa un signe de tête aux chauffeurs.

« L'heure est venue, déclara-t-il. Il est temps de partir à la chasse. »

Chapitre 17

Ella Blunden soupira et coupa le site d'information en continu pour mettre de la musique. Il y avait assez de gris comme ça à Grange Hall sans avoir en plus à subir la morosité de l'Extérieur. À son arrivée, elle avait d'abord vu Grange Hall comme une prison mais, maintenant que les rues étaient dominées par la peur, elle s'y sentait à l'abri. Disparitions, barrages policiers, empoisonnement de la Longévité par les activistes du Réseau, auditeurs hystériques appelant les stations de radio pour parler de la mort, de Dieu, de théories du complot… Même Grange Hall avait reçu un certain nombre d'appels de gens proposant de mettre le feu au Foyer et lui conseillant de tuer tous les Surplus avant qu'ils aient le temps de grandir et de devenir des terroristes. À vrai dire, un peu de changement lui aurait fait du bien, sauf qu'elle se retrouverait sans emploi.

Elle trouva une station musicale passant du swing et monta le volume. Les Surplus dormaient tous, à cette heure-ci ; aucun risque qu'ils entendent quoi que ce soit. Les appartements de la Directrice étaient insonorisés – elle y avait veillé personnellement. Elle n'avait pas vraiment sauté de joie lorsqu'on lui avait offert ce poste, surtout après ce qui était arrivé à la Directrice précédente. Mais un salaire était un salaire et on lui avait promis toutes sortes d'avantages, dont le réaménagement complet de ses appartements et un bureau flambant neuf. Un bureau où, à sa connaissance, personne n'avait jamais commis de meurtre. Ella avait certaines exigences, après tout.

Elle se renfonça dans son fauteuil et se servit un verre de vin qu'elle se mit à siroter. Si elle buvait toute la bouteille, peut-être aurait-elle enfin droit à quelques heures de sommeil avant le lever du jour.

La vie ici n'avait rien d'agréable. C'était un bâtiment sûr, certes, mais froid et sinistre. Un lieu qui vous dépouillait de votre humanité et de votre âme. Voilà bientôt un an qu'elle y habitait – autant dire une éternité. Pourtant, les Autorités avaient bien précisé qu'elle était là au moins pour dix ans – cela faisait partie du contrat.

Ils n'ont pas idée de ce que c'est, songea-t-elle en écoutant la musique. Ils avaient débarrassé les rues de cette jeunesse si haïssable et encombrante, mais ils avaient oublié ce que c'était que de vivre à son contact en permanence. Peut-être était-ce la raison pour laquelle elle souffrait d'insomnies, ces derniers temps : comme si son inconscient la réveillait à quatre heures du matin pour faire tampon entre le rêve et la réalité. Pour lui permettre un moment d'adaptation.

Ella buvait son vin par petites gorgées tout en se laissant apaiser par la musique. Les filles étaient les pires, analysa-t-elle tandis que l'alcool diffusait une douce chaleur dans son corps. Les garçons étaient plus faciles à discipliner parce qu'ils comprenaient le principe de la domination. Ils essayaient d'abord de se défendre, échouaient, recevaient des coups et rentraient dans le rang. Mais les filles... Elle vida son verre et saisit la bouteille pour se resservir. Les filles étaient compliquées. Impossible de savoir ce qu'elles pensaient, ce qu'elles complotaient. Elles l'agaçaient. Ella se réjouissait qu'on ait lancé la traque aux opposants et que la population civile s'en soit enfin prise au Réseau. Si ces sympathisants venaient voir ses conditions de travail, ils comprendraient la vérité. S'ils passaient une seule semaine à sa place, ils demanderaient la révocation de toutes les lois mises en place pour la protection de ces sales petits rats.

L'interphone se mit à sonner dans la pièce et Ella le foudroya du regard. Ça ne pouvait signifier qu'une chose : les ennuis étaient de retour. Personne n'oserait jamais l'appeler à une heure pareille, excepté pour un problème grave. Elle se recroquevilla sur son fauteuil en regrettant de ne pas être ailleurs. N'importe où. Mais elle était bien là, pourtant. Et il fallait qu'elle réagisse. Rassemblant tout son courage, elle reposa son verre, se leva de mauvaise grâce, marcha jusqu'à son bureau et décrocha le combiné.

« Oui ?

– Mrs Blunden, vous avez un visiteur.

– À cette heure-ci ? répondit Ella, irritée. Et vous l'avez laissé entrer ? J'ai bien stipulé que je ne souhaitais pas être dérangée, sauf en cas d'extrême urgence. Évasion. Décès. Donc, s'il ne s'agit ni de l'un ni de l'autre, vous n'avez aucune raison de m'appeler aussi tard.

– Écoutez, si vous pouviez juste venir... »

Ella raccrocha, souffla contre sa main pour vérifier son haleine et, satisfaite de constater qu'elle ne sentait pas le vin, enfila ses chaussures pour gagner le couloir. Sitôt hors de sa chambre, elle frissonna malgré elle. Son cocon douillet lui manquait déjà, avec ses couleurs chaudes, ses coussins moelleux et ses radiateurs.

En bas des marches l'attendait Sarah, sa Directrice adjointe.

« Eh bien ? Que se passe-t-il ? »

D'un mouvement du menton, Sarah désigna la porte de la salle d'attente destinée aux visiteurs. Ella tourna la tête... et aperçut alors un visage familier. Elle n'avait jamais rencontré cet homme, mais elle savait qui il était. Tout le monde le savait. On l'appelait le Chevalier Noir.

« Mr Samuels ! lâcha-t-elle dans un souffle. Vous auriez dû me prévenir. J'aurais préparé votre arrivée. J'aurais...

– Inutile, répondit Derek d'un ton suave en s'avançant vers elle. Code rouge. J'emmène tous les Surplus avec moi.

– Les Surplus ? répéta Ella d'un ton hésitant. Je ne suis pas sûre de comprendre. Vous voulez les emmener...

– Tous », confirma Derek. Il tapa dans ses mains, et un petit groupe d'hommes franchit soudain la porte. À la vue de leurs uniformes de Rabatteurs, Ella ne put réprimer un frisson, alors qu'elle n'avait rien à craindre d'eux.

« Mais... ne devrait-il pas y avoir... de la paperasse, un avis officiel, quelque chose à signer ? Pour mes dossiers, je veux dire, ajouta-t-elle avec un petit sourire nerveux. Vous connaissez les Autorités...

– Pas le temps, répondit Derek. Et c'est inutile, de toute façon. »

Ella se mordit la lèvre. « Donc... dois-je les réveiller ? Nous pourrions lancer la sonnerie.

– Ne vous embêtez pas avec ça, rétorqua sèchement Derek. Mes hommes sauront se débrouiller tout seuls. Je vous serais reconnaissant de bien vouloir regagner vos quartiers. »

Ella acquiesça sans un mot. Plus d'une fois elle avait espéré la fermeture définitive du Foyer... et la disparition des Surplus. Les riches devraient se charger eux-mêmes de leurs corvées ménagères. Et au pire, ils auraient toujours les moyens de se payer des domestiques – des gens comme elle. Contre un salaire décent, elle était tout à fait disposée à leur faire le ménage et la cuisine. Cela valait mieux que de croupir ici.

Mais, maintenant qu'on emmenait les Surplus, elle ne savait plus quoi penser. « Peut-être devrais-je contacter le Département des Surplus, bredouilla-t-elle. Juste histoire de m'assurer que… » Mais le regard que lui lança Derek Samuels lui fit aussitôt regretter ses paroles. « Ou bien me retirer dans mes appartements, s'empressa-t-elle d'ajouter en tirant Sarah par le bras.

– Ce serait mieux, en effet », répondit Derek. Il frappa à nouveau dans ses mains et regarda les hommes se disperser sans bruit à travers le bâtiment.

Chapitre 18

Jude leva la main pour chasser ce qu'il croyait être une mouche, mais il rata son coup et la mouche se révéla être la pointe d'un bâton que son père lui enfonçait dans l'épaule. Il le narguait : « Tu n'es pas Peter. Tu es le moins bon des deux frères. Tu ne seras jamais Peter. Je préférerais que tu sois un Surplus. » Jude se rua vers son père, les yeux luisants de colère, l'entendit pousser un cri… et se réveilla. Ce n'était pas la pointe d'un bâton, réalisa-t-il ; c'était l'index de Sam.

« Qu'est-ce que… Quelle heure est-il ? demanda-t-il d'une voix pâteuse.

– Cinq heures trente du matin. »

Il regarda sa montre. Cela signifiait qu'il venait de dormir… quoi, trois heures ? Repoussant sa maigre couverture, il se leva. C'est alors seulement qu'il réalisa que Sam était livide, et il sentit son ventre se nouer.

« Que se passe-t-il ? Quelqu'un nous a suivis ? »

Sam secoua la tête.

« Les Surplus, marmonna-t-il.

– Les enfants ? fit Jude en l'observant d'un air affolé. Ils sont revenus ? » La veille au soir, il avait réussi (non sans mal) à convaincre les sympathisants qui leur avaient prêté main-forte d'emmener les enfants chez eux. Cacher un enfant dans sa maison représentait déjà un risque considérable en temps normal. Mais là, c'était franchement du suicide.

« Pas ceux-là, fit Sam. Les Surplus des Foyers. Ils ont tous été emmenés. Une femme nous a appelés. La Vigile du Nord. D'après elle, les Surplus du Foyer de Steadley ont tous été emmenés par les Rabatteurs au milieu de la nuit. Et la Vigile du Sud nous a appris que Grange Hall avait été vidé hier soir à vingt-deux heures. »

Jude le dévisageait, les yeux écarquillés. « Tu es sûr qu'il s'agissait des Vigiles ? Pas d'un coup monté ?

– Elles connaissaient tous les codes. La Vigile du Nord était en larmes. Elle disait qu'elle n'avait rien pu faire. Les Rabatteurs étaient venus sans crier gare. Ils avaient investi les lieux et emmené tout le monde. » Il baissa les yeux. « Et maintenant ? murmura-t-il. Qu'est-ce qu'on fait ?

– On les retrouve, voilà ce qu'on fait », répondit Jude en se levant d'un bond. Mais lui-même ne croyait pas à ce qu'il disait.

« On ne peut rien contre les Rabatteurs », objecta Sam.

Jude se dirigea vers le téléphone et lut la retranscription de la conversation avec la Vigile du Nord : l'arrivée des Rabatteurs, les Surplus rassemblés dehors dans la nuit glaciale, puis poussés brutalement dans les fourgonnettes. Il frissonna. « OK, dit-il. Voici le plan. Tu vas dormir et je vais réfléchir.

– Non, répondit Sam. Paul n'est plus là. Les Surplus ont disparu. Plus personne n'est de notre côté. C'est terminé. Tu ne le vois donc pas ?

– Tu te trompes, répondit Jude. Nous détenons quelque chose que Richard Pincent veut obtenir. S'il le lui faut absolument, nous pourrons obtenir Paul en échange. Voire les Surplus. Si ce n'est pas le cas, eh bien, nous trouverons autre chose. Mais je refuse de renoncer. Hors de question. »

Son regard se posa sur son frère, allongé par terre. Peter dormait à poings fermés depuis son arrivée la nuit dernière. Jude s'avança vers lui et le secoua.

« Peter, murmura-t-il. Réveille-toi. »

Le jeune homme sursauta. « Quoi ? Quoi ? demanda-t-il d'une voix angoissée, un peu hagard, avant de reconnaître le visage de Jude. Que se passe-t-il ?

– Pourquoi es-tu là ?

– Comment ça ? fit Peter. J'ai apporté la chevalière. Comme tu me l'as demandé.

– Comme je te l'ai demandé ? répéta Jude, hébété. Je ne vois pas de quoi tu parles.

– Du message que tu m'as envoyé. Pour que je rapporte la chevalière. Je t'ai répondu, tu te souviens ? Je t'ai dit que j'arrivais. »

Jude le dévisagea sans comprendre. Puis il déglutit, soudain troublé. Une pensée horrible venait de le frapper. Il se dirigea vers son ordinateur et saisit rapidement tous les modes de passe de sécurité pour atteindre la messagerie. Il espérait ne rien trouver ; il espérait qu'il s'agissait d'une erreur, que ses soupçons n'étaient pas fondés. Hélas, dans le dossier « Supprimés », il découvrit ce qu'il cherchait : le message qui avait été envoyé à Peter. Il y en avait d'autres, envoyés à Richard Pincent. Il suspendit sa respiration.

« La bonne nouvelle, c'est que Richard Pincent veut ta chevalière, dit-il.

– Et la mauvaise ? » demanda Peter. Jude garda le silence. « Où sommes-nous ? ajouta Peter en jetant un regard circulaire autour de lui.

– Nouveau QG », répondit Jude sans plus d'explications. Il se tourna vers son frère. « As-tu la chevalière avec toi ?

– Bien sûr », fit le jeune homme en plongeant la main dans sa poche. Avant de froncer les sourcils. « Je l'avais... » dit-il en blêmissant.

Il se leva et fouilla chacune de ses poches. « Je l'avais quand je suis arrivé ici. J'en suis sûr, fit-il d'un ton affolé. C'est grave ? Tu en avais besoin ? »

Jude ne répondit pas tout de suite.

Il regarda autour de lui. « Où est Sheila ? » demanda-t-il calmement.

Sam, qui dévisageait Peter comme on regarde un fantôme, parut se ressaisir. « Là-dedans », dit-il en désignant une autre pièce. Jude se précipita pour ouvrir la porte. « Elle n'est pas là, constata-t-il en se tournant vers Sam. Est-elle avec les enfants ? »

Sam se mit à ouvrir fébrilement toutes les portes de placard, mais il ne leur fallut pas plus d'une poignée de secondes pour savoir qu'elle était partie ; le nouveau QG du Réseau était encore plus petit que l'ancien et contenait peu de cachettes potentielles.

« Je me demande comment… J'ai gardé la porte en permanence. Sauf pour déballer les affaires. Et pour…

– Quoi, Sheila m'aurait volé ma chevalière ? intervint Peter d'une voix incrédule. C'est ce que vous pensez ? Pourquoi aurait-elle fait une chose pareille ? Que se passe-t-il, Jude ? Je veux savoir. »

Jude se tourna vers son ordinateur et ouvrit ses dossiers récents ; tout en parcourant les fichiers, il expliqua la situation à Peter.

Ce dernier réagit plutôt mal à l'annonce de la reddition de Paul.

« Ils l'ont capturé ? Il s'est rendu ? Non, c'est impossible ! »

Mais Jude ne l'écoutait plus. Il regardait fixement un fichier qu'il croyait pourtant avoir effacé : la liste des Palmer résidant à Londres.

« Quoi ? demanda à nouveau Peter. Tu sais où elle se trouve ? »

Jude leva les yeux vers lui. « Non, je l'ignore », dit-il. Un frisson le parcourut. Qu'avait donc fait sa princesse ? Pourquoi avait-elle éprouvé le besoin d'aller jusque-là ?

Il se mordit la lèvre, s'efforçant de réfléchir. Elle avait pris la chevalière, mais elle cherchait toujours ses parents. Où pouvait-elle bien être ? La liste comportait quinze noms et autant d'adresses, mais ils n'avaient pas le temps d'aller les vérifier une à une. Sheila les avait-elle contactés ? Elle devait bien avoir une destination précise en tête en partant d'ici, non ?

À côté de son ordinateur, il remarqua soudain un petit carnet. La première page avait été arrachée, mais on devinait sur la suivante le tracé de ce qui avait été écrit. Il la détacha.

Peter se passa la main dans les cheveux. « Écoute, oublie Sheila, dit-il. Tant pis si elle est partie. Il faut qu'on fasse sortir Paul. C'est le plus important.

– Non, rétorqua Jude. D'abord Sheila. » Il réfléchissait à toute vitesse. Un plan commençait déjà à germer dans son esprit. Mais cela exigeait une certaine préparation. Il lui faudrait pénétrer une nouvelle fois le système de sécurité de Pincent Pharma. Mais, avant tout, il lui fallait retrouver Sheila.

« Il semblerait qu'elle ait ta chevalière, dit-il. Or ton grand-père la veut. Sans cette bague, nous n'avons aucun moyen de pression sur lui. Nous devons retrouver Sheila. Sinon, tout est perdu.

– Par où commencer ? » demanda Peter.

Jude examina la page du carnet. Il était partagé entre l'inquiétude, la colère et l'incertitude. « Elle est à Muswell Hill. Du moins je crois. Attends-moi ici. »

Peter examina ses vêtements salis, couverts de marques de semelles. « Je n'attends nulle part, marmonna-t-il. Si tu y vas, je t'accompagne. C'est clair ? »

Jude parut réfléchir quelques secondes. Puis il hocha la tête.

« D'accord. Accorde-moi juste cinq minutes. »

Chapitre 19

Julia entendit la porte d'entrée s'ouvrir, mais ne fit pas mine de bouger. Assise sur le canapé près de la baie vitrée, elle profitait des rayons de soleil qui inondaient la pièce. Elle se sentait cosy, au chaud, heureuse.

Les pas familiers de son mari résonnèrent sur le parquet du couloir. Ces mêmes bruits qu'elle entendait depuis des décennies à mesure qu'il ôtait son manteau, posait son trousseau de clés et resserrait sa cravate devant le miroir. Julia pencha légèrement la tête ; il entrerait dans le salon d'un instant à l'autre, l'air toujours aussi sérieux, pour lui servir un verre de sherry et lui demander quand le dîner serait prêt, alors qu'ils mangeaient tous les soirs à la même heure. Depuis toujours.

Le voilà qui entrait, justement. Julia sourit. « Bonsoir, mon chéri. »

Il parut étonné ; voilà bien longtemps qu'elle ne l'avait pas appelé ainsi. Voilà bien longtemps qu'elle ne lui disait plus grand-chose, d'ailleurs. « Un mariage long et heureux », commentaient leurs amis en les examinant avec curiosité. Rares étaient les couples qui duraient aussi longtemps. La Longévité avait donné à certains l'envie de rebondir et de tout recommencer à zéro (plusieurs fois de suite, même), et à d'autres la peur de s'engager à vie pour une durée interminable. Sans enfants, plus besoin de stabilité dans le couple. Sans enfants, plus d'unité familiale, juste des individus absorbés par leurs petits problèmes et préoccupés de leur bien-être personnel.

Mais pas Julia. Pas Anthony. Ils étaient démodés, se plaisait-il à répondre à tous ceux qui les trouvaient anormaux. Ils étaient habitués à vivre ensemble. Et si la passion entre eux s'était altérée depuis bien longtemps, la douceur de vivre était toujours là. La tendresse aussi.

Ils étaient très attachés l'un à l'autre.

Ils avaient fait un sacré bout de chemin ensemble.

« Sherry ?

– Avec plaisir. »

Anthony se dirigea vers le petit placard à alcools, en sortit deux verres ainsi qu'une bouteille, et les remplit comme tous les soirs à la même hauteur. Tant de petites habitudes, songea Julia. Que la vie soit longue ou courte... quelle importance, quand les jours se suivaient à l'identique, et que les humains étaient incapables de profiter du moment présent à cause de leur besoin fondamental d'ordre et de routine journalière ?

Il lui tendit son verre, et elle but une gorgée.

« À quelle heure dîne-t-on ? » lui demanda-t-il en s'éloignant vers la porte.

Elle sourit. « Quelle importance ? »

Il y eut un silence. Anthony mit quelques secondes à enregistrer sa réponse. Lentement, il se retourna. Il semblait fatigué. Tout le monde avait l'air fatigué, ces temps-ci.

« Comment ça, quelle importance ?

– Je veux dire, est-ce vraiment essentiel ? » répondit Julia. Elle se leva, s'avança vers son mari et l'enlaça. « Nous avons eu une vie agréable, n'est-ce pas, Anthony ? lui demanda-t-elle. Nous avons vécu de belles aventures, passé de belles vacances. Une vie bien remplie, en somme, tu ne trouves pas ? »

Il hocha la tête. « Nous avons une vie très agréable, dit-il. Et cela va continuer. Alors, à quelle heure dîne-t-on ?

– Pour combien de temps ? » murmura-t-elle.

Il fronça les sourcils. « Julia, que se passe-t-il ? Qu'essaies-tu de me dire ?

– Combien de temps cela va-t-il durer ? Ce n'est pas éternel, Anthony, n'est-ce pas ? Nous allons mourir. Je le sais.

– Personne ne va mourir, répliqua-t-il en reculant d'un pas, soudain courroucé. Je t'interdis de parler ainsi sous notre toit. Les Autorités se sont exprimées sur la question. Un lot de Longévité a été saboté. À l'heure qu'il est, le coupable est interrogé. Il n'y a aucune raison de…

– J'ai vu le fourgon, répondit calmement Julia. Ils ont emmené mon coiffeur, qui n'avait rien d'un agent du Réseau. L'arrière était rempli de cadavres et de gens malades. »

Une lueur passa dans le regard de son mari. Peur ? Culpabilité ?

« J'ai vu l'intérieur du fourgon, poursuivit Julia. Les Autorités nous mentent.

– Quoi ? » À nouveau la colère, la dénégation. « Les Autorités ne mentent pas. Tenir ce genre de discours est un acte de sédition. »

Mais Julia secoua la tête avec défi. Elle sentait déjà les larmes lui monter aux yeux. « Je ne me laisserai pas emmener comme ça, dit-elle. Sûrement pas. Je préfère mourir ici avec toi, chez nous, selon notre propre volonté. »

Les yeux d'Anthony s'élargirent. « On croirait entendre une folle », murmura-t-il avant de vider son verre d'un trait. Il se leva pour aller s'en servir un autre. « Qu'est-ce qui te prend ?

– Rien du tout, répondit Julia en clignant des yeux pour chasser une larme. C'est juste… » Elle se leva à son tour pour le rejoindre. « Nous avons bien vécu. Nous avons été heureux, n'est-ce pas ?

– Bien sûr que oui, lâcha-t-il avec irritation. Julia, arrête ce cirque, veux-tu ? Tu es ivre ou quoi ? »

Elle s'appuya contre son mari, et se souvint à quel point elle se sentait toute petite lorsqu'il la prenait dans ses bras, au début. C'était un homme grand, chose qu'elle appréciait chez lui. Ce sentiment qu'il serait toujours là pour la protéger. Aujourd'hui, elle voulait veiller sur lui.

« J'ai arrêté mon traitement de Longévité, déclara-t-elle. Je n'en ai pas pris aujourd'hui. Pas après ce que j'ai vu… Et j'aimerais que tu arrêtes d'en prendre, toi aussi. Je veux qu'on reste ici. Je ne veux plus retourner dehors.

– Tu as *quoi* ? » Il la dévisagea avec des yeux ronds. « Mais enfin, à quoi penses-tu ?

– Je pense, dit-elle, que j'ai toujours été libre de faire des choix. C'est une grande chance que nous avons. Et aujourd'hui, j'ai fait un choix. Personne ne m'emmènera dans un fourgon. Je veux qu'on vieillisse ensemble. Même s'il ne nous reste que quelques semaines… ou quelques jours à vivre.

– Mourir ? Vieillir ? fit Anthony en secouant la tête. Julia, tu veux bien m'écouter ? Je t'ai dit que les Autorités avaient clairement stipulé… » Il tremblait. « Tu te trompes, Julia. Les Autorités ont bien expliqué qu'elles avaient parfaitement le contrôle de la situation.

– Et tu les crois ? Tu crois tout ce qu'on te dit ? répliqua Julia. Vraiment ? »

Il déglutit, détourna le regard. « D'après les Autorités...

– Les morts s'accumulent, Anthony. Je les ai vus de mes yeux. Quand je suis sortie de chez le coiffeur, j'ai marché pendant des heures. Ils ne peuvent pas récupérer tous les cadavres, n'est-ce pas ? Dis-moi la vérité.

– Mon travail ne consiste pas à dire la vérité, lâcha-t-il d'un ton hésitant. Il consiste à suivre les règles, à être un bon gestionnaire, à veiller au bon respect du protocole et...

– Et si tout cela n'avait plus aucune importance ? l'interrompit sa femme.

– Je... je... » Il semblait accablé. « Je ne sais pas. »

Elle l'emmena vers un fauteuil. Il s'assit, le front entre les mains. Puis il releva la tête et regarda sa femme d'un air désespéré. Il semblait anéanti, tout à coup. « Ils creusent des fosses à la campagne, murmura-t-il d'une voix à peine audible. L'État affirme que c'est pour y cultiver des légumes. Mais ils font des tranchées de deux mètres de profondeur. Voire quatre, à certains endroits. On ne plante pas des légumes à quatre mètres sous terre.

– En effet, répondit Julia en lui caressant la main.

– Et tous ces gens arrêtés pour actes de sédition, poursuivit-il. Des centaines de milliers. Mais il n'y a pas autant de places en prison. J'ai demandé où ces gens avaient été emmenés, mais personne n'a su me répondre. Ils ont juste... disparu. »

Il se redressa sur son fauteuil, et attira sa femme sur ses genoux. Il n'avait pas eu ce geste depuis des dizaines d'années. « Je t'aime, Julia, dit-il en pressant son visage au creux de son cou. Depuis toujours.

– Moi aussi, Anthony. » Elle lui sourit. « De tout mon cœur. »

Ils restèrent assis en silence de longues minutes.

« Combien de jours ? finit-il par demander.

– Il paraît que c'est une question de semaines.

– Alors prends tes pilules aujourd'hui, lui dit-il en la regardant droit dans les yeux. Attends-moi. Nous arrêterons ensemble. Nous partirons en même temps. Nous fermerons la porte et nous resterons calfeutrés à la maison. Nous ferons les choses à notre manière.

– Oui. » Julia acquiesça avec gratitude, les joues ruisselantes de larmes. « Nous partirons selon notre volonté. Ensemble. Il est temps de commencer à se dire au revoir. »

Chapitre 20

Assis au bord de son fauteuil, Derek Samuels attendait. Bientôt, enfin. Le moment tant attendu. Tout était d'ores et déjà en place. Les enfants, enfermés quelque part au sous-sol. Paul. Jude ne devait plus tarder à arriver, Peter et la fille – Sheila – sur ses talons.

Enfin Derek tiendrait sa revanche. Celle qu'il attendait depuis si longtemps. Trop longtemps.

Bientôt, tout serait terminé.

L'acte final allait pouvoir se dérouler.

Quelques minutes plus tard, Jude et Peter surgirent dans une rue maussade de Londres, le col de leur manteau relevé et leur bonnet bien enfoncé sur les yeux. Jude marchait les mains dans les poches, preuve que l'heure était grave. Depuis qu'il avait rejoint les rangs de la Résistance, il savait que chaque rue était dangereuse. Mais aujourd'hui, c'était différent. Il ne s'agissait plus seulement d'échapper aux Rabatteurs ou à la police, mais à *tout le monde.* Partout. La mort et la peur de la mort avaient tout changé. Désormais, c'était chacun pour soi et la colère explosait facilement, avec des conséquences dévastatrices.

La rue était quasiment déserte, mais Jude ne tarda pas à comprendre pourquoi. Devant plusieurs habitations s'entassaient des corps qui n'avaient pas encore été ramassés ; leur chair malade et pourrissante attirait des nuées de mouches et dégageait une telle puanteur que les passants devaient changer de trottoir. Jude voulut éloigner Peter, mais trop tard : le jeune homme avait vu les cadavres, et Jude détourna pudiquement le regard tandis que son demi-frère vomissait dans le caniveau.

« C'était glauque », commenta Peter quelques secondes plus tard après qu'ils se furent engagés dans une autre rue.

Jude acquiesça. « Tu m'étonnes. Écoute, il faut que je t'explique un ou deux trucs... »

Et en chemin, il lui raconta toute l'histoire : son grand-père, la chevalière, les Disparus, les attaques contre le Réseau, sa conviction que c'était Sheila qui avait écrit à Peter pour lui réclamer la chevalière... Quant à Peter, il lui raconta son voyage, sa rencontre avec une foule hystérique qu'il croyait lancée à sa poursuite mais qui le piétina pour atteindre sa véritable destination – un cabinet médical appartenant à un « trafiquant de pilules contaminées » et à un « assassin », avaient-ils hurlé.

Ils s'immobilisèrent quelques instants.

« Tu n'aurais pas dû venir, fit Jude, mais je suis content que tu sois là. Je me sentais seul. Ici, je veux dire. Et je m'ennuyais. »

Peter le dévisagea avec étonnement. « Tu t'ennuies ? Vraiment ? Je croyais que vous vous éclatiez comme des fous !

– Nous éclater ? » Jude leva un sourcil. « Si on veut. C'est une façon de voir les choses. » Il surprit l'expression de Peter et haussa les épaules. « Je croyais que c'était plutôt toi qui avais décroché le gros lot, voilà tout. Le chouchou de Paul. Le héros du Réseau.

– Le paysan, tu veux dire, répondit Peter avec cynisme. Et j'ai quitté ma campagne idyllique pour me faire marcher dessus par une foule de tarés armés de torches. Génial comme plan, non ? »

Jude esquissa un petit sourire. « Tu es idiot. Mais tu es là, à présent... alors allons-y. C'est par là. »

Ils baissèrent la tête et se dirigèrent vers une avenue plus animée. Les gens pressaient le pas plus que de coutume, l'air pincé, et s'évitaient soigneusement du regard. Certains portaient des masques. Jude entraîna Peter jusqu'au carrefour suivant. Ils passèrent précipitamment devant un magasin d'alimentation à la vitrine garnie d'affiches publicitaires vantant les bienfaits d'un cocktail de vitamines pour le système immunitaire, et s'engouffrèrent dans une allée étroite. Sur le panneau d'un arrêt de tramway, un graffiti clamait : « À mort les assassins ! À bas le Réseau ! »

Tout à coup, une inconnue surgit devant eux. « Mon mari ! hurlait-elle. Ils l'ont enlevé. Ils ont enlevé mon mari... » Jude entraîna Peter à l'écart. La femme ne semblait pas avoir remarqué leur jeune âge, mais ce n'était qu'une question de secondes.

« Écoutez-moi ! leur lança-t-elle. Mes plaquettes de pilules. C'est lui qui les avait ! Ils l'ont enlevé. Suis-je la prochaine ? »

Jude vit Peter se retourner, et surprit son expression de stupeur à la vue des pustules dont la femme était couverte. Les mêmes pustules qui grêlaient les cadavres entassés devant les entrées d'immeubles ou dans les camions de Pincent Pharma. « Ne regarde pas », lança-t-il à son demi-frère en l'entraînant vers une grille à fleur de sol. Il l'ouvrit et, d'un bond, disparut sous la surface du trottoir. Peter suivit son exemple. Une poignée de secondes plus tard, il entendit des pneus crisser, des policiers aboyer des ordres et la femme hurler tandis qu'on la poussait brutalement dans une fourgonnette.

« Par ici, murmura Jude en s'engageant dans un tunnel étroit. C'était un égout, autrefois, ajouta-t-il en poussant une porte métallique. Il mène vers le nord. »

Peter déglutit. « Un égout ? »

Jude lui lança un regard agacé. « Tu préfères quoi, la police ou les égouts ? Allez, viens, ça ne pue même pas. Enfin, pas vraiment.

– OK, OK... je choisis les égouts », marmonna Peter en trottinant pour le rattraper.

Le temps qu'ils parviennent à l'adresse griffonnée par Sheila sur la page du carnet, il était dix heures du matin. Ils traversèrent à pas de loup la petite pelouse devant la maison et se cachèrent entre le mur et la haie. C'était une habitation ordinaire, comme tant d'autres dans cette rue résidentielle, agrémentée d'un jardinet et d'un potager bien garni.

« Tu es sûr que c'est là ? demanda Peter.

– Regarde », lui répondit Jude en désignant une fenêtre. À travers les rideaux, on distinguait nettement une jeune fille aux longs cheveux roux. Aucun doute : c'était bien Sheila.

Le jeune homme se releva. « J'y vais, lança-t-il à Peter. Toi, tu retournes m'attendre dans l'égout.

– Non. Je préfère attendre ici.

– Pas question, fit Jude. C'est trop dangereux. Si je ne ressors pas, il faudra que tu ailles seul chez Pincent Pharma. »

Leurs regards se croisèrent. Peter finit par hocher la tête et repartit en courant. Jude se dirigea vers la porte d'entrée et pressa la sonnette. Puis il se cacha et attendit. Un homme vint entrouvrir la porte. Il semblait âgé – très âgé, réalisa Jude avec un léger choc. Il avait les cheveux gris, presque blancs, les yeux humides et pâles, et se tenait légèrement voûté.

« Oui ? »

L'homme regarda à droite, puis à gauche, et referma précipitamment la porte. Aussitôt, Jude bondit pour sonner à nouveau. Cette fois, l'homme resta derrière la porte entrebâillée : « Qui est là ? »

Jude jeta un regard circulaire autour de lui et s'élança. Ouvrant la porte violemment, il bouscula le vieil homme, lui plaqua les mains dans le dos et le repoussa à l'intérieur de la maison.

« Je viens pour Sheila. »

L'homme ne dit rien, mais Jude n'attendait aucune réponse de sa part. Il continua à le repousser le long du couloir, jusqu'au pied de l'escalier. « Je sais qu'elle est là », dit-il en escaladant les marches deux à deux sans lâcher le vieillard.

« Attendez ! » Une femme apparut en bas de l'escalier. Elle était pâle, malgré le fond de teint avec lequel elle avait tenté de camoufler les pustules qui la défiguraient. Ses yeux étaient révulsés par la peur. Il ne semblait pas y avoir la moindre trace des hommes de Richard Pincent ni des

Rabatteurs. « Qui êtes-vous ? demanda-t-elle. Que faites-vous ici ?

– Sheila ? » appela Jude, ignorant la femme. Il lâcha l'homme et continua son ascension vers le premier étage.

« Jude ? » Sheila apparut derrière une porte, aussi pâle qu'à l'ordinaire. En voyant le jeune homme, ses yeux s'illuminèrent et, feignant l'innocence, elle leva un sourcil. « Mais... que viens-tu faire ici ? »

Pendant ce temps, la femme avait atteint le haut de l'escalier. Jude entendait son souffle altéré derrière lui. « Retourne te coucher, ma chérie », dit-elle à la jeune fille. Puis elle agrippa Jude par son manteau. « Il faut que vous partiez, maintenant, ajouta-t-elle. Sheila est notre fille. Elle nous cherchait. »

Jude se tourna vers son amie. Elle le regardait d'un air triomphal, comme si elle venait de remporter un concours.

« Ce sont mes parents. Mes vrais parents, dit-elle en adressant un large sourire à la femme. Je les ai retrouvés sur ton ordinateur. Ils ne voulaient pas m'abandonner, Jude. Ils me cherchaient depuis des années. Et ils sont très heureux de m'avoir retrouvée. » Les yeux pleins de larmes, elle prit la main de Jude dans la sienne. « Tu n'as plus à t'inquiéter pour moi, désormais.

– Mais je veux m'inquiéter pour toi, répondit l'adolescent d'un ton penaud. Je croyais que tu avais besoin de moi.

– C'est vrai, murmura Sheila. Enfin, ça l'était. Mais tu as d'autres choses à faire, Jude. Et tu n'as pas besoin de moi. Mes parents, si. J'ai enfin une maison. Je suis chez moi, ici.

– Non. Tu es chez toi avec le Réseau. Avec moi. »

À la mention du nom du Réseau, Jude vit la femme se rembrunir. « Le Réseau ? Le groupe d'assassins terroristes ?

– Il est temps que tu partes, Jude, fit précipitamment Sheila. Mes parents désapprouvent les activités du Réseau.

– Ce ne sont pas tes parents, rétorqua-t-il avec colère.

– Bien sûr que si, protesta la femme. Je suis Mrs Palmer. La maman de Sheila. Nous attendions son retour depuis si longtemps. N'est-ce pas, Billy ?

– Oh, depuis tellement longtemps, renchérit son mari. Notre petite Sheila.

– Vraiment ? fit Jude en plissant les yeux. Et votre mari... est un Affranchi ? C'est pour ça qu'il est vieux ? »

Mrs Palmer hocha la tête. « Absolument.

– Mais pas vous, poursuivit Jude. Vous prenez de la Longévité. »

La femme acquiesça à nouveau. « Une vie pour une autre. Rien qu'une seule.

– C'est ça, ouais. Une vie pour une autre. » Jude avait l'impression d'étouffer ; il avait la poitrine oppressée et respirait avec difficulté. Il ne supportait pas l'idée de perdre Sheila. Désespéré, il regarda autour de lui en quête du moindre indice susceptible de lui faire entendre raison… et tomba sur une photographie.

« C'est votre mari ? » demanda-t-il en agrippant Mrs Palmer par le bras. Elle suivit la direction de son regard. Le cliché montrait Mr Palmer, tout sourire, en train de jouer au tennis.

« Il y a longtemps, oui. Maintenant, lâchez-moi. Vous me faites mal.

– C'est bizarre, aucun de vous deux n'a les cheveux roux. »

Elle se racla la gorge. « Les cheveux roux ?

– Mais oui, comme Sheila. Vous êtes bruns tous les deux. Étrange que votre fille soit rousse, non ? »

Il la tira par le bras pour l'obliger à lui faire face. Son regard vacilla légèrement.

« Quel âge a-t-elle ? demanda soudain Jude. En quelle année est-elle née ?

– Tu sais très bien quand je suis née, intervint Sheila. C'était en…

– Non, je veux l'entendre de la bouche de ta mère », l'interrompit Jude.

La jeune fille lâcha un soupir irrité, puis leva les yeux vers Mrs Palmer. « Vas-y, dis-lui.

– Eh bien, tu as… quatorze ans.

– Quatorze ans ? répéta Jude. Faux. Sheila n'a pas quatorze ans.

– Je voulais dire quinze, se reprit la femme. Oui, c'est ça, quinze ans. Elle est née, voyons... en 2123. Non, 2124. Voilà, elle est née en 2124.

– Et où se trouvait-elle quand les Rabatteurs l'ont enlevée ?

– Où ça ? Mais ici, bien sûr. Oh, quelle nuit horrible. Ce fut épouvantable. » Elle s'efforçait de tourner la tête vers son mari.

« Ah bon ? fit soudain Sheila. Ça s'est passé ici ?

– Exact, fit Mrs Palmer. Nous avons tenté de les en empêcher. Nous avons supplié...

– Elle n'était donc pas chez ses grands-parents ? Pourtant, c'est ce qui figure dans son dossier. » Jude les foudroyait du regard, à présent.

« Ses grands-parents, dites-vous ? Mais oui, bien sûr. Souviens-toi, ma chérie, fit Mr Palmer en gravissant les marches pour rejoindre son épouse. Les détails... finissent par s'embrouiller quand on vit un tel cauchemar. Quand on perd...

– Une fille ? dit Jude. Vous n'avez jamais perdu de fille, je me trompe ? »

Mrs Palmer entoura Sheila d'un bras protecteur. « Oui, vous vous trompez. Nous t'avons perdue, n'est-ce pas,

Sheila ? Mais nous t'avons retrouvée maintenant. Tout est rentré dans l'ordre.

– Oui, oui, bredouilla la jeune fille d'un air hésitant. Va-t'en, Jude. Je n'ai plus besoin de toi. J'ai mes parents. Et je suis fatiguée. Très fatiguée.

– Qu'avez-vous fait ? Vous l'avez droguée, c'est ça ? » lança Jude à Mrs Palmer avant de se tourner vers son amie. « Ce ne sont pas tes parents.

– Si, rétorqua-t-elle en croisant les bras. Tu refuses de me voir heureuse.

– Heureuse ? » Jude lâcha le bras de Mrs Palmer et attira Sheila contre lui. « Mais je ne veux que ton bonheur, au contraire.

– Non, protesta-t-elle. Tu ne voulais pas m'aider à retrouver mes parents.

– Parce qu'ils sont morts. » Jude ferma les yeux et serra la jeune fille contre lui. « Je les ai cherchés... et j'ai retrouvé leur trace, murmura-t-il. Tes parents sont morts, Sheila. Je suis désolé.

– Non, s'écria-t-elle en voulant se débattre. Non !

– Hélas si, répondit Jude. Ils vivaient dans le Kent. La maison de tes grands-parents était située à trois rues de chez eux. Tu étais là-bas un week-end parce que tes parents s'étaient absentés. Un voisin a prévenu les Rabatteurs, mais tes grands-parents n'avaient pas les documents nécessaires prouvant que tu étais Légale et... »

Il recula pour la regarder droit dans les yeux.

« Pardonne-moi, dit-il. Je voulais te le dire, mais Paul craignait que le choc ne soit trop dur pour toi. Ces gens... ne sont pas tes parents. Nous devons partir d'ici. »

Sheila resta muette quelques instants. Puis une ombre passa dans son regard, et elle se tourna vers Mrs Palmer.

« Vous avez prétendu être ma mère. Pourquoi ?

– Je... Nous... bafouilla-t-elle. Nous avons eu ton message, nous en avons discuté et...

– Nous avons toujours rêvé d'avoir un enfant, intervint Mr Palmer en se plaçant juste derrière sa femme. Tu rêvais d'avoir des parents. Où est le mal ? »

Sheila regardait fixement sa prétendue mère.

« Vous vouliez un enfant ?

– Depuis toujours, répondit Mrs Palmer en ouvrant les bras. Une fille comme toi, Sheila. Nous t'avons attendue toute notre vie. Quand tu nous as appelés, nous étions si heureux ! Viens dans les bras de ta mère, ma petite. »

Sheila semblait hésiter.

« Non ! » fit Jude. Mais elle ne l'écouta pas. Elle s'avança vers Mrs Palmer, qui l'enlaça tendrement. Au même instant, Jude surprit un regard furtif entre la femme et son mari. Quelque chose clochait.

« Sheila, insista-t-il. Allons-nous-en. Tout de suite !

– Non. J'ai l'intention de rester ici. Je m'y sens bien. Ils ont besoin de moi. Je reste...

– Vous avez entendu ? fit Mr Palmer. Elle reste. C'est vous qui partez », dit-il, montant d'une marche pour se rapprocher du jeune homme. Il avait les yeux si humides que Jude y apercevait son propre reflet… quand soudain il remarqua autre chose. Son regard se figea. Mr Palmer, voyant sa réaction, changea brutalement d'attitude.

« Occupe-toi d'elle, ordonna-t-il à sa femme. Je m'empare de lui. Deux au lien d'un seul, cela nous rapportera davantage. »

Mrs Palmer acquiesça et resserra son étreinte autour de Sheila, qui lança un regard incrédule à Jude.

Soudain, il entendit un fourgon se garer devant la maison et un groupe d'hommes en descendre. D'une bourrade, il repoussa Mr Palmer, qui tomba dans l'escalier, et s'empara de Sheila. Ensemble, ils dévalèrent l'escalier et s'engouffrèrent dans la cuisine à la seconde où la porte d'entrée s'ouvrait. Deux hommes firent irruption dans le vestibule, vêtus d'uniformes protecteurs complétés d'un masque, de gants et d'une capuche. Jude et Sheila restèrent pétrifiés, haletants, mais les deux hommes passèrent devant eux sans les voir, se précipitant dans l'escalier pour s'emparer de Mr et Mrs Palmer.

« Non ! » supplia cette dernière tandis qu'ils la traînaient jusqu'au rez-de-chaussée. Son hurlement de terreur fit frissonner Jude. « Non, laissez-nous ! Nous avons des Surplus. Nous avons appelé le numéro spécial.

C'est eux qu'il faut emmener, pas nous ! Ils sont dans la cuisine. Ils… »

L'homme qui s'était saisi d'elle ne semblait pas écouter un mot de ce qu'elle disait. Il l'emmena hors de la maison. Jude et Sheila en profitèrent pour sortir par la porte de derrière. Ils traversèrent le jardin en courant, gagnèrent une ruelle et rejoignirent l'entrée des égouts où les attendait Peter, livide d'inquiétude.

« Je croyais qu'ils vous avaient arrêtés ! lâcha-t-il dans un souffle.

– Moi aussi, marmonna Jude.

– Alors, elle a la chevalière ? » lui demanda Peter. Jude s'accroupit pour reprendre son souffle. Quant à la jeune fille, elle avait le regard vitreux, le visage écarlate.

Jude lui prit la main. « Sheila, as-tu pris la chevalière de Peter ? »

Elle hocha la tête et sortit l'anneau de sa poche. Peter s'en empara aussitôt et le fit tourner entre ses doigts.

« OK, dit-il. Pincent Pharma ? »

Jude semblait hésiter. « Sheila a été droguée, dit-il. Elle peut à peine marcher.

– Alors laissons-la ici, répondit Peter. Nous passerons la reprendre plus tard. Notre priorité est de sauver Paul.

– Paul, murmura Sheila. Oui… Sauver Paul. »

Jude examina son teint translucide, ses yeux absents, et il sentit son cœur se serrer. Il avait déjà sauvé Sheila par le passé et il était prêt à recommencer autant de fois que nécessaire. Lorsqu'elle était découragée, il la remettait sur pied. Lorsqu'elle était triste, il faisait tout pour lui remonter le moral. « Paul est une priorité, dit-il tout bas, mais Sheila l'est aussi. Elle est *ma* priorité. Ici, elle ne serait pas à l'abri.

– Elle aurait peut-être dû y penser avant de me voler ma chevalière, répondit Peter d'un ton sec. Tu aurais peut-être dû y penser avant de la laisser m'envoyer des messages, ainsi qu'à mon grand-père.

– Je t'interdis de me critiquer, rétorqua Jude. Tu coulais des jours tranquilles en Écosse à jouer les pères de famille pendant que je vivais dans des sous-sols à traquer des camions remplis de cadavres et à regarder des gens mourir.

– Et je serais encore en Écosse avec Anna et les enfants si Sheila ne m'avait pas tendu un piège pour me faire venir à Londres. »

Ils se toisèrent sans un mot pendant quelques secondes. C'est à cet instant que Sheila rouvrit les yeux.

« Richard Pincent ? ânonna-t-elle. Il est là ? Il est venu me chercher ?

– Non, Sheila, personne ne t'emmènera nulle part, répondit Jude.

– OK, soupira Peter. On la prend avec nous. Le temps qu'on arrive là-bas, elle se sentira peut-être plus en forme. D'accord ? »

Jude acquiesça. « D'accord. » Il lui tendit la main. « Et pardonne-moi. Je ne voulais pas...

– Je sais, ne t'inquiète pas, fit Peter en baissant les yeux. Moi non plus. » Ils échangèrent une poignée de main. « Alors, dis-moi, qu'est-ce qu'on fait, une fois chez Pincent Pharma ? On se pointe tranquillement et on exige la libération de Paul ?

– Grosso modo, oui », répondit Jude en haussant les épaules. Il asséna à Peter une tape dans le dos. « Mais non, rassure-toi, j'ai un plan. Je te l'expliquerai en chemin.

– Un plan ? répéta Peter, intrigué. Il y est question de tunnels, je parie ? »

Jude sourit. « On ne peut rien te cacher. Oh, et je crois que tu devrais me donner cette chevalière.

– Pourquoi ?

– C'est celle de Peter Pincent. Par conséquent, tout le monde s'attendra à ce que tu l'aies en ta possession, non ?

– Euh... j'imagine.

– Elle sera donc plus en sécurité avec moi. Tu peux me faire confiance.

– Je sais. » Peter hésita quelques secondes, puis tendit le bijou à son demi-frère. « Eh bien, c'est parti, dit-il en aidant Sheila à se relever.

– C'est bon, je m'occupe d'elle, s'empressa d'intervenir Jude en la prenant dans ses bras.

– Merci, lui murmura la jeune fille comme il emboîtait lentement le pas à Peter. Alors c'est vrai, je suis ta priorité ?

– La seule et unique, répondit Jude, les larmes aux yeux. J'ai besoin de toi, Sheila. Autant que tu as besoin de moi. Et je t'aime.

– Moi aussi, répondit-elle. Je suis désolée d'avoir volé la bague.

– Je sais.

– C'est juste que... je ne voulais pas que tu la prennes. »

Jude jeta un coup d'œil en direction de Peter, qui ne marchait qu'à deux mètres devant eux.

« Moi ? chuchota-t-il. Je n'avais aucune intention de prendre cette chevalière !

– Si. J'ai vu les messages que tu as envoyés à Peter et à Richard Pincent, dit-elle d'une voix pâteuse. Tu ne devrais pas parler à cet homme, Jude. C'est un sale type.

– Quoi ? demanda Peter en se retournant. Sheila, qu'est-ce que tu viens de dire au sujet de mon grand-père ? »

Jude baissa les yeux vers la jeune fille, mais elle s'était déjà endormie. « Rien du tout, dit-il. Vite, ne perdons pas une minute. Le temps nous est compté. »

Chapitre 21

Les arbres alentour n'avaient plus aucune feuille et le sol semblait dur et sec sous les pas de Jude. Ce paysage de désolation était celui de la mort, non de la vie. Des nuées de mouches voletaient partout, attirées par cette nouvelle terre d'abondance.

Derrière Pincent Pharma, on entendait des excavatrices creuser la terre. Mais il ne s'agissait nullement d'un chantier de construction : ici, on perçait d'immenses tranchées destinées à servir de fosses communes. Jude baissa les yeux vers Sheila, recroquevillée comme un chat parmi les branchages où ils s'étaient cachés. Elle dormait maintenant à poings fermés, le souffle léger, et l'éclat de sa peau offrait un contraste singulier avec la laideur du paysage qui les entourait.

Le cœur battant, Jude regarda Peter s'avancer vers la grille d'enceinte de Pincent Pharma. Un garde l'arrêta, le dévisagea avec curiosité et marmonna quelques mots dans son talkie-walkie. Deux minutes plus tard, il le fit entrer et un autre garde vint le chercher à la réception pour l'escorter jusqu'à l'intérieur du bâtiment. Jude vit les portes se refermer sur son demi-frère. Son plan était officiellement lancé : il était trop tard pour faire machine arrière, désormais. Trop tard pour changer d'avis et avoir des regrets.

Il se tourna à nouveau vers Sheila. Sa belle princesse capricieuse et endormie... Avec un soupir, il la secoua doucement pour la réveiller.

« Sheila ?

– Mmmmm ? » La jeune fille tourna la tête, de sorte que ses cheveux roux lui tombèrent dans le visage. « Mmmm, non... J'ai envie de dormir...

– Tu dois te réveiller. Nous allons entrer chez Pincent Pharma. »

Ces mots achevèrent de la tirer définitivement du sommeil. « Pincent Pharma ? Non. Je refuse d'y aller. » Elle se mit à frissonner, mais Jude savait que ce n'était pas à cause du froid.

« Nous n'avons pas le choix, dit-il. Ça va bien se passer. Je suis là pour te protéger. C'est promis. »

Elle ouvrit de grands yeux. « Tu comptes donner la chevalière à Richard Pincent ? C'est pour ça que tu as demandé à Peter de te la confier ? »

L'adolescent garda le silence quelques instants. Puis il lui prit la main. « Je suis désolé de ne pas t'avoir dit la vérité pour tes parents. Je les ai cherchés. Je voulais te prévenir…

– Qu'ils étaient morts ? » fit-elle en baissant la tête. Jude s'attendait à la voir pleurer d'une seconde à l'autre, et il l'attira contre lui.

« Oui. Quelques années après ton départ pour Grange Hall, déclara-t-il. Ta mère a rejoint le Réseau. Elle a suivi une formation d'infirmière ; son travail consistait à ôter les implants contraceptifs pour que les sympathisants puissent avoir des enfants. Elle a été tuée par une espionne des Autorités qui se faisait passer pour une patiente. C'était une héroïne, Sheila. »

La jeune fille hocha la tête. Un petit bruit étrange s'échappa de sa gorge.

« Et mon père ?

– C'était un Affranchi. Il est mort peu de temps après. Crise cardiaque. Je crois qu'il a eu le cœur brisé. »

Sheila renifla. « Ils m'aimaient, alors ? demanda-t-elle tout bas. Je me souviens qu'ils m'aimaient mais… à Grange Hall, ils disaient que j'avais tout inventé. Que j'étais une Surplus, que mes parents ne voulaient pas de moi…

– Oh si, ils t'ont désirée, murmura Jude. Comme je désire ta présence à mes côtés. »

Sheila le regarda droit dans les yeux. « OK, dit-elle.

– OK ?

– Oui. Je t'accompagne à l'intérieur. J'ai confiance en toi, Jude. Dis-moi ce que je dois faire, et j'obérai. »

Dans sa tête, Jude réentendit soudain la voix de Paul : *Quand tu seras prêt à prendre les rênes, tu le sauras, car les gens auront envie de te suivre.* Était-il prêt ? Prêt à affronter ce qui l'attendait ? Il mobilisa tout son courage. Si le moindre doute persistait en lui, il ne devait surtout pas le montrer à Sheila.

« Parfait, murmura-t-il. Allons-y. Fais exactement ce que je te dis, et tout se passera bien.

– Entendu », fit Sheila.

Leurs regards se croisèrent ; lentement, tendrement, il l'attira contre lui. Quand leurs lèvres se rencontrèrent, il sentit comme une décharge électrique le parcourir. L'espace d'un instant, le plan n'avait plus d'importance – plus rien ne comptait hormis sa présence ici, avec elle. Mais il savait qu'ils n'avaient pas de temps à perdre. À contrecœur, il recula son visage et lui pressa la main. Puis, avec mille précautions pour éviter de faire craquer les branchages et d'alerter les gardes, il s'avança à pas de loup vers la grille d'enceinte avant de faire signe à Sheila de le rejoindre à la porte, qu'il avait déconnectée du système de sécurité le matin même. Une fois qu'ils l'eurent atteinte, ils se pressèrent tous deux contre le mur. Jude tourna la poignée en priant pour que personne n'ait remarqué que la lumière rouge juste au-dessus de la porte était éteinte, et eut un sourire de soulagement lorsqu'elle s'ouvrit. Il prit une grande inspiration et s'engouffra à l'intérieur. Sheila le suivit.

Peter eut un mauvais pressentiment tandis qu'on le conduisait enfin vers l'ascenseur situé au fond du hall d'accueil. C'était vraiment un plan terrifiant – entrer chez Pincent Pharma et demander à voir son grand-père ! Mais ils n'avaient pas eu d'autre idée. Et Jude avait raison : si Richard Pincent avait besoin de la chevalière, Peter n'avait rien à craindre. Ils pourraient même négocier.

Le jeune homme se souvint de sa première visite en cet endroit. Il s'était efforcé de ne pas se laisser impressionner par la blancheur, la modernité et l'immensité des lieux. Aujourd'hui, la sensation qu'il éprouvait était très différente : il se sentait comme dans une gigantesque prison, le dernier bastion d'un souverain en train de perdre son empire. On ne croisait même plus de scientifiques en blouse blanche dans les couloirs ; on ne croisait plus grand monde, d'ailleurs, et les rares personnes visibles marchaient la tête baissée. Il y avait des gardes partout, et leurs uniformes gris rappelèrent à Peter la couleur des murs de Grange Hall – mornes et sans vie.

Le garde qui l'avait accueilli à la réception le fit entrer dans une petite pièce et le fouilla des pieds à la tête. Enfin, il n'allait plus tarder à se retrouver face à son grand-père, l'homme qu'il méprisait le plus au monde et auquel il aurait préféré ne jamais être lié.

L'ascenseur était bien lent – trop lent – mais ils finirent par atteindre le cinquième étage pour se retrouver sur le seuil de la suite de Richard Pincent. Le sol était recouvert d'une moquette luxueuse.

La porte de son bureau, située à quelques mètres, s'ouvrit et il apparut. Son mince sourire ne suffisait pas à faire oublier ni les cernes qui ombraient ses yeux ni ses traits fatigués.

« Peter, déclara-t-il en s'avançant vers son petit-fils.

– Je suis venu pour Paul. Je sais qu'il est ici. Je veux que tu le laisses partir. Immédiatement. Avec moi. »

Richard ne répondit pas tout de suite. Il ricana. « Et la chevalière ? J'ai cru comprendre que tu ne l'avais pas sur toi.

– Tu l'auras quand Paul sera libre, répondit Peter d'une voix légèrement tremblante.

– Donne-la-moi maintenant, sans quoi Anna mourra. C'est compris ? explosa son grand-père, le visage rouge de colère. Elle mourra et les Surplus aussi. D'une mort lente. Douloureuse. Et à laquelle tu assisteras. Ils mourront en sachant que tu ne les as pas sauvés.

– Tu ignores où se trouve Anna. N'essaie pas de me menacer, ça ne marchera pas.

– Ah oui, j'ignore où se trouvent Anna et les enfants ? » Richard eut un rictus. « Tu te trompes, Peter. C'est *toi* qui ne sais pas où ils sont. Car ils sont ici même. Derek les a ramenés. Je ne les ai découverts que ce matin... Je te laisse imaginer avec quel plaisir ! »

Il éclata de rire. Peter blêmit.

« Tu mens, marmonna-t-il. C'est faux !

– Tu es stupide », fit Richard en secouant la tête. Il s'avança pour le prendre par les épaules. « Donne-moi la chevalière, Peter. Tout de suite. »

Le jeune homme regarda farouchement droit devant lui. « Ils ne sont pas ici, répéta-t-il. Je sais que c'est faux. »

Son grand-père le relâcha. Puis il regagna son bureau et décrocha son téléphone. « Faites monter la fille. La Surplus et sa progéniture, ordonna-t-il avec une moue de dégoût avant de se tourner vers Peter. Nous verrons si tu n'as toujours rien à dire quand nous tuerons le bébé, dit-il d'un ton sinistre. Nous irons du plus petit au plus grand, qu'en penses-tu ? »

Peter avala péniblement sa salive. Sa poche contenait toujours le bip que lui avait confié Jude en cas d'alerte ; discrètement, il pressa le bouton. Jude entendrait le signal ; il interviendrait.

Je t'en prie Jude, songea-t-il. Ne me laisse pas tomber.

Jude ne remarqua pas la lumière rouge qui clignotait sur son ordinateur de poche ; il était trop occupé à chercher son chemin et à se demander à quel moment bifurquer.

Sheila et lui progressaient le long d'un immense couloir, bien trop exposés et vulnérables. Il fallait absolument qu'ils atteignent leur destination, et vite.

C'est l'odeur qui les fit s'immobiliser net. Une odeur de détergent, de sols frottés et désinfectés avec soin. Sheila se crispa sous l'effet de la peur. Jude n'avait pas eu la moindre appréhension à l'idée de revenir ici – jusqu'à maintenant. Il n'avait pas réalisé l'effet que cela lui ferait de se réintroduire chez Pincent Pharma, au cœur même de la forteresse de Richard Pincent, là où Sheila avait été enfermée. Mais cette simple odeur fit remonter une foule de souvenirs à la surface et il se rappela soudain à quel point ce lieu était dangereux et sinistre. Il prit la main de Sheila dans la sienne.

« Tu es prête ? »

Elle opina.

« OK. Par là », dit-il en désignant l'entrée d'un autre couloir.

Ils se trouvaient dans l'aile ouest du bâtiment, du côté opposé à l'endroit où il avait été enfermé un an auparavant, mais le décor était exactement le même : longs couloirs blancs sans âme, lourdes portes numérotées et aveugles, empêchant de voir ce qui se trouvait derrière. Le silence était total ; ces pièces pouvaient être pleines de gens, mais pas un son ne s'échappait. Jude pressa le pas en tirant Sheila par la main jusqu'à ce qu'ils arrivent devant la porte qu'ils cherchaient : la W576. Il tourna la poignée et ils s'engouffrèrent précipitamment à l'intérieur.

Non sans crainte, la jeune fille jeta un regard circulaire autour d'elle. Mais Jude ne s'intéressait guère à ce qui se trouvait dans la pièce ; il avait déjà levé les yeux vers la trappe d'aération du plafond. Il avait choisi cette salle parmi toutes celles du rez-de-chaussée parce qu'elle offrait l'accès le plus facile au centre de contrôle du bâtiment.

« Je vais monter, annonça-t-il à Sheila. J'ai besoin de ton aide.

– Quoi, là-haut ? » La jeune fille plissa le front.

« Oui. Je vais me faufiler dans le système d'aération pour atteindre les caméras, afin de découvrir l'endroit où se trouve Paul.

– Est-ce comme ça que... » Sheila le scruta d'un air interrogateur.

« Que je t'ai découverte ? Oui. » Il la serra contre lui. Puis il lui souleva délicatement le menton pour la regarder droit dans les yeux. « Ça ira ? J'ai besoin que tu me fasses la courte échelle. Tu n'auras qu'à m'attendre ici. Sans faire de bruit. Jusqu'à mon retour.

– Quand ? murmura Sheila.

– Bientôt. Très bientôt.

– D'accord. » Elle mit ses deux mains en position et vit qu'il semblait hésiter. « Je peux supporter ton poids, tu sais. J'ai confiance en toi. Il faut que tu aies confiance en moi.

– J'ai confiance », répondit Jude. Il posa le pied sur ses mains pour se propulser vers le plafond. Pressant d'une main contre la grille de ventilation, il y asséna un coup de poing de toutes ses forces – il n'avait pas le temps de défaire les boulons. Mais ce geste le déséquilibra légèrement et il faillit tomber. Heureusement, sa seconde tentative fut plus heureuse : la grille céda. Il n'eut qu'à la faire glisser sur le côté, et se hissa à travers l'ouverture.

« À tout de suite, princesse », murmura-t-il à Sheila avant de commencer à ramper dans les entrailles étroites et surchauffées du bâtiment. La tête baissée pour protéger ses yeux de la poussière, il s'appuyait sur les genoux et sur les coudes, grimaçant de temps à autre lorsqu'il passait sur une aspérité un peu coupante. D'après ses souvenirs, en se dirigeant vers le nord, il ne mettrait que quelques secondes à atteindre un poste de sécurité.

Et une fois là-bas... il aurait à nouveau le contrôle de la situation. Jude connaissait le système de sécurité de Pincent Pharma mieux que quiconque. Il avait sans doute été amélioré depuis son intervention, il y a un an environ, mais ça ne l'inquiétait pas le moins du monde. Aucun système n'était capable de lui résister, et celui-ci – son vieil ami – allait encore lui rendre de grands services.

Le jeune homme inspira à fond et poursuivit son trajet. Le passage était de plus en plus étroit et la poussière s'insinuait jusque dans sa bouche et sa gorge. Mais il devait continuer coûte que coûte. Il n'avait pas beaucoup de temps. Et il n'avait surtout pas droit à l'échec.

Enfin, il sentit le passage s'élargir et vit de la lumière devant lui. Avec un soupir de soulagement, il accéléra le rythme. Arrivé devant le panneau de contrôle, il sortit son ordinateur de poche, le connecta au système de vidéo-surveillance et fit défiler à toute vitesse les images retransmises par les différentes caméras : hall, couloirs, laboratoires... Le bâtiment avait l'air sinistrement désert, hormis les membres du personnel de sécurité qui patrouillaient dans les couloirs et gardaient les portes. Ils semblaient plus nombreux que les scientifiques, ces temps-ci. Jude aperçut quelques chercheurs en blouse blanche dans leur laboratoire, en train d'analyser des échantillons de pilules. L'un d'eux, une femme, affichait un comportement bizarre, complètement voûtée au-dessus de sa table de travail. En faisant un gros plan sur elle, Jude vit qu'elle avait le visage luisant de sueur. Elle se toucha la gorge et voulut boire un verre d'eau, mais celui-ci lui échappa des mains et se brisa à terre. Inquiets, ses collègues se tournèrent vers elle ; quelques instants plus tard, des gardes firent irruption dans la salle, tous équipés de masques, et l'emmenèrent. Les autres ne prononcèrent pas le moindre mot. Ils n'osèrent même pas échanger un regard. Jude sentit un frisson le parcourir.

Il se ressaisit et poursuivit ses recherches, examinant chaque pièce l'une après l'autre. La plupart d'entre elles étaient vides. Mais tout à coup, son cœur se serra. Anna... Anna était ici ! Jude n'en croyait pas ses yeux. Elle aurait dû être en Écosse. Peter l'avait laissée là-bas, à l'abri dans leur maison. Quelque chose clochait. Tremblant, Jude zooma sur son image. La jeune fille se tenait assise par terre dans un coin, un bébé et un petit enfant dans les bras. Le bébé pleurait et le visage d'Anna ruisselait de larmes. L'autre enfant ne disait rien, mais il ouvrait de grands yeux effrayés. Jude fit pivoter la caméra pour voir si quelqu'un d'autre se trouvait avec eux. Alertée par le mouvement de l'appareil, Anna leva la tête et fixa l'objectif d'un air de dégoût. Puis elle enfouit son visage dans les cheveux des petits, les serrant encore plus contre elle. La porte de sa cellule s'ouvrit et un garde entra pour la forcer à se lever.

Jude suivit la scène en direct, horrifié. Il réfléchissait à cent à l'heure. Combien d'autres secrets ces murs abritaient-ils ? Combien d'autres prisonniers ? Il continua à faire défiler les images des caméras et finit par tomber sur Sheila. Il dut se faire violence pour ne pas zoomer amoureusement sur ses taches de rousseur, ses cheveux roux, son regard effrayé dans lequel on lisait néanmoins la détermination... Il fallait qu'il se concentre. Le temps lui était compté.

Soudain, il eut un hoquet de stupeur. Son écran venait d'afficher une pièce remplie d'enfants. Suivie d'une autre. Et encore une autre. Hébété, Jude regarda des images similaires se succéder. Il n'avait jamais vu autant d'enfants réunis. Il devait y en avoir des centaines – dix, vingt par cellule –, pelotonnés les uns contre les autres pour se réconforter, chaque pièce équipée de toilettes rudimentaires dans un coin et d'un seau contenant de quoi manger dans un autre. Comme dans une étable, songea Jude. Or les étables étaient conçues dans un but précis. À quoi destinait-on ces enfants ? Quel sort sinistre Richard Pincent leur avait-il réservé ? Jude plissa les yeux. Quelles que soient ses intentions maléfiques, elles n'aboutiraient pas. Il y veillerait personnellement. Glissant sa main dans sa poche, il en ressortit la chevalière – objet des convoitises de Richard Pincent. Il l'examina un moment... et la glissa sous sa langue.

Cette folie devait finir, songea-t-il.

Tout allait changer.

« Mama ! Mama Nana ! Veux rentrer maison. Veux rentrer maison, Mama Nana. »

Anna pressa la main de son petit frère et le serra contre elle. « Bientôt, mon chéri », murmura-t-elle.

Au moins, Molly avait fini par s'endormir. Au moins, sa fille n'avait pas à fixer ce mur gris. Dire qu'elle était de retour à Pincent Pharma... Même les yeux bandés, elle reconnaîtrait cet endroit. Tout ce qu'elle craignait, tout ce qu'elle redoutait, tout ce qu'elle avait désespérément essayé de fuir se trouvait ici. C'était arrivé : son pire cauchemar s'était réalisé. Pourtant, elle se sentait étrangement calme.

Soudain, la porte s'ouvrit. Anna resserra son étreinte autour de Ben, qui leva vers elle de grands yeux pleins d'espoir. « Maison ? dit-il. Rentrer maison ?

– Maison ? s'esclaffa l'homme qui venait d'entrer. Non, vous venez avec moi », ordonna-t-il en saisissant Anna et en détournant le regard pour éviter de regarder les enfants. La jeune fille réussit à caler Molly contre elle et à prendre la main de Ben. « Je marcherais plus facilement si vous ne me reteniez pas comme ça, dit-elle d'un ton sec. Ce n'est pas comme si on allait s'enfuir. Vous avez vu les jambes de mon petit frère ? »

Le garde jeta un regard maussade en direction de l'enfant, avant de hausser les épaules. « Comme tu voudras. Mais si tu fais l'idiote, tu le regretteras tout de suite... vu ?

– Où allons-nous ?

– Ça ne te regarde pas. Contente-toi de me suivre.

– Teter ? demanda Ben. Teter est là ? »

Anna secoua la tête. « Non, Ben. Peter n'est pas là. Il est avec les gens qui vont détruire cet endroit. Il va venir nous sauver. Ne t'inquiète pas. » Elle parlait à voix haute ; elle voulait que le garde entende qu'elle n'avait pas peur. Et que Ben aussi le sache.

« Peter ? C'est l'autre, n'est-ce pas ? demanda le garde en faisant volte-face. Celui qui est là-haut ? » Il rit à nouveau. « Ce petit morveux a raison. Il est bien ici. »

Anna sentit son cœur s'emballer. « Ici ? lâcha-t-elle dans un souffle. Non, vous vous trompez. Il n'est pas là. Il est...

– Prisonnier, comme les autres », répondit le garde d'un ton triomphal. Il s'arrêta et se pencha vers Ben, si bien que son visage n'était plus qu'à quelques centimètres de celui de l'enfant. « Ton Peter est un imbécile, dit-il avec un rictus. Il n'est pas courageux, juste idiot. Comme ta maman. Tu devrais trembler de peur, mon petit, parce que la suite ne va pas être jolie jolie pour toi. Oh, ça non ! »

Ben ouvrit de grands yeux et Anna l'écarta du garde. « Je suis sa sœur, pas sa mère, lâcha-t-elle avec colère. Et Peter est très courageux. C'est même la personne la plus courageuse que je connaisse. S'il est là, c'est une excellente nouvelle. C'est vous qui devriez avoir peur, pas nous. »

Elle avait dit cela uniquement pour rassurer Ben, mais elle réalisa qu'elle pensait chacun des mots qu'elle venait de prononcer. Elle n'avait pas peur. Ni pour elle ni pour les petits. Parce qu'elle avait affronté ses pires cauchemars et qu'elle était toujours en vie – les enfants aussi. « Si nous allons voir Richard Pincent, est-il possible de marcher un peu plus vite ? lança-t-elle sèchement au garde. J'ai deux ou trois choses à lui dire. »

L'homme ouvrit la bouche pour lui répondre, puis parut changer d'avis. Sans un mot, il accéléra l'allure. Anna prit son frère dans ses bras et, les deux enfants pressés contre elle, lui emboîta le pas.

Peter priait en silence pour que Jude se dépêche. Sans la chevalière, il n'avait rien à offrir pour qu'Anna garde la vie sauve. Il pouvait toujours essayer de gagner du temps, mais cela ne durerait pas éternellement.

Son grand-père faisait les cent pas dans son bureau, le front ruisselant de sueur.

« Pourquoi as-tu besoin de cette chevalière ? lui demanda Peter. Que comptes-tu faire avec ?

– Ce que je compte faire avec ? » Richard le toisa avec colère. « Cet objet devrait être en ma possession depuis des années. » Il vacilla légèrement et se retint au rebord de son bureau. Puis il se servit un verre d'eau qu'il but d'un trait, sans quitter Peter des yeux. Après quoi il décrocha son téléphone.

« Où est la fille ? Elle devrait déjà être ici. Et apportez-moi une autre carafe d'eau. »

Il se tourna vers son petit-fils, presque surpris de le trouver là. Il avait le regard vitreux, troublé. « De l'eau, haleta-t-il. Vite, apportez-moi à boire ! »

Peter le dévisagea, d'abord interloqué, puis il en profita pour se jeter sur lui et le plaquer à terre. C'était le moment ou jamais, réalisa-t-il. Il saisit un câble informatique et s'en servit pour ligoter son grand-père. Ce n'était pas du solide, mais cela suffirait. Ensuite, il sortirait de cette pièce pour se lancer à la recherche d'Anna, et ils s'évaderaient ensemble. Plus rien d'autre n'avait d'importance.

Les yeux révulsés de rage, Richard Pincent se débattait en vain tout en continuant à réclamer de l'eau.

Peter ne l'écoutait pas. Il s'élança vers la sortie. Son intention était de prendre par surprise le garde qui escortait Anna. Il le désarmerait et...

Mais, à la seconde où il atteignit la porte, celle-ci s'ouvrit, le bousculant violemment sur le côté, et une femme en tailleur bleu pâle fit son entrée dans la pièce. Lourdement maquillée, le regard vide, Hillary Wright portait une carafe d'eau. Apercevant soudain Peter, puis Richard ligoté, elle revint sur ses pas pour appeler un garde, qui s'empara aussitôt du jeune homme. Puis elle posa la carafe d'eau sur le bureau de Richard. « Votre secrétaire m'a chargée de vous apporter ceci, lui dit-elle. Maintenant, vous pourriez peut-être m'expliquer ce qui se passe. »

Jude se replongea dans les images de vidéosurveillance. Il avait encore une personne à trouver – une dernière croix à inscrire mentalement sur le plan du bâtiment qu'il connaissait par cœur. Il passa fébrilement en revue les caméras du premier étage, puis des deuxième et troisième niveaux. D'ici, il lui était impossible d'accéder à la caméra du bureau de Richard Pincent. Et Peter qui devait l'attendre, se demander ce qu'il fabriquait... S'il savait qu'Anna était là ! songea-t-il. Mais ce n'était pas le moment de penser à cela. Il devait rester concentré.

Enfin, il trouva ce qu'il cherchait : dans une petite cellule équipée d'un sommier sans matelas était assis un homme frêle aux traits calmes, parfaitement immobiles. Seuls ses yeux semblaient animés d'une intensité particulière, et Jude fut malgré lui hypnotisé par leur éclat bleu vif. Paul avait pris un coup de vieux. L'avait-on privé de ses doses de Longévité ? Bien sûr que oui. Il avait les cheveux blancs, désormais, la peau sèche et pâle, mais sa mâchoire exprimait toujours la même détermination. De toute évidence, c'était un homme qui n'avait pas renoncé.

Quelque chose bougea dans un coin de l'écran. La porte de la pièce s'ouvrit, et Jude sursauta en voyant entrer son vieil adversaire. Derek Samuels. L'homme qui n'aurait pas hésité à le tuer s'il avait pu le faire. Jude sentit les poils de sa nuque se dresser. Allait-il passer Paul à tabac ? Jude serait-il contraint de regarder le leader du Réseau se faire interroger sous la torture ? Serait-il capable de les sauver avant que...

Mais, en observant l'écran, le jeune homme n'en crut pas ses yeux. Derek s'avança vers Paul d'une manière qui n'avait rien de menaçant. Bien au contraire. Il posa même sa main sur son épaule – geste on ne peut plus anodin, mais dont la signification amicale ne faisait aucun doute. Paul se leva, les traits graves. Il opina, et Derek lui sourit.

Jude frissonna. Ce sourire... Il s'en souvenait encore. C'était le rictus d'un homme cruel. Celui du diable en personne.

Il ferma les yeux. Il avait besoin de réfléchir à ce qu'il venait de voir. Il n'y comprenait plus rien. Cela devait faire partie du plan, n'est-ce pas ? Mais comment ?

C'était Paul qui l'avait fait venir jusqu'ici. C'était lui, l'auteur de ces messages anonymes envoyés à Richard et à Peter, rédigés dans un style amateur pour faire croire qu'ils étaient signés de la main de Sheila. Paul savait que Jude soupçonnerait la jeune fille, mais qu'il ferait tout pour la protéger. Mais, quand Sheila lui avait dit qu'elle était là pour le protéger, Jude avait deviné l'identité du vrai coupable. Et il avait également su d'instinct que c'était à lui de prendre la relève, de finir ce qui était commencé, même si la marche à suivre ne lui semblait pas très claire et s'il ne connaissait pas encore toutes les règles du jeu.

La fameuse fable du lion et du rat – celle dans laquelle le lion pourchassait aveuglément sa propre queue, permettant au rat de s'échapper... Jude avait toujours cru que Richard Pincent incarnait le lion, que Paul et lui faisaient office de rats, que Peter maîtrisait parfaitement la situation et que tout le reste n'était qu'une diversion, un écran de fumée. Mais il avait dû se tromper. Négliger ou mal interpréter un détail... Lequel ?

Jude se concentra de toutes ses forces. Il savait qu'il n'avait rien oublié, rien négligé. Mais alors cela voulait dire que Paul... Cela voulait forcément dire que Paul avait menti. Qu'il était *de l'autre côté*.

À l'instant où il formula cette pensée, il la rejeta en bloc. Mais il savait aussi qu'il ne pouvait tirer aucune conclusion sans entendre ce que Paul et Derek se disaient. Il sortit fébrilement son terminal de poche et le connecta au réseau de vidéosurveillance. Les gouttes de sueur qui lui tombaient du front rendaient ses doigts glissants et maladroits, mais il parvint tant bien que mal à brancher les fils. Ce faisant, il vit une lumière rouge clignoter sur son écran et comprit que Peter avait besoin de lui. Mais il devrait attendre.

« Ils sont en bas, disait Derek.

– Tous ? » lui demanda Paul.

Le chef de la Sécurité acquiesça. « Ils ne peuvent pas rester là-bas trop longtemps. C'est répugnant. Rien que l'odeur... »

Paul parut réfléchir un moment. « Et Anna ?

– C'est bon, il l'a retrouvée. Elle est en train de monter. Pour rejoindre Peter.

– Est-ce qu'il a la chevalière ?

– Non, fit Derek. Il a été fouillé à l'entrée. C'est l'autre garçon qui l'a. Jude. Il se cache avec l'autre fille dans l'aile ouest. »

Les yeux de Paul s'illuminèrent. « Je savais que je pouvais compter sur lui pour ramener tout le monde ici. Le plan se déroule à merveille, Derek. L'espace d'un instant, j'étais inquiet.

– Moi aussi. » Derek sourit.

« Alors, l'heure est venue, n'est-ce pas ?

– En effet. »

Il tendit la main à Paul pour l'aider à se lever. Jude était tellement sous le choc qu'il en avait le souffle coupé. C'était donc le plan de Paul, depuis le début ? Le Réseau lui avait servi de lion ? Ou bien était-ce Jude, tournant bêtement en rond tandis que Paul travaillait secrètement avec Derek Samuels pour les livrer tous à Richard Pincent ? Ils étaient tous là : Peter, Anna, les Surplus. Il n'y avait plus aucune échappatoire possible...

Excepté une, songea Jude, un sourire au coin des lèvres. Il était encore en possession de la chevalière. Il fallait absolument qu'il sorte d'ici. Une fois dehors, il exigerait la libération de ses amis et Richard Pincent serait bien obligé de négocier. Désemparé, le jeune homme débrancha son mini-ordinateur et repartit en rampant dans le tunnel pour rejoindre Sheila. C'était lui qui l'avait fait venir jusqu'ici. Il lui avait promis de la protéger, et il tiendrait parole.

Apercevant enfin l'ouverture à quelques mètres devant lui, il se dépêcha de l'atteindre. Arrivé au-dessus de la trappe, il plongea son regard en contrebas et vit le visage anxieux de Sheila levé vers le sien.

« Sheila, murmura-t-il, il faut qu'on sorte de là. Immédiatement ! »

Mais la jeune fille ne disait rien ; elle disparut de son champ de vision, aussitôt remplacée par un garde. Avant que Jude ne puisse réagir, deux bras puissants le délogèrent du plafond pour le faire descendre à terre.

« Pardonne-moi, sanglotait Sheila. Il est entré dans la pièce. Il a vu la trappe ouverte. Je suis désolée, Jude. Il a menacé de... Il m'a dit qu'il...

– Ne t'inquiète pas », lui répondit le jeune homme. Puis, baissant la tête : « Ça n'a plus d'importance. Tout est fini. »

Chapitre 22

Jude avait la nausée. Il avançait le long du couloir, poussé par le garde, et se sentait vide, écœuré. Tout le monde était venu ici à cause de lui. Parce qu'il croyait savoir. Parce qu'il s'était cru prêt à jouer les meneurs.

Or il n'était prêt à rien du tout. Il marchait les yeux baissés, incapable de regarder en direction de Sheila. Incapable de lui offrir le moindre espoir ni le moindre réconfort.

Il trébucha et le garde, qui marchait derrière, lui asséna un coup dans le dos en lui aboyant de faire attention. Puis il sortit son talkie-walkie. « Mr Samuels ? Oui, monsieur. Je les ai. Le garçon et la fille. Nous sommes dans le couloir W3. » Il écouta les instructions. « Bien, monsieur », dit-il avant de ranger son appareil. Sheila gémissait ; Jude aurait voulu faire un geste pour la rassurer, mais il savait que c'était impossible. Il avait échoué. À quoi bon jouer la comédie ?

Un autre garde surgit devant eux et les détailla d'un air sceptique.

« Je les emmène jusqu'à la salle W467, expliqua le premier garde. Ordre de Mr Samuels. »

Le second secoua la tête. « Hillary Wright est ici. Elle a ordonné que tous les gardes opèrent désormais sous son contrôle direct. Je vais devoir passer un appel.

– Sous son contrôle direct ? demanda le premier garde. Depuis quand obéit-on aux ordres de la Secrétaire générale, ici ?

– Depuis maintenant, répondit l'autre.

– Eh bien, je vais appeler Mr Samuels. » Jude vit l'homme remettre son arme dans son holster. « On va bien voir ce qu'il en pense.

– Tu ne comprends pas », rétorqua son collègue. Plus d'arme, songea Jude. Peut-être en avait-il une autre accrochée à sa cheville. Mais il n'aurait pas le temps de s'en saisir. Il coula un regard furtif en direction de Sheila. C'était le moment ou jamais, non ? Même s'ils mouraient en tentant de s'évader. Cela valait peut-être mieux que le sort qui les attendait. « Peu m'importe ce qu'il pense, poursuivit le second garde. C'est elle qui commande, à présent. Elle est dans le bureau de Mr Pincent. Elle... »

Jude saisit sa chance. Attrapant Sheila par le bras, il s'élança dans le couloir. Au bout de plusieurs mètres, ils bifurquèrent et prirent la direction de la sortie ouest. Derrière eux, les gardes s'étaient lancés à leur poursuite en vociférant et en menaçant de leur tirer dessus. Mais Jude continua à courir, le cœur battant. Il n'avait besoin que de quelques minutes. Il lui suffirait de verrouiller le système, ce qui provoquerait le blocage des portes et l'extinction des caméras. Il n'était pas trop tard pour faire sortir Sheila d'ici et libérer les autres. Les choses ne pouvaient pas se terminer comme ça. Il ne pouvait pas être un raté, un loser qui avait entraîné Peter, Sheila, Anna et les enfants dans un piège mortel. Pas sans se battre une dernière fois. Pas sans…

« Arrêtez ou nous tirons ! »

Jude se figea net et se jeta à terre. Il entendit Sheila hurler. Une déflagration épouvantable lui déchira les tympans. Un tir d'arme à feu. Aussitôt suivi d'un autre. *Boom !* Jude palpa sa poitrine. Il n'avait rien… mais Sheila ? Avaient-ils touché Sheila ? Lorsqu'il ouvrit la bouche, un son étrange, à peine humain, en sortit. Il prit la jeune fille par la main pour l'attirer vers lui. « Non, Sheila, non !

– Elle n'est pas blessée, Jude. »

Une voix. Familière. Une voix qui lui avait jadis inspiré confiance. Il leva les yeux. Paul et Derek Samuels avançaient vers eux. Jude se tourna sur le flanc, tenta de se mouvoir. Sur le sol, à quelques mètres, gisaient les deux gardes dans une mare de sang. Jude sentit sa poitrine se serrer.

« Toi, lança-t-il à Paul d'un ton rauque. C'était toi. Tu as fait venir Peter. Tu as parlé de la chevalière à Richard.

– En effet, répondit Paul en plongeant ses yeux bleu vif dans les siens. Et tu es venu, Jude. Je savais que tu viendrais. Donne-moi la chevalière, je te prie. »

Derek le tenait en joue avec son arme. Jude jeta un regard désespéré autour de lui, mais il n'y avait aucune fuite possible. Nulle part où se cacher. À contrecœur, il sortit la chevalière de sa bouche.

« Tu savais que je ferais venir Peter et Sheila, dit-il. Comme des agneaux qu'on mène à l'abattoir. Jusqu'à *lui.* » Il darda un regard noir sur Derek Samuels. « Ce monstre. Ton ami. »

Paul examina la chevalière, les yeux brillants, et la glissa à son index. « Un monstre, répéta-t-il d'un air pensif. Oui, on peut dire ça, j'imagine. Mais après tout... »

Il tendit la main à Jude pour l'aider à se relever. Mais le jeune homme l'ignora et se tourna vers Sheila, qui ne parvenait pas à détacher son regard horrifié du leader du Réseau.

« Le moment est venu, déclara ce dernier. La vérité doit éclater. Seras-tu des nôtres ?

– Jamais, grogna Jude. Je croyais en toi. Tout le monde croyait en toi... »

Paul eut un petit sourire triste. « Oui, je sais. » Puis il se tourna vers Derek. « Emmenez-les, s'il vous plaît. »

Le chef de la Sécurité le regarda longuement, sans rien dire. Puis il s'avança rapidement vers Jude et Sheila et, les prenant chacun par un bras, les poussa dans le couloir jusqu'à l'ascenseur.

Chapitre 23

Le silence dans la cabine était chargé d'électricité. En quelques secondes, Derek, Jude et Sheila atteignirent le cinquième étage et la suite de Richard Pincent. Jude avait l'impression de s'être fait rouer de coups, encore et encore. Paul avait été pour lui comme un père de substitution. Dire qu'il n'avait eu de cesse de chercher à gagner son respect, à lui prouver sa valeur… Et tout ça pour quoi ? Paul était-il l'agent de Derek depuis le début, chargé de former un mouvement de résistance pour s'assurer que tous les rebelles et les opposants au système puissent être identifiés, contrôlés et maintenus à l'écart ?

Il ne pouvait y croire. Il n'y croyait toujours pas. Alors même que Paul marchait devant lui et que Derek les poussait brutalement dans le couloir vers le bureau de Richard, Jude continuait à guetter un signe quelconque – n'importe lequel – susceptible de lui prouver que tout cela n'était qu'une mise en scène. Que Paul jouait la comédie et qu'il y avait un sens à tout cela.

Mais Paul marcha devant en lui tournant le dos tout au long du trajet ; il marchait à pas lents, tel un vieil homme. Jude le haïssait comme il n'avait jamais haï personne – même Richard Pincent. Parce que Richard Pincent n'avait jamais prétendu être ce qu'il n'était pas. Parce qu'il n'avait jamais cherché à gagner l'amour de Jude avant de le lui renvoyer en pleine figure.

Une fois arrivé devant le bureau, Paul s'écarta pour laisser passer Derek, qui frappa à la porte avant d'entrer. Affalé sur son fauteuil, Richard Pincent affichait une mine effroyable : sa peau avait pris une étrange nuance verdâtre et ses yeux étaient révulsés. En voyant son chef de la Sécurité, il se leva et sourit.

« Derek. Vous avez les Surplus ? » Apercevant soudain Jude et Sheila, il plissa le front, puis son regard s'illumina. « Vous avez ces deux-là aussi ? Tu vois, Peter ! Il ne reste plus personne, à présent. »

Le jeune homme blêmit à la vue de ses deux camarades poussés de force dans le bureau. Quand Sheila trébucha et tomba par terre, il lui tendit aussitôt la main pour l'aider à se relever. Mais elle refusa son geste, se roula en boule et enfouit la tête entre ses genoux. Peter lança un œil interrogateur à son demi-frère, mais ce dernier évitait soigneusement son regard ; il n'avait rien à exprimer d'autre que son désespoir.

On frappa à la porte. Un autre garde entra avec une nouvelle livraison de prisonniers : cette fois, il s'agissait d'Anna et des petits. Jude tressaillit en la voyant entrer. Son regard douloureux l'atteignit en plein cœur. Apercevant Peter, la jeune fille s'avança vers lui avec les enfants en vacillant sur ses jambes. Ben tendit aussitôt les bras vers Peter, qui les enlaça tous les trois en un moment d'intenses retrouvailles silencieuses qui remplit Jude à la fois d'émerveillement et de jalousie.

« Pardonne-moi, chuchota Peter.

– Ce n'est pas ta faute, lui répondit Anna. C'est *lui* le coupable. »

Elle se tourna vers Richard, qui fit péniblement un pas en avant. « La chevalière, lança-t-il à Derek. Vous l'avez ? »

Ce dernier la prit des mains de Paul pour la donner à son patron. « Tenez. »

Richard contempla le bijou et lâcha un profond soupir de satisfaction.

« Oui, murmura-t-il. Oui... »

Il ne pouvait détacher son regard de l'anneau, qu'il faisait amoureusement tourner entre ses doigts. « Mais... où diable est la formule ? » Il fronça les sourcils, puis haussa les épaules et pressa un bouton sur son bureau ; quelques secondes plus tard, un homme en blouse blanche entra dans la pièce.

« Tenez, lui dit Richard en lui confiant la chevalière. La formule est contenue là-dedans. Trouvez-la. Reproduisez-la. Rebootez le système. Je veux des résultats au plus vite. »

L'homme opina d'un air fébrile et repartit. Richard se tourna vers Derek.

« Bon travail, mon cher. Parfait. »

Derek eut un petit sourire suave.

« Comment cela, bon travail ? demanda soudain Hillary, sortant de sa stupeur. Richard, vous voulez bien m'expliquer ce qui se passe ? D'où sort cette chevalière ? Que font tous ces gens dans votre bureau ?

– La chevalière ? ricana Richard. C'est la réponse à toutes nos questions, Hillary. Nous allons renaître.

– Renaître ? Mais enfin, qu'est-ce que vous racontez ? »

Elle scrutait Richard d'un œil perçant, mais celui-ci ne l'écoutait déjà plus. Il s'était versé un grand verre d'eau qu'il avala d'un trait avant de se resservir aussitôt.

De nouveaux coups retentirent à la porte, et tout le monde se retourna. C'était le scientifique. « Mr Pincent... balbutia-t-il. Nous avons examiné ce bijou. Aucune formule n'est inscrite dessus, monsieur. Il n'y a que les initiales AF, et une fleur rudimentaire gravée sur le chaton. »

Richard le foudroya du regard. « Vérifiez encore. Je sais que la formule y figure.

– Vraiment ? » prononça Paul tout bas. Personne ne semblait l'avoir entendu excepté Jude, qui se figea net. Un changement s'était opéré dans la voix de Paul. Comme une nuance imperceptible...

« Mais nous l'avons examiné sous tous les angles, insista le scientifique. Il n'y a rien dessus, monsieur. Rien qui puisse suggérer une formule d'aucune sorte.

– Formule ? intervint Hillary. Quelle formule ?

– Eh bien, recommencez ! vociféra Richard en ignorant la question d'Hillary. Vérifiez encore et encore et encore ! Elle y est. Je le sais !

– Vous ne savez rien, Richard. » À nouveau la voix de Paul. À nouveau différente. Cette fois, Richard l'entendit et se tourna vers lui, intrigué.

« Vous, lâcha-t-il avec dégoût. Paul. Quel nom démodé... »

Il s'adressa à Derek. « N'avez-vous pas torturé cet homme ? Comment se fait-il qu'il soit encore capable de parler ? De tenir debout ? » À ces mots, il vacilla et dut se retenir à son bureau.

« Paul n'est pas mon vrai nom. Mais vous le saviez déjà.

– Je me fiche pas mal de votre vrai nom, rétorqua Richard. Tout ce qui m'intéresse, c'est de vous voir souffrir. »

Jude frissonna. Il avait la chair de poule. Peter avait gardé les bras serrés autour d'Anna et des enfants. Quant à Sheila, toujours recroquevillée par terre, elle se balançait d'avant en arrière. Mais Jude sentit comme un courant électrique qui venait d'envahir la pièce et qu'il était le seul à percevoir. Lui, et Paul. Il n'y comprenait rien, mais il savait que la tempête était imminente. Que la foudre n'allait pas tarder à tomber.

« J'ai beaucoup souffert, déclara Paul. Pendant des années. Trop longtemps.

– Vous avez souffert ? » répéta Hillary d'une voix haut perchée en le toisant avec dédain. « Vous avez assassiné des gens. Vous êtes un terroriste de la pire espèce. Vous êtes méprisable. Richard a raison : vous méritez seulement de souffrir. »

Paul opina lentement. « Je partage entièrement votre avis, dit-il d'une voix douce et hypnotique, mais pas pour les mêmes raisons. » Il se tourna vers Richard. « La chevalière. Ce n'est pas ce que vous croyez. Ce n'est pas le cercle éternel de la vie. Vous avez poursuivi une chimère, tel le lion courant après sa propre queue. Il n'y a aucune formule magique à retrouver. »

Richard écarquilla les yeux. Il était cramoisi de colère. « Vous osez me parler sur ce ton ? vociféra-t-il. Vous ne savez rien. Vous n'êtes qu'un ignorant et un criminel. » Il fusilla du regard l'homme en blouse blanche. « Je croyais vous avoir ordonné de continuer vos recherches ! Je croyais vous avoir dit de...

– Le cercle éternel de la vie est celui de la vie et de la mort, Richard. Voilà ce qui doit être protégé. Ce sur quoi je me suis efforcé de veiller tout au long de mon existence : le cercle de la vie et de la mort. Je savais que les effets de la Longévité finiraient par cesser. L'homme peut interrompre le cours de la Nature – nous savons construire des barrages, fabriquer des médicaments, ériger des ponts, des maisons… Mais tout cela n'est que provisoire. La Nature finit par reprendre ses droits. La mauvaise herbe viendra toujours à bout du béton, Richard. Ce virus, cette épidémie qui ravage le monde, n'est pas lié au fait que la Longévité a été copiée. C'est juste la Nature qui reprend le dessus. La Longévité n'a pas évolué ; la Nature, elle, s'est modifiée, adaptée au fil des décennies. Elle a gagné, Richard. Je l'ai toujours su.

– Copiée ? répéta Hillary, médusée. Que voulez-vous dire ?

– La Longévité n'a pas été contaminée, expliqua Paul. Elle est simplement arrivée au bout de son programme.

– Comment osez-vous dire une chose pareille ? rugit Richard. Comment…

– Vous savez qui je suis, Richard », déclara Paul en s'avançant vers lui. Il jeta au passage un coup d'œil en direction de Jude, comme pour lui adresser un message silencieux qui remplit aussitôt le jeune homme de la rassurante certitude qu'il n'avait pas été trahi. « Vous reconnaissez ma voix, poursuivit Paul. Vous vous efforcez de trouver une explication, de vous dire que votre mémoire vous joue des tours... Mais vous savez que c'est moi.

– J'ignore de quoi vous parlez, espèce de fou. Vous...

– La chevalière n'a jamais contenu la moindre formule, l'interrompit tranquillement Paul. C'était une quête perdue d'avance – une chimère pour vous distraire pendant que votre empire s'effondrait. » Il continuait à s'avancer vers Richard. « Et même si cette formule existait, elle ne vous serait d'aucun secours. La Longévité n'est plus en mesure de combattre le virus. Votre règne est terminé. »

Richard secoua désespérément la tête en examinant Paul comme s'il le voyait pour la première fois. Comme s'il était surpris de se trouver dans la même pièce que lui.

« Vérifiez encore l'anneau, suppliait-il. Il doit y avoir un signe...

– C'est fini, Richard. Vous le savez très bien. Vous ne pouvez plus mentir. Cela ne servirait plus à rien.

– Qu'est-ce qui est fini ? s'enquit Hillary en regardant Richard. De quoi parle-t-il ? »

Mais Richard ne semblait pas l'entendre. Il fit un pas vers Paul, comme hypnotisé. La peur se lisait sur son visage. « Ces yeux, murmura-t-il. Ces yeux...

– C'est la seule partie du corps pour laquelle la chirurgie esthétique est impuissante, répondit Paul en souriant. On peut remodeler une mâchoire, un nez, un menton, des pommettes... mais jamais les yeux. Je les aime assez, de toute manière.

– Non ! s'écria Richard en tremblant. Non, c'est impossible... Vous êtes mort ! » Il se tourna vers son chef de la Sécurité. « Il est mort. Vous l'avez exécuté !

– Qui est mort ? voulut savoir Hillary. De qui parlez-vous ? »

Richard semblait sur le point de répondre, mais il se tut. Il avait les yeux rivés sur Paul comme s'il voyait un fantôme.

« Albert Fern ! murmura-t-il.

– Bonjour, Richard », fit Paul. Son sourire se dissipa. « J'espère que je vous ai manqué. »

Chapitre 24

L'espace d'un instant, le monde sembla en suspens. Le silence s'abattit sur la pièce et plus personne n'osa bouger. Alors, soudain, Richard se jeta sur Peter, lui arracha Molly des bras et la brandit au-dessus de sa tête. « Donnez-moi la formule, espèce d'ordure ! hurla-t-il. Donnez-la-moi maintenant ou cette sale morveuse y passera ! Tout le monde mourra ! »

Les hurlements du bébé emplirent la pièce. Anna dévisagea Richard, frappée d'horreur, avant de se ruer sur lui pour le mordre et le frapper comme un animal sauvage. « Rendez-moi ma fille, vous m'entendez ! »

Richard tomba à genoux. Peter en profita pour récupérer Molly, mais Anna continua à s'acharner sur le directeur de Pincent Pharma jusqu'à ce que son compagnon parvienne à la calmer.

« Derek, hoqueta Richard. Tuez-les tous ! Faites quelque chose ! »

Le chef de la Sécurité se tourna lentement vers son patron avant de secouer la tête.

« Derek, insista Richard d'une voix étranglée. Ne faites pas ça. Pas maintenant. Nous tenons Albert. Il nous donnera la formule. Nous pourrons à nouveau dominer le monde, Derek. Vous et moi. Tout est possible… je le sais !

– Non », fit Derek. Il s'appuya au bord du bureau de son patron. Puis il inspira à fond et prit son front entre ses mains.

« Il est malade, s'écria Hillary. Gardes, il… »

Mais, avant que la Secrétaire générale ait terminé sa phrase, Derek se redressa.

« Cela dure depuis si longtemps, murmura-t-il. Trop longtemps…

– De quoi parlez-vous ? siffla Richard.

– Je fais tout cela depuis si longtemps que je ne sais même plus qui je suis, dit Derek en regardant autour de lui comme pour interroger les autres. Qui suis-je ?

– Vous savez qui vous êtes, lui répondit Paul. Vous le savez très bien, Derek.

– J'ai du mal à suivre, intervint Jude, mais je voudrais comprendre. Vous… Tu es… Albert Fern ? » demanda-t-il à Paul, incrédule.

Ce dernier confirma d'un hochement de tête.

« L'inventeur de la Longévité ?

– Non ! protesta Richard. Non. Derek, tuez-le ! Albert Fern est mort !

– Faux, répondit Derek. Albert Fern n'est pas mort, Richard. Je ne l'ai pas tué. »

Un silence stupéfait s'installa à nouveau dans la pièce.

« Il n'a pas pu se résoudre à le faire », expliqua Paul. Il se dirigea vers la fenêtre et se tourna vers Jude. « Derek avait tout compris. Richard l'avait payé pour me tuer, mais ce n'était pas un assassin. C'était un simple garde. Un homme comme les autres, doué d'une conscience. Intelligent et courageux. Un homme capable de voir, comme moi, qu'il était trop tard pour arrêter Richard, que le processus était déjà lancé, mais que, quoi qu'il arrive, il fallait protéger le cercle de la vie. Quelle que soit la vision du monde que voulait imposer Richard, les enfants devaient continuer à naître en prévision de ce jour, afin que tout ne soit pas perdu. Les êtres humains sont des animaux destructeurs, Jude, mais ils possèdent également la sagesse. L'humanité ne pouvait pas accepter de s'éteindre pour satisfaire les caprices d'un seul homme. »

Jude tremblait. Les larmes lui montèrent aux yeux. « Je savais que tu étais l'auteur des messages adressés à Richard. Au début, j'ai cru que c'était Sheila, mais elle était partie rejoindre ses parents. Et elle croyait que c'était *moi* qui les avais écrits. C'est là que j'ai compris... » Il se tourna vers elle d'un air implorant. Lentement, elle se releva et lui tendit la main.

« Tu as compris ce que je t'avais toujours encouragé à penser, déclara Paul. Pardonne-moi, Jude. Je ne pouvais pas te mettre dans la confidence. L'enjeu était trop grave. Nous touchions au but. Il fallait que j'occupe Richard pendant que Derek et moi mettions notre plan en place.

– C'est donc toi qui m'as envoyé ce message ? demanda Peter. Toi qui les as laissés emmener Anna ? »

Paul acquiesça. « Je ne pensais pas que tu viendrais à Londres. Quand nous l'avons découvert... Nous savions qu'Anna courait un grand danger. Qu'il fallait intervenir avant les autres.

– Mais elle a été emmenée par ces hommes... poursuivit Peter en secouant la tête.

– Des complices de Derek, rectifia Paul. Je comprends ta colère, Peter, mais nous n'avions pas le choix. Nous devions veiller sur votre sécurité. Nous n'avions pas prévu que les événements prendraient une telle tournure : les attaques contre le Réseau, Richard qui lorgnait vers votre cachette... Je ne pouvais pas courir ce risque. Notre plan tout entier allait capoter. Pincent Pharma est le bâtiment le mieux protégé au monde. Ce n'est pas un refuge très hospitalier, mais c'était un endroit sûr pour cacher les enfants. »

Jude venait de comprendre. « Les Surplus... C'est toi qui les as fait venir ici ?

– Oui. Dans les Foyers, la foule s'en serait prise à eux. Nous n'avions pas prévu que les Autorités feraient porter le chapeau au Réseau. Ça a tout changé.

– Mais... et Derek ? demanda Jude. Il a essayé de me tuer. Il était prêt à tous nous faire abattre.

– Tu te trompes », répondit Paul.

Derek leva les yeux, embarrassé. « Je suis désolé, dit-il en joignant les mains. Il fallait que je le fasse. Nous nous étions mis d'accord, Paul et moi. Tout ce qui comptait, c'était notre objectif final. Le cercle éternel de la vie.

– Et ça comptait plus que *nous* ? » lança sèchement Jude.

Paul secoua la tête. « Tu *es* le cercle éternel de la vie, Jude. Toi, Peter, Anna, Sheila et les enfants. Surtout les enfants. Vous êtes le véritable renouveau. La Longévité menaçait de briser ce cycle ; nous devions à tout prix le maintenir.

– La Longévité permet à la race humaine de vivre pour toujours », grogna Richard, gisant toujours à terre sur la moquette de son bureau. Il s'agrippait la gorge, pris de convulsions.

« Non, répondit Paul. Pas pour toujours. La vie est un élément changeant, Richard. L'évolution nous a appris que l'adaptation était la clé de la survie. Aucune pilule ne pourra jamais concurrencer ce principe élémentaire.

– Derek. Mon ami, parvint à articuler Richard. Je vous pardonne pour tout ce que vous avez fait. Nous avons tous nos moments de faiblesse. Aidez-moi, Derek ! Donnez-moi de l'eau. Torturez cet homme. Trouvez la formule. Tout redeviendra comme avant. Nous... »

Tous les regards se tournèrent vers Derek, qui demeurait silencieux. Soudain, il éclata de rire – un rire terrifiant, chargé de souffrance, de désespoir et de rage. « Votre ami ? Je n'ai jamais été votre ami, Richard. Jamais.

– Bien sûr que si. Vous délirez, voilà tout, haleta Richard d'une voix rauque. On vous a fait un lavage de cerveau. Albert vous a manipulé, je le vois bien. Mais vous ne pouvez pas le laisser gagner !

– Voilà plus d'un siècle que je travaille pour vous, répondit Derek. Plus d'un siècle que je fais semblant. J'ai tué, torturé et me suis livré à des actes inqualifiables. Et tout cela, je l'ai fait pour Albert.

– Non ! s'écria Richard. Vous mentez !

– Pour Paul, continua Derek. Le jour où vous m'avez ordonné de l'emmener, j'ai obéi. J'ai menacé de le tuer. Je l'ai frappé. Et il ne cessait de me répéter que je ne savais pas ce que je faisais, qu'il me pardonnait, que sa vie à lui n'avait pas d'importance mais que la vie humaine comptait plus que tout.

– Ainsi donc... vous étiez de notre côté depuis le début ? demanda Peter à Derek.

– Non ! protesta Sheila. Il ment. Cet homme est mauvais. Il n'est pas de notre côté. C'est impossible. Il ne peut pas...

– Ça suffit, l'interrompit Paul. Derek dit la vérité.

– Alors pourquoi ne nous a-t-il pas aidés ? demanda Anna d'un ton accusateur. Pourquoi m'a-t-il enfermée ? Pourquoi a-t-il laissé Sheila... et les Surplus... Comment a-t-il pu laisser faire tout cela ?

– Oui, renchérit Jude. Elle a raison ! »

Paul s'avança vers le jeune homme et posa ses mains sur ses épaules. « Jude, tu dois comprendre. Derek devait impérativement gagner la confiance de son patron. Il ne devait surtout pas attirer le moindre soupçon. Nous ne pouvions pas courir le risque que Richard le démasque, même si cela impliquait de grandes souffrances. Voire... des morts.

– C'est Derek qui t'a révélé l'existence de l'Unité X, réalisa soudain Peter. C'est pour ça que tu m'as envoyé là-bas. Au fond, Derek nous a aidés à sauver Sheila. »

Paul acquiesça. « En effet. C'était un excellent informateur, mais je devais absolument veiller à ce que ses renseignements semblent provenir d'autres sources.

– Pendant tout ce temps ? s'étrangla Richard. Tout ce temps, vous étiez de mèche avec eux ?

– Albert m'a expliqué tout ce qui allait se passer, répondit simplement Derek. Il avait tout prévu. Même... ceci. Il savait que l'humanité allait droit dans le mur, à moins de...

– À moins de quoi ? l'interrompit Hillary.

– À moins de veiller à ce qu'il y ait toujours des enfants, répondit Paul. À moins de protéger le cercle éternel de la vie, qui comprend la naissance et la mort depuis la nuit des temps. Voilà ce que symbolise la chevalière, Richard. Ce n'est pas la formule de la Longévité. C'est l'éternité de la Nature, la seule manière de préserver l'humanité pour toujours. Grâce à nos enfants et nos petits-enfants. Grâce à Peter, Jude, Molly, Ben et les Surplus du monde entier. »

Jude avait la gorge tellement nouée qu'il avait du mal à avaler sa salive. « Pardonne-moi d'avoir douté de toi. Je te croyais… Quand je t'ai vu avec Derek, j'ai cru que tu étais de son côté.

– Et tu avais toutes les raisons de te méfier, répondit Paul. Tu es un leader, Jude, et un leader ne doit jamais accorder sa confiance aveuglément à qui que ce soit. Tu m'as aidé bien plus que les mots ne sauraient l'exprimer. Je suis… » Il baissa les yeux. « Je suis très fier de toi, Jude. »

Le jeune homme se mordit la lèvre. « Non, lâcha-t-il. Je t'ai trahi.

– Comment aurais-tu pu me trahir ? Je me suis montré dur envers toi, Jude. Je t'ai menti. Je t'ai caché la vérité. À toi, ainsi qu'aux autres. Mais je l'ai fait uniquement pour vous protéger. Pour préserver le cercle de la vie. Maintenant, ma mission est accomplie ; j'ai payé le prix pour ce que j'ai fait il y a tant d'années. À vous de jouer. Tu as toutes les qualités d'un chef, Jude. À toi de prendre les rênes. Tâche d'être une inspiration pour les autres et de les aider à bâtir un monde meilleur. Quant à toi, Peter, tu es un combattant. Un soldat.

– Non, répondit le jeune homme. Je suis un père. C'est ce que j'aurais dû être au lieu de venir à Londres. Je ne suis plus un soldat. C'est terminé.

– Tu te trompes, fit Anna. Tu es un combattant *et* un père. Tu peux être les deux à la fois. Les enfants et moi ne sommes pas les seuls à avoir besoin de toi. »

Peter la regarda longuement sans rien dire. Puis il opina avec gratitude en comprenant qu'elle lui avait pardonné.

« Anna a raison, fit Paul. Tu dois accepter tout ce que tu es. Te battre pour l'avenir. Protéger ceux qui en ont besoin. Être un père pour tes enfants, ceux à naître et ceux qui n'ont pas de parents. Quant à toi, Anna... » La jeune fille leva vers lui de grands yeux intimidés mais résolus. « Ton rôle de mère est immense. Tu devras redoubler de courage pour tous les autres, car il va falloir te battre et protéger les tiens. Négocier et convaincre pour subvenir à leurs besoins. Et veiller sur Sheila, aussi.

– Je me charge de veiller sur elle », intervint Jude.

Mais la jeune fille secoua la tête.

« Je suis assez grande pour veiller sur moi, déclara-t-elle. Je n'ai plus besoin de parents ni de protecteurs. Je veux me rendre utile. Je protégerai les Surplus.

– Excellente idée, répondit Paul. Tu ignores encore ta

propre force, Sheila. J'aimerais tant être là pour te voir prendre ton envol.

– Tu seras là, répondit Jude. Bien sûr que tu seras là. »

Mais, avant que Paul ait le temps de répondre, Richard se redressa. « Assez de ces mensonges. Hillary, faites quelque chose. Gardes, emmenez-les. Tuez-les tous ! »

Hillary le toisa avec un mépris non dissimulé. « Qu'on emmène cet homme, ordonna-t-elle. J'en ai assez entendu. Ça suffit. »

Deux hommes masqués firent irruption dans le bureau. Attrapant Richard par les bras et les jambes, ils l'emmenèrent manu militari.

« Non ! hurla-t-il. À boire ! Donnez-moi juste de l'eau... »

Ses cris furent rapidement étouffés à mesure qu'il était traîné dans le couloir, et le silence retomba dans la pièce.

Hillary regarda autour d'elle, un peu désarçonnée, avant de s'adresser au scientifique qui se tenait toujours à côté de la porte, le visage aussi blanc que sa blouse.

« Ainsi donc, la Longévité comporte un vice de fabrication ? lui demanda-t-elle. Un défaut qui ne peut être rectifié ? »

L'homme secoua la tête. « Les symptômes pourront peut-être s'atténuer en recourant à la Médecine Ancienne, mais nous avons pratiqué des centaines d'autopsies et nous ne pouvons pas... » Il s'interrompit. « Bref, conclut-il. Il n'existe aucune solution.

– Et tout le monde est affecté ?

– Non, répondit Paul. Ni les Affranchis ni les Surplus. Ceux qui n'ont jamais pris de Longévité ou n'en prennent plus depuis longtemps sont épargnés. »

Hillary opina lentement. « Dans ce cas, il va falloir prendre des mesures », dit-elle. Seules ses mains tremblantes trahissaient son émotion. « Nous devons maintenir l'ordre. Nous organiser. Combien de temps nous reste-t-il ?

– Quelques semaines. Quelques mois, grand maximum, répondit Paul. Notre objectif est de protéger les futurs survivants. C'est primordial.

– Bien sûr, approuva Hillary. Et il faudra s'occuper des corps aussi... au niveau logistique, j'entends. Nous n'avons pas suffisamment de tombes. »

Derek s'avança. « Nous avons déjà conçu des plans de gestion de la crise. Nous voulons éviter les émeutes ou les scènes d'hystérie. Mais ça ne va pas être facile. Nous allons manquer d'ouvriers, de policiers, de fermiers, de fossoyeurs... Des attentats pourraient être perpétrés depuis l'extérieur, une guerre civile pourrait même se déclencher si les gens sont vraiment désespérés. »

Hillary hochait machinalement la tête, comme en mode automatique. « À vous entendre, on croirait que c'est la fin du monde.

– Ce n'est pas la fin. Plutôt une renaissance, rectifia Paul. Un nouveau départ sans la Longévité. Un nouveau départ inspiré du cercle éternel de la vie. Hillary, les gens sont malades depuis trop longtemps ; ils ne souffrent pas de maladies, mais de ne vivre qu'à moitié – pas assez de nourriture, pas assez de ressources énergétiques, pas assez d'activités pour remplir leurs journées... Il est temps que la Longévité disparaisse et que cette folie prenne fin.

– Vous avez raison, approuva Hillary. Il faut éduquer les enfants. Ils auront beaucoup de choses à comprendre s'ils doivent... » Elle fronça les sourcils, comme si elle réfléchissait à trop de choses à la fois. « Oui, il faut éduquer les jeunes. Et vite. » Sur ces mots, elle vacilla, se retenant à un fauteuil.

« Hillary ? » Paul s'avança vers elle et la prit par l'épaule. « Ils comprennent bien plus que vous ne pensez. Comment prendre des décisions ? Comment subvenir à leurs besoins, comment se battre pour leurs convictions ? »

Son regard se posa sur Jude, Peter, Anna et Sheila. « Vous m'avez comblé de fierté, dit-il d'une voix émue. Chacun d'entre vous. Vous êtes les parents du Nouveau Monde. Vous avez la possibilité de tout changer pour le meilleur. Nous avons fait tant d'erreurs, tant gaspillé... Vous incarnez notre espoir.

– Tu parles comme si tu n'allais pas participer avec nous à la construction de ce nouveau monde », fit Jude.

Albert sourit, et ses yeux bleus se mirent à pétiller. « Tu as raison, comme toujours. Tu sais, j'attends ce moment depuis très longtemps. Dès que j'ai compris que la fin était proche, j'ai cessé mon traitement de Longévité. C'était un soulagement. Il ne faut pas se raccrocher aux choses qui ont dépassé leur date de péremption. Aucun d'entre nous ne devrait le faire, et surtout pas moi. À présent, il ne me reste plus qu'à m'assurer que vous avez toutes les clés en main pour profiter de l'avenir qui vous attend, et à vous dire au revoir. J'ai encore quelques jours devant moi, peut-être... guère plus.

– Mais nous avons besoin de toi, protesta Jude en luttant contre les larmes. Le Réseau a besoin de toi !

– Non. Le Réseau a atteint son objectif. Il n'a plus de raison d'être. Un monde nouveau reste à construire, Jude, et je sais que vous en êtes capables. » Il sourit. « La vérité, c'est qu'il me tarde de connaître enfin le repos.

– Mais... intervint Peter. Tu ne peux pas t'en aller comme ça...

– Un jour ou l'autre, nous partons tous. Et d'autres viennent nous remplacer. Je ne suis qu'une feuille, Peter. Une feuille tombée d'un arbre pour laisser la place à un bourgeon. Protège ces bourgeons, d'accord ? Et veillez les uns sur les autres. Vous allez me manquer.

– Toi aussi, répondit Jude. Mais tu peux compter sur nous. Nous bâtirons l'avenir, Paul. Tous ensemble. » Il prit la main de Sheila dans la sienne.

« Ensemble, répéta la jeune fille en hochant timidement la tête.

– Ensemble, renchérirent Peter et Anna, enlacés l'un contre l'autre.

– 'Semb, s'écria Ben en levant un regard intrigué vers sa grande sœur. Maison ? Rentrer maison ?

– Ta maison est ici, jeune homme, répondit Paul. C'est le monde entier. »

Épilogue

14 mars de l'an 15 après A.F.

Molly prenait le soleil, bien calée dans son fauteuil. C'était le début de l'après-midi, et elle savait qu'elle aurait plutôt dû être en train de travailler pour profiter de la lumière du jour, mais c'était si agréable de se délasser quelques instants…

« Molly ? »

Elle leva les yeux vers son frère cadet, Albert.

« Oui, j'arrive. J'étais juste… » Elle se tut en le voyant sourire, une lueur de malice complice dans le regard, et comprit qu'il ne lui en voulait pas. En tout cas, il ne la dénoncerait pas.

« Je sais exactement ce que tu étais en train de faire, dit-il. Attention si papa te prend sur le fait ! »

La jeune fille hocha la tête et se leva.

« Il a réparé le tracteur », ajouta Albert.

Les yeux de sa sœur s'illuminèrent. Le tracteur était en panne depuis des jours, si bien qu'ils avaient tous des courbatures et mal au dos à force de travailler au champ. « C'est vrai ? Il a réussi ? »

Albert haussa les épaules et mit ses mains dans ses poches.

« On dirait, ouais. Ben lui a filé un coup de main. Le moteur était sale ou je ne sais quoi. »

Molly roula des yeux. « Sale ? » Le désintérêt de son frère pour tout ce qui touchait à la mécanique ne cessait de l'agacer. « Sais-tu au moins comment marche un moteur, Albert ?

– Non, et c'est le dernier de mes soucis ! » répondit-il avec un clin d'œil. Molly éclata de rire et le suivit le long du chemin de terre menant au champ où ils travaillaient tous les après-midi. Les matinées étaient consacrées aux devoirs et à l'étude – leur mère y mettait un point d'honneur. À ses yeux, rien n'était plus important que les mots, les chiffres, la science et la philosophie. « Il faut toujours se poser des questions, leur répétait-elle. Toujours se demander *pourquoi*. Et si vous ne comprenez pas la réponse, reposez-vous la question. »

C'est donc ce que faisait Molly. Elle posait sans arrêt des questions, s'interrogeait sur le pourquoi et le comment de chaque chose et découvrait de nouvelles interrogations à mesure qu'elle s'instruisait. Elle s'intéressait au passé, aussi. Elle était trop petite du temps de l'Ancien Monde ; tout ce dont elle se souvenait, c'était que les adultes avaient des conversations passionnées, qu'il fallait tout le temps déménager et ne jamais sortir dehors à cause des « méchants » qui pillaient les magasins et ravageaient le centre-ville. Elle se souvenait que son père s'était absenté une éternité pour rejoindre la Nouvelle Armée Souterraine ; ils sillonnaient les rues, veillaient au partage entre les habitants et géraient la phase de Passation. Molly n'était pas bien sûre de comprendre en quoi cela consistait, mais elle savait qu'il s'agissait de transmettre quelque chose de très précieux, et que ceux qui détenaient ce quelque chose y tenaient comme à la prunelle de leurs yeux.

Ses parents parlaient peu de la Passation. D'après eux, c'était encore trop récent, et la Civilisation Nouvelle était trop fragile. Mais ils répondaient à toutes ses questions sur l'Ancien Monde. Comment était-ce d'avoir des magasins au lieu de devoir produire sa nourriture soi-même ? Le monde avait-il vraiment été surpeuplé, autrefois ? De quoi souffrait Mrs Baker, la dame qui vivait au bout de la rue, et où était passé son mari ?

Les magasins étaient très pratiques, lui expliqua sa mère, mais ils n'étaient pas gratuits, et certaines choses étaient si chères qu'on ne pouvait même pas les acheter, même si c'était autorisé. Cette réponse entraîna une autre question à propos de l'argent ; Molly trouvait ce concept fascinant, mais sa mère lui assura que l'argent ne faisait pas le bonheur – loin de là.

Oui, le monde avait été trop peuplé, à une époque. Les enfants étaient interdits parce que les gens ne mouraient pas. Cette histoire, Molly l'adorait et la détestait à la fois. C'était son conte préféré quand elle était petite – un monde sans enfants, avec des Rabatteurs et des Foyers à Surplus, sans petit frère pour jouer ni d'espace pour s'amuser. Aujourd'hui, ils avaient toute la place qu'ils voulaient. Ils avaient beaucoup de chance, même s'il faisait froid l'hiver et s'il n'y avait pas beaucoup d'enfants dans le voisinage. Ils formaient une famille, et c'était le plus important. Ils avaient un avenir, aussi.

Quant à Mrs Baker, elle faisait partie des Vieux Légaux. Il n'en restait plus beaucoup, de nos jours, car la plupart d'entre eux étaient morts du Virus de la Longévité il y a bien longtemps, mais quelques-uns avaient survécu – nul ne savait pourquoi. À présent, Mrs Baker était très, très vieille, au point qu'elle ne pouvait rien faire de ses journées hormis guetter la fin. Il fallait donc quelqu'un à son chevet en permanence, et Molly allait parfois lui faire la lecture pour rendre l'attente moins pénible. Mr Baker, lui, était passé de l'Autre Côté ; chacun de nous irait là-bas un jour, quand son heure viendrait, lui avait expliqué sa mère. C'était important de laisser la place aux autres.

« Dépêche-toi, madame la limace, ou tu iras te coucher le ventre vide. »

Molly lança un regard exaspéré à son frère. Ses parents menaçaient toujours de l'envoyer au lit sans manger lorsqu'elle se montrait désobéissante, mais ils n'en faisaient jamais rien. Maman avait trop souffert de la faim quand elle était petite, lui avait un jour confié son père. Voilà pourquoi elle ne les privait jamais de leur repas, ou pourquoi la vision d'un corps un peu trop maigre lui donnait aussitôt envie d'aller faire cuire du pain. Oncle Ben la taquinait parfois en faisant semblant de défaillir lorsqu'il n'aimait pas ce qu'elle avait préparé – généralement l'hiver, quand les réserves de nourriture étaient au plus bas et qu'ils devaient se contenter de porridge pour la cinquième fois de la semaine. Mais ses plaisanteries ne duraient jamais longtemps, car il ne supportait pas de la voir triste.

« Vous voilà ! »

Leur père les attendait au champ. Ben travaillait sur le tracteur. Il était si loin qu'il ne formait qu'un point à l'horizon et que le ronronnement du moteur était à peine audible. Chaque fois que l'engin tombait en panne, leur père disait la même chose : terminé, plus de tracteur. C'était un soulagement, affirmait-il, car ces machines consommaient plus d'énergie que ses deux enfants réunis. Mais heureusement, ils parvenaient chaque fois à le réparer. Leur père disait qu'un jour il n'y aurait plus d'essence pour faire tourner les moteurs et qu'ils devraient tous revenir au travail manuel. « Albert, va sortir les poulets. Ils ont besoin de prendre l'air. Molly, va nettoyer la porcherie, OK ? »

Ils échangèrent un regard. Albert semblait ravi de cette répartition des tâches. « À plus tard ! Et surtout bonne chance ! murmura-t-il à sa sœur avant de partir vers le poulailler.

– La porcherie ? fit Molly avec une moue dégoûtée. Vraiment ?

– Oui, vraiment, lui répondit son père en lui ébouriffant les cheveux. Au boulot, ma fille ! »

Elle soupira et prit la direction de la porcherie. Le bâtiment était suffisamment large pour contenir cinquante bêtes, mais il n'en contenait guère plus d'une vingtaine. Son père lui avait raconté qu'elles étaient une centaine, autrefois, toutes compressées les unes contre les autres. Voilà à quoi devait ressembler le monde du temps où il était surpeuplé, songea Molly. Son père disait toujours que les gens avaient gaspillé trop d'énergie, provoquant le réchauffement de la planète, mais Molly pensait surtout que c'était parce qu'ils étaient trop serrés. Quand ils étaient petits, Albert venait parfois dormir dans son lit lorsqu'il avait peur, et Molly finissait toujours par rejeter la couverture tant elle avait chaud.

Elle se mit rapidement au travail : coup de balai sur le sol, remplissage des auges et des abreuvoirs. Après quoi elle joua avec les porcelets pendant quelques minutes, en faisant bien attention à ne pas trop les éloigner de leur mère. Enfin, non sans avoir vérifié au préalable que personne ne pouvait la voir, elle sortit son carnet. C'était le cadeau d'anniversaire de sa mère pour ses quatorze ans, et il ne la quittait jamais. À l'intérieur, Molly consignait tous les événements intéressants, comme par exemple les réunions mensuelles du conseil municipal, où tous les adultes se regroupaient pour se disputer sur tout un tas de choses comme la répartition des terrains, l'utilisation des vieux stocks, ou encore l'attribution des puits à la communauté ou aux propriétaires terriens. Dès l'âge de quatorze ans, on vous encourageait à vous rendre à ces débats pour voir un peu comment les choses marchaient. Ben les trouvait ennuyeux, mais Molly aimait noter tout ce qu'elle entendait et pensait. Elle faisait aussi des croquis, s'amusait à dresser la liste de ses espoirs, de ses peurs, de ses envies, et écrivait tout ce qu'elle pensait sur les autres.

Elle feuilleta les pages, s'arrêtant sur tel ou tel passage dont elle était particulièrement fière, comme celui sur le Stock. Ses parents lui avaient récemment parlé des hangars de Stock où étaient conservées des choses de l'ancien temps : essence, montres, tissus, livres... Les Autorités avaient tout réuni là juste avant la Passation. Il fallait faire ses achats auprès du maire de la ville, en payant avec de la nourriture ou des heures de Travail Communautaire, mais ses parents disaient qu'un jour les hangars seraient vides parce que plus personne ne savait fabriquer ces choses-là. D'après eux, oncle Jude essayait de mettre en place un programme de formation professionnelle, mais personne ne voulait y participer. Apparemment, les adultes ne supportaient pas l'idée de suivre une formation car cela leur rappelait trop de mauvais souvenirs.

Molly continua à tourner les pages de son carnet, pour tomber enfin sur son image préférée. C'était ce qu'on appelle une reproduction par frottage, technique qu'elle avait apprise de sa mère : il suffisait de prendre un objet, de le placer sous une feuille et de frotter le papier avec un crayon pour révéler la forme de l'objet. Molly avait tenté l'expérience avec plusieurs objets différents, sans être jamais vraiment satisfaite du résultat, jusqu'au jour où son père lui avait prêté sa chevalière pour qu'elle frotte la gravure du chaton. C'était magnifique – on voyait une fleur délicate et merveilleuse, très finement représentée.

Ce dessin était très important, lui avait expliqué son père. Il représentait le Renouveau, autrement dit le remplacement du vieux par le neuf. Comme les bourgeons qui revenaient au printemps après la chute des feuilles mortes à l'automne. Molly l'avait écouté en hochant la tête. Pourtant, intérieurement, elle pensait que son père se trompait.

Cette fleur ne représentait pas le Renouveau, mais autre chose qu'elle n'arrivait pas encore à définir – même si elle le découvrirait un jour. Parce que son père n'avait pas remarqué que le dessin était constitué de lettres et de symboles, comme ceux qu'elle avait appris en science. Elle les avait recopiés sur la page de son carnet pour les examiner jusqu'à s'en faire mal aux yeux mais, pour l'instant, ils prenaient un malin plaisir à lui cacher leur signification. Peu importait. Elle finirait par avoir la réponse. Tel était le secret de la science. Celui que son arrière-arrière-grand-père, Albert, lui avait confié dans la lettre qu'il lui avait écrite : le vrai scientifique laisse toujours la vérité émerger d'elle-même.

« Molly ? Tu as terminé avec la porcherie ? Papa dit qu'on peut l'accompagner en ville, si tu veux.

– En ville ? » Les yeux de l'adolescente s'illuminèrent. Oubliés, la science et les papillons. Elle referma son carnet, le glissa dans sa poche et enjamba la barrière.

« J'arrive. Attendez-moi ! »

CET OUVRAGE A ÉTÉ COMPOSÉ PAR
IGS-CP À L'ISLE-D'ESPAGNAC (16)
ET ACHEVÉ D'IMPRIMER
SUR ROTO-PAGE
EN JUIN 2011
PAR L'IMPRIMERIE FLOCH
À MAYENNE

DÉPÔT LÉGAL
1re ÉDITION : AVRIL 2011
N° impr. : 79965
(Imprimé en France)